Marxistische Literaturtheorie und Literatursoziologie

실천 문학의 이론

Marxistische Literaturtheorie und Literatursoziologie

실천 문학의 이론

플로리안 파센 지음
임 호 일 옮김

종문화사

일러두기

1. 이 책의 번역은 Florian Vaßen의 『Marxistische Literaturtheorie und Literatursoziologie』(Westdeutsche Verlag, Opladen 31978)을 원본으로 사용했다.
2. 인명은 소수 예외를 제외하고는 성만 표기하되 〈인명색인〉란의 원어명 병기에서 풀네임을 표기했다.
3. 원주에서 논문제목이나 책제목, 이에 따른 부대사항은 편의상 원어를 그대로 표기하되, 그 밖에 우리말 설명이 필요한 것들은 기급적 우리말로 옮겼다. 책 내용에 언급되는 외국 인명이나 지명은 현용 맞춤법에 맞추어 표기했다.
4. 부호는 아래와 같이 표기했다.
   『 』: 책이나 잡지 제목
   「 」: 논문, 단편 혹은 희곡작품의 제목 (기타 신문 및 미술/음악작품 등의 제목)
   ( ) : 저자의 표기
   [ ] : 옮긴이의 보충설명
   * : 옮긴이의 주

문학은 정사精査되리라

마르틴 안데르젠 넥쇠*를 위하여

I

글을 쓰기 위해 황금의자에 앉아 있는 사람들은
그들에게 옷을 지어준 사람들에 관해
질문을 받게 되리라.
그들이 펴낸 책 속에서는
그들의 숭고한 사상 대신
옷을 지어준 사람들의 면모를 알려주는
하찮은 문장 한 구절이 관심 있게 읽혀지리라.
거기에는 자랑스러운 선조들의
흔적이 남아 있을 테니까.

정선된 표현으로 엮어진
모든 문학 속에서는
억압의 시기에도
저항자들이 살고 있었다는 징후가 추적되리라.
천상에서 들려오는 탄원의 소리는
이곳 지상에서는 인간이 인간 위에
군림하고 있음을 증명하게 되리라.
말의 호화로운 음악은 그 시절에
많은 사람들이 굶주리고 있었음을 들려 줄 뿐이리라.

II

그러나 그 시절 맨땅에 앉아
글을 쓰던 사람들은 칭송되리라.
낮은 자들과 함께 앉아 있던 사람들

투쟁하는 자들 옆에 앉아 있던 사람들은
낮은 자들의 고통에 관해 보고한 사람들
투쟁하는 자들의 행적을 참 예술의 필치로
보고한 사람들은 칭송되리라.
제왕들을 찬양하던 그 시절 고상한 언어의 행간에는
이와 같은 역사가 예비되고 있었나니.

부정을 폭로하는 이들의 글과 이들의 외침 속에는
낮은 자들의 성원聲援이 담겨있노라.
왜냐하면 이 글과 이 외침은 낮은 자들에게 전달되었고
낮은 자들은 이 글과 이 외침을 땀이 밴 속옷에 숨겨서
경찰의 감시망을 뚫고 동지들에게 전달했으니까.

그렇다, 이들 영리하고 다정한 사람들
분노하면서도 희망을 잃지 않은 사람들
맨땅에 앉아 글을 쓰던 사람들
낮은 자들과 투쟁하는 자들에 둘러싸여 있던 사람들
이들도 언젠가는 온 세상에서
칭송받게 될 날이 오리라.

베르톨트 브레히트

---

* Martin Andersen Nexö(1869~1954): 덴마크 출신의 노동자 시인으로 사회주의자이며, 1919
년 이래로 공산주의자가 되었다. 1923~1930년 사이에는 독일에서 거주했으며, 1940년에는 덴
마크를 탈출하여 스위덴과 소련을 거쳐 마지막으로 독일의 드레스덴에 정착했다. 그의 작품은 모
두가 인간애로 가득 차 있다. 그는 덴마크 국민의 삶과 노동자 계급의 투쟁 및 농민의 참상에 관
해 노래했다. 작품으로는 우리나라에 영화로도 소개된 『정복자 펠레』와 『잃어버린 세대』 등이 있다.

들어가는 글

실천과 연계된 문예학의 과제

이 책은 마르크스주의 문학이론과 문학사회학에 관한 일련의 중요한 텍스트들을 소책자의 분량으로 모은 모음집으로, 소학자들을 위해 주석을 달아 놓았는데, 이 주석은 입문적 성격을 지닌 동시에 본격적인 연구의욕을 고취하기 위한 주석이기도 하다. 이 책을 유사한 주제를 지닌 보다 방대한 분량의 다른 문헌들과 양적으로 비교할 수는 없을 것이다. 이러한 분량의 제한은 이 책의 편집 목적과 그 목적에 부합되는 인물을 분류해 내는 과정에서 빚어진 결과로서, 몇 가지 눈에 띠는 현상을 노정시킨다.

첫째, 텍스트의 선택이라는 근본적인 문제로서, 상당수의 텍스트는 그 분량과 수를 개요파악 정도에 그칠 만큼 제한해야 했다. 이런 이유로 플레하노프, 루나차르스키의 글과 그람시, 코드웰, 가로디, 코식, 타이게, 피셔 등의 글은 싣지 못했다. 그 밖에 문학사회사가 하우저와 "마르크스적 구조주의자" 골드만도 빠져 있다. 동독에도 많은 문예학자들이 있지만 그 중에서 기르누스와 바이만을 골랐다.

둘째, 마르크스주의 문예학은 다른 분야와 분리된 독립학문으로 이해되어서는 안 되며, 만약 그렇게 될 경우 본 문예학의 이용가치가 없어진다는 점을 분명히 밝혀 두고자 한다. 문학이 자율적 현상이 아니고 항상 사회의 전반적인 과정의 부분영역으로 간주되어야 하듯이, 문예학도 오직 "생산관계의 총체성"과 관련지어서 그 역사적인 생산관계 속에서 이해되어야만 한다. 이렇게 볼 때 마르크스주의 문예학은 시민계급 문학이론에 대한 이데올로기비판 작업에서 시작될 수 있을 것이며, 이 비판 작업은 물론 역사적 유물론 및 제반 구체적인 사회경제적 상황이 그 바탕을 이루게 될 것이다. 그러나 이 책에서는 이러한 기본적인 관계들이 단지 단초적으로만 다루어지고 있기 때문에 이 입문서가 이런 주제를 다루는 많은 여타 작업들이 그러하듯이 이상주의적 "혼란"으로 빠져들 위험성도 내포하고 있다.

그밖에도 여기에서는 "마르크스주의 문예학"이란 개념이 상당히 포괄적인 의미로 사용되고 있어서 이른바 마르크스주의의 "이교도"인 벤야민뿐 아니라 철저하게 후기 부르주아적이며, 역사적 유물론을 메타포로 환원시키는 아도르노의 미학에게까지도 자리를 마련해 주고 있다. 그리고 여기서 의미하는 문학사회학은 실증주의적 문학사회학(퀴겐, 실버만)을 지칭한다.

단순한 수용적 이해작업이 아니라 사회화 영역에서 해방적 실천작업을 위한 학문적 길잡이로서 이해되어야 할 마르크스주의 문예학을 대할 경우 "관심 있는 소학자"가 부딪히게 되는 난점은 바로 마르크스주의 문예학이 완결된 체계를 제시하지 않는다는 점이다. 경직된 불변의 체계를 구성하는 작업은 역사적 유물론의 이론과 실천의 특성인 과정성過程性과 상반된다. 마르크스주의 문예학은 근본적으로 설명이지 체계가 아니다. 그 이유는 마르크스주의가 문예 학문이라기보다는 오히려 학문이 마르크스주의의 범주에 포함되어 있기 때문이다.

그뿐 아니라 프롤레타리아는 우선 자신의 물질적 삶을 영위하기 위해 경제적이고 정치적인 투쟁을 할 수밖에 없었다. 이런 의미에서 마르크스와 엥겔스도 – 경제적 하부구조를 기본적으로 우위에 둠을 물론이려니 – 그들의 학문과 정치적 행위의 중점을 정치경제분야에 두었다. 문학이 오래전부터 계급투쟁의 중요한 요소로 간주되었음에도 불구하고 마르크스주의 미학은 19세기 말에 이르러서야 비로소 전개되기 시작했다. 마르크스주의 미학의 내적 갈등들, 이를테면 메링, 루카치, 브레히트 등의 상호 대립된 견해들은 당시 노동자운동이 전개되면서 표출되었다. (그밖에 제2국제노동자연맹의 기회주의적 행동, 메링의 칸트 수용, 인민전선 이데올로기, 비판적 리얼리즘에 대한 루카치의 이론 등 참조.)

지금까지 대학이나 기타 연구기관에서 방법에 관한 토론은 철저하게 기피되거나 아니면 방법다원주의에 매몰되었다. 이러한 이론 포기의 바탕에는 우선 학문의 입장을 경시하는 태도가 깔려 있다. 방법다원주의는 이를테면 방법의 임의성을 허용한다는 말인데, 그럴 경우 우리는 인간이 만들어낸 생산품과 더불어 인간 그 자체도 연구대상에 포함된다는 사실을 고려하지 않은 채 소위 자율적이라고 하는 미적 생산품에 접근하게 된다.

따라서 문학 내지 문예학은 그 계급적 성격과 더불어 이데올로기 비판적으로 연구되어야 하고, 그것이 횡행하는 엘리트주의적 권리 주장의 근거를 캐물어야 한다. 그도 그럴 것이 한 작품의 내용과 형식은 사회 전반적인 과정에 의해 조건 지어진 것으로 파악되어야 하기 때문이다. 이와 같은 이유로 문학수업에서는 소학자들의 실제적인 경험과 욕구의 세계, 즉 실천세계와의 연계가 이루어져야 한다. 그밖에도 문학이 상품으로서 이용되는 과정과 "문화산업의 조작장치", 상품미학의 기능이 분석되어야 한다.

그리고 끝으로 소학자들이 품게 되는 갈등은 해방적 실천으로 전환되어야 한다. 여기서 갈등이라 함은, 사회적으로 필요한 생산력 증진의 바탕 위에 후기 근로자들에게 보다 폭넓은 지식과 보다 향상된 능력을 갖추게 할 필요성과 다른 한편으로 순치와 신비주의를 통해 자본주의의 생산관계를 고착화시키는 가치표상을 후기 근로자들에게 전달할 필요성 사이의 갈등을 의미한다.

차례

제1부
마르크스와 엥겔스의 문학론

제2부
마르크스주의 문예학과 문학사회학(원문발췌)

제 1 부

마르크스와 엥겔스의 문학론

1장

마르크스와 엥겔스의 문학론

　마르크스와 엥겔스는 청년시절부터 문학에 열중했다. 마르크스는 시를 썼으며, 엥겔스는 구츠코와 문학비평을 했다. 이들의 활동은 - 이들이 적극적인 관심을 지닌 사회경제관계의 발전 그리고 계급투쟁의 발전과 상응하여 - 3월전기*에는 부르주아적 철학에 대한 비판과 정치 및 저널리즘 활동 쪽으로 옮겨지고, 19세기 중반 이후부터는 본격적으로 정치경제학 방향에 집중되고 있다.[1] 그럼에도 불구하고 이들의 글 도처에는 미학과 예술문제에 대한 짤막한 견해들과 소견들이 적지 않게 눈에 띠며, 드물기는 하지만 간혹 보다 상세한 분석 작업도 찾아볼 수 있다.[2] 이를테면 마르크스와 엥겔스는 그륀이라든가 벡, 하르트만, 마이스너 등의 동정同情문학

---

* 프랑스 혁명의 영향을 받아 1848년 3월 독일에서도 혁명이 일어났다. 비록 성공하지는 못했지만 이 혁명으로 인해 독일의 사회는 각 분야에 걸쳐 많은 변화가 일기 시작했다. '3월전기前期'라 함은 이러한 변화가 일어나기 이전의 시기, 즉 19세기 전반기를 말한다.)
1) 1890년 9월 21일 및 22일에 엥겔스가 요셉 블로흐(Joseph Bloch)에게 보낸 서신 참조. In: 『Karl Marx, Friedrich Engels』. Werke Bd.37, Berlin 1967. S. 365.
　－ 이후로는 『MEW』로 표기한다.
2) 이러한 구절들을 모아놓은 모음집 참조. In: 『MEW』, 「über Kunst und Literatur」, Hrsg. v. Manfred Kliem. 2.Bde. Berlin 1967.

을 신랄하게 비판하는가 하면, 하이네나 베르트, 헤르베크 및 프라일리그라트에 대해서는 대체로 긍정적인 평가를 내리고 있다. 그후 마르크스는 문학의 화해적 성격을 강조하는 피셔의 이상주의 미학에 대해서도 반대 입장을 표명했다. 마르크스는 특히 발자크의 리얼리즘적 기술방식에 대해 칭찬을 아끼지 않았으며, 정치경제학 분석 작업이 끝나면 발자크에 대한 방대한 연구에 들어갈 계획도 가지고 있었다. 「지킹엔 논쟁(Sickingen-Debatte)」에서 마르크스와 엥겔스는 라살의 글 「프란츠 폰 지킹엔(Franz von Sickingen)」(1859)을 공격한다. 라살은 이 글에서 실러의 본을 받아 농민전쟁을 개인적인 비극으로 묘사할 뿐 아니라, 농민대중 대신에 기사당騎士黨의 대표 인물들을 혁명의 역사적 주체로 만들고 있다. 후기 엥겔스의 서간문에 들어 있는 문학이론에 관한 언급들, 이를테면 하부구조와 상부구조, 전형典型, 경향 등에 관한 언급들도 빼놓을 수 없는 자료들이다. 이 외에도 마르크스와 엥겔스의 문학에 관한 언급들은 얼마든지 찾아볼 수 있으나 모두가 산발적인 언급들일 뿐 체계적인 분석 작업은 전무하다. 그럼에도 불구하고 한 가지 분명한 사실은 이들이 역사적 유물론을 통해 마르크스주의 문예학에 토대를 마련했다는 점이다.

2장

마르크스주의 문학이론과 문예학

노동의 개념 분석: 실천적-정신적 현실 터득으로서의 문학

마르크스주의의 문학해석은 노동의 개념으로부터 출발한다. 마르크스에 의하면 노동은 인간의 특징을 규정한다. 그 이유는 인간이 자신을 둘러싼 자연과 대면하는 방법이 다른 동물과는 구별된다는 점이 노동을 통해 드러나기 때문이다.

> "그들(인간)은 그들 자신의 생필품을 생산하기 시작하면서부터 다른 동물
> 과 구별되기 시작한다. 동물과의 이러한 차이는 인간의 신체조건 덕분이다.
> 인간은 그들의 생필품을 생산해 냄으로써 간접적으로 그들의 물질적 삶을
> 생산해낸다."[3]

인간의 삶을 유지하기 위한 이러한 자연과의 물질교환은 자연법칙에 따

---

3) 『MEW』, Bd.3, S.21.

른 것이라 할 수 있다. "노동과정은 (...) 인간과 자연 간에 상존하는 물질교환의 일반적 조건이며, 인간의 삶의 영원한 자연조건이다. (...)*) 이러한 과정의 중요한 동기는 목적의식이다. 다시 말해 인간은 노동을 통해 생산하게 될 대상을 미리 생각해낸다.

> "우리는 인간만이 지니고 있는 독특한 형태의 작업을 구상한다. 예를 들어 거미는 천을 짜는 것과 유사한 작업을 통해, 벌은 밀랍으로 그들의 집을 지음으로써 많은 건축가, 즉 인간을 무색하게 만든다. 그러나 아무리 형편없는 건축가라 할지라도 가장 우수한 벌들보다 애초부터 뛰어난 점은 집을 짓기 전에 이미 머릿속에 그것을 지어 놓았다는 사실이다. 작업과정이 끝나면 작업을 시작할 때 작업자의 생각 속에 들어 있던, 그러니까 이미 관념적으로 존재했던 것이 결과로 나타나게 된다." 5)

인간은 자연적 존재이면서 한편으로는 자연과 마주 서있다. (인간이 만든 생산품들은 자연의 인간화를 의미한다.) 인간은 역사 진행의 주체이지만 한편으로는 자연발생적인 모든 상황에 예속되어 있다.

"인간은 그들 자신의 역사를 만들어 낸다. 그러나 인간은 자발적으로, 즉 자체 선택을 통해 역사를 만들어 내는 것이 아니라 직접적으로 손에 닿고, 눈앞에 주어진 세계 내에서 그리고 전래된 상황 하에서만 그것을 만들어 낸다."6)

---

4) 『MEW』, Bd.23, S.198.

5) Ebd., S.193.

6) 『MEW』, Bd.8, S.115.

생산의 특수형태인 예술도 인간의 자급적 생산행위로서의 노동에 속한다. "종교, 가족, 국가, 도덕, 학문 등은 단지 생산의 특수한 방식일 뿐이며, 따라서 이것들 또한 생산의 일반법칙을 따르게 된다."[7] 따라서 인간의 구현작업인 예술은 생산력에 예속되어 있으며, 아울러 제반 생산관계와 맺게 되는 관계를 벗어날 수 없다. 그러고 보면 오늘날 행해지는 예술과 노동의 분리는 결코 원칙적인 분리가 아니라 노동분리(육체노동과 정신노동의 분리)로 인해 역사적으로 나타난 결과이다. 예술이 고유의 존재양식을 지니며, 따라서 예술이 인간의 노동과 근본적으로 다르다고 보는 시민계급의 문예학은 자본주의 사회의 가상을 실현시킬 수 없음을 노정하고 있다. "이를 다루는 사람들(학자들) 또한 노동분리의 특수영역에 속해 있어서 자신이 마치 독립된 분야에 종사한다고 생각한다."[8]

실천적 공리주의 행위(노동)와 실천적 미학적 행위(예술)는 가로디에 의하면 단지 "동일한 창조행위의 양면"일 뿐이다.

"노동은 노예적인 삶의 제반 조건들에 필연적으로 영원히 예속되어 있는데 반해, 예술적 창조행위는 삶의 조건으로부터 완전히 독립되어 있다는 주장은 사실이 아니다. 예술과 노동 간의 대립은 실제로 존재하지 않는다. 칸트의 목적 없는 목적규정성은 미를 관념적이고 형식적인 구상세계로 보는 견해의 근간으로 이루면서, 노동을 오로지 직접적으로 필요한 목적을 실현시키기 위한 수단으로 환원시켜 결국 노동개념을 약화시켰을 뿐 아니라 예술

---

7) 『MEW』, Erg. Bd.1, S. 537.
8) 『MEW』, Bd.37, S. 492.

을 목적에서 해방된 행위요, 하나의 유희로 간주함으로써 예술개념 또한 약화시켰다."[9]

계급이 없는 원시사회와 마찬가지로 공산주의에서도 이러한 구분은 존재하지 않는다.

"공산주의 사회조직에서는 어떠한 경우에도 지역 및 국가적 편협성에 의해 예술가가 분류되지 않는다. 이러한 분류는 단지 노동분리 때문에 생기는 것이다. 이렇듯 개인을 특정한 예술과 연관시킴으로써 개인이 오로지 화가, 조각가로서만 존재하며, 그 이름 자체에서 작업과정의 편협성이 드러나고 노동의 분리와 그 이름이 불가분의 관계임이 명백하게 나타나는 따위의 현상은 공산주의 사회조직에서는 찾아볼 수 없다. 공산주의 사회에서는 화가가 없으며, 고작해서 무엇보다도 그림 또한 그리는 사람들이 있을 뿐이다."[10]

이런 점에서 볼 때 마르크스가 미학을 상예술(像藝術:미술, 문학 등)로만 제한시키지 않고, 인간적인 생산구조물 일반으로 파악한다는 사실 또한 중요하다.

"동물은 자기가 속한 종種의 척도와 필요에 따라서만 무엇을 만들어 내는

---

9) Roger Garaudy, 『Marxismsus im 20. Jahrhundert』, Reinbek, 1969, S. 152.
10) 『MEW』, Bd.3, S. 379. 마르크스는 결코 개인적인 재능을 부정하지는 않는다. 그는 다만 부르주아출신 작가들의 고루한 행위를 비판하고, 이들이 엘리트 의식 속에서 사회적 실천을 멀리하는데 거부감을 지니고 있을 뿐이다.

데 반해, 인간은 모든 종의 척도에 따라 생산해 낼 줄 알며, 어디에서든지 자기의 고유한 척도를 임의로 대상에 적용시킬 줄 안다. 따라서 인간은 동시에 미의 법칙에 따라 무엇을 만들어 낸다고 할 수 있다."(제2부의 기루누스 텍스트 85쪽 참조.)

토대와 상부구조: 인식론적 근거로서의 반영反影

마르크스주의 문예학은 토대와 상부구조의 인식론적 모델을 가지고 작업한다. 여기서 토대란 "생산과정에서 인간 상호간에 그리고 자연과 인간과의 관계를 통해 이루어지는 모든 물질적, 경제적 관계의 총체"[11]를 의미한다. 그리고 상부구조란 "어떤 특정한 사회를 특징짓는 이념 및 사회제도들을 통칭한다. 이 이념 및 사회제도들은 (…) 이러한 사회의 경제적 바탕으로부터 생겨난 것으로 이 경제적 바탕과 상응하며, 또한 이것에 적극적으로 반응한다."[12](제2부의 마르크스 텍스트 80쪽 참조.)

토대와 상부구조의 상호관계에 관한 언급은 이미 진부한 논의가 되어 버렸다. 이제 그보다 중요한 것은 이 상호의존관계가 어떻게 구체적인 모습을 띠고 나타나는가 하는 문제이다. 다시 말해 상이한 요소들의 상호

---

11) Alexander Kirsch, 「Zum Inhalt der Kategorien Basis-Überbau in der marxistisch-leninistischen Philosophie」. In: 『Deutsche Zeitschrift für Philosophie 7』, 1969, S. 884f.

12) Wolfgang Peter Eichhorn, 「Überbau」. In: Georg Klaus, Manfred Buhr (Hg.), 『Philosophisches Wörterbuch』, Bd. 2., Leipzig, 1970, S. 71098.

작용을 위한 특수한 조건들이 그때그때마다 구체적인 상황과 더불어 제시되지 않을 경우 이 상관관계라는 말은 모호해진다는 뜻이다. 이 관계에서 무엇보다도 중요한 것은 - 유물론적 단초에 따르면 - 토대, 즉 인간적인 삶의 재생산 및 욕구의 충족을 위해 필요한 물질적 생산이다. 하지만 문학이 경제에 의해 일방적으로 좌지우지되는 일 따위는 결코 있을 수 없다. 이런 식으로 기계적이고 비정통적 마르크스주의의 견해에 입각해서 상부구조를 토대의 단순한 반영으로 간주할 경우, 한편으로 예술에 대한 토대의 기능은 오로지 중재적 성격을 통해서만 규정된다는 사실*을 간과할 수 있으며, 다른 한편으로는 상부구조의 능동적 계기를 은폐시킬 우려가 있다.

"정치, 법률, 철학, 종교, 문학, 예술 등의 발전은 경제발전에 그 기조를 두고 있다. 그러나 이 모든 부문은 또한 상호작용을 하면서 경제적 바탕에 반응한다. 그러니까 경제상황이 원인이고, 그것만이 유일하게 능동적이며, 다른 모든 것은 단지 피동적으로 작용한다는 주장은 잘못된 것이다. 다만 궁극적으로는 경제적 필연성이 항시 작용하는 바탕 위에서 이들 각 부문 간의 상호작용이 이루어진다는 뜻이다."[13]

생산관계의 총체는 예술에 직접적으로 그리고 완전하게 반영되지 않는다. 토대에서의 모순이 상부구조에도 영향을 미친다는 사실은 인정하더

---

*   달리 말해 토대는 예술에 직접적으로 반영되지 않는다는 뜻이다.
13) 『MEW』, Bd.39, S.206, Ebenso Bd.37, S.463

라도, 역사적으로 야기되는 인식능력의 제약성이 결정적인 역할을 한다는 점 역시 부정할 수 없다. "계급국가에서는 (...) 사회적 존재*가 비인간적 성격을 띠게 된다. 왜냐하면 여기서는 상이한 각 계층의 의식이 사회적 존재에 올바르게 투영될 수 없고, 비 본래적인 모습으로 변형되거나 극히 간접적으로만 나타나기 때문이다."[14] 그러나 각기 상이한 상부구조현상들만 서로 상관관계를 이루고 있는 것이 아니라 전통의 영향 또한 각별하게 작용한다. 상부구조와 토대의 비동시성 현상은 특히 이점과 밀접하게 연관되어 있다.(제2부 마르크스 텍스트 81쪽 참조.) 레닌도 상부구조의 능동적 역할을 강조하고 있다. 그의 이론에 의하면 프롤레타리아를 지원할 경우 혁명기구의 의식적이며 정치적인 작업을 거쳐야 하며, 단순한 경제적-노동조합적인 의식수준에 머물러 있는 이들로 하여금 과학적 사회주의의 도움을 통해 정치적 투쟁정신을 획득할 수 있도록 발전시켜야 한다. 시민계급적 성향을 띤 학자들의 토대와 상부구조의 관계에 대한 축소 왜곡된 해석에 대해 엥겔스는 다음과 같이 반박한다.

"이데올로기 추종자들의 터무니없는 생각들도 이 점과 관계가 있다. 우리가 역사에서 일정부분 역할을 하는 이데올로기적 영역의 독자적인 역사적 발전을 인정하지 않기 때문에, 이 영역들의 그 어떤 역사적 영향력도 인정하지 않는다는 것이다. 이런 주장에는 원인과 결과에 대한 일상적이고 비

---

* 여기서는 사회의 한 구성원으로서의 인간을 의미한다.

14) Walter Benjamin, 『Politisierung der Intelligenz, Zu S. Kracauer 'Die An-gestellten'』. In: W. B. 『Angelus Novus』Frankfurt 1966, S. 423.

변증법적인 사유가 바탕에 깔려 있다. 이 사유는 원인과 결과를 서로 부동의 자세로 대립하고 있는 양극으로 봄으로써 이 양자의 상호작용을 완전히 잊고 있는 것이다. 한 역사적 계기는 그것이 다른 원인들, 특히 경제적인 원인들에 의해 이 세상에 주어짐과 동시에 그 반응 또한 일게 되며, 그것의 주변 및 심지어는 그것 자체를 발생시킨 원인에게까지도 영향력을 미칠 수 있다는 사실을 이분들은 종종 거의 의식적으로 잊고 있다."[15]

반영의 과정은 관념적인 상부구조와 경제적인 토대간의 관계를 위한 기초基礎가 된다. 여기서 "인식의 대상인 객관적 현실은 인식하는 주체, 즉 사회적 인간과 관계없이 독립해서 존재하며, 단지 사회적 인간에 의해 복잡한 인식과정을 거쳐 실천적 근거 위에서 의식적으로 파악되어 관념적인 모사模寫를 통해 (...) 반영된다. (...)."[16] 그러나 인식대상과 마찬가지로 사람의 감각기관도 고정되어 있는 것이 아니고 사회적 발전에 따라 변화한다.[17] 결국 사회적 실천이 반영의 옳고 그름의 여부 및 그때그때의 수정을 위한 판단기준이 되는 것이다.[18] 이런 관점에서 보면 객관적 현실의 모사는 피드백과정으로 나타나는데, 이 과정이 진행되는 동안 모사된 상像들의 총체는 (...) 사회적 실천과정 속에서 발생하는 끊임없는 현실과의 대립을 통해 지속적으로 완성된다.[19]

---

15) 『MEW』, Bd.39, S. 98.

16) Afred Kosing, Manfred Buhr, Georg Klaus, 「Abbildtheorie」, In: 『Philosophisches Wörterbuch』, S. 32.

17) Vgl. 『MEW』, Erg. Bd. 1, S. 541f.

18) 『MEW』, Bd. 22, S. 296.

19) Afred Kosing, Manfred Buhr, Georg Klaus, 「Abbildtheorie」, S. 34.

인식이론의 영역에서 한 가지 까다로운 문제는 - 이 점에 관해서는 여기서 개괄하는 정도에 그치기로 한다 - 미학적 반영의 특수성이다. 유물론적 입장에서 보면 반영의 대상에서 뿐 아니라 그 방법에서도 예술세계와 학문세계 간에는 차이가 나타난다. 한편으로 보면 예술세계에서는 그 대상이 오로지 인간과의 직접적인 관계 속에서만 파악된다. (예컨대 비둘기를 조류학적인 관점에서 관찰하는 경우와 피카소의 「평화의 비둘기」처럼 미학적 관점으로 관찰하는 경우의 차이를 비교해 보라.) "따라서 예술을 인간화시킨다는 것은 다음과 같은 것을 의미할 수 있을 것이다. 즉 예술은 인간화된 대상을 모방하되 그 대상에서 인간화가 드러나 보이도록, 그리하여 개별적인 현상으로서의 그 대상 속에 인간 전체의 세계가 반영되어 나타나도록 모방한다. (...)."[20] 그러므로 다른 한편으로 예술은 학문과 달리 감각적이고 구체적인 것을 통해 보편적인 것을 표현한다고 할 수 있다. "머릿속에 사유의 총체로서 나타나는 전체(사회적 총체성의 학문적 연구)는 사유하는 두뇌의 산물이다. 이 사유하는 두뇌는 세상을 오직 자기에게 가능한 한 가지 방법으로만 파악한다. 이런 점에서 예술적 내지 종교적 또는 실천적-정신적 세계파악과 학문적 세계파악은 그 방법상에서 차이가 난다.[21] 바로 이러한 특수한 중재능력 속에서 문학적 생산품을 다루는 강의의 중요한 교육적 타당성을 찾아볼 수 있다.

---

20) Friedrich Tomberg, 『Mimesis der Praxis und abstrakte Kunst. Ein Versuch über die Mimesistheorie』, Neuwied und Berlin 1968, S. 16.

21) 『MEW』, Bd. 13, S. 632f.

문학의 선취와 "실천적-비판적 행위"

반영이론에 있어서 또 다른 중요한 요소는 선취라는 현상이다. 앞서 말한 "실천적-정신적 행위"로서의 예술에 대한 정의(생산과정으로서의 예술)와 더불어 이제 "실천적-비판적 행위"[22]로서의 예술(이데올로기적 영역에서 사회적 실천으로서의 예술)에 대한 요청이 대두된다. 이로서 예술은 "사회발전의 결정적인 추진력이 되는 계급투쟁"[23]에서 사회의 지속적인 발전을 촉진시키는 기능을 담당하게 된다. 이러한 현상은 오늘날의 문학에만 해당되는 것이 아니라 진보적인 입장에서 되돌아보면 과거의 사회형태에서 존재했던 예술(당대의 봉건주의와 시민계급의 예술 중에 진보적인 경향들)에도 통용된다. "이른바 역사발전이란 나중에 형성된 역사형태가 그보다 먼저 형성된 역사형태를 자기 자신의 전 단계로 관찰할 때만이 가능하다."[24] (제2부의 베냐민 텍스트 140쪽 참조.) 이런 맥락에서 볼 때 마르크스주의 문예학의 두드러진 업적은 무엇보다도 다음과 같은 점에서 찾아볼 수 있다. 즉 "심미적 추체험(역사적 시점*에서의 작품성격에 대한 연구, 즉 작품미학)"이나 혹은 "현실적 해석(작품의 이용적 성격, 즉 수용미학)"[25] 중 어느 한쪽으로만 치

---

22) 『MEW』, Bd. 3, S. 5.
23) Günter Heyden, 「Klassenkampf」. In: 『Philosophisches Wörterbuch』, Bd.1, S. 573.
24) 『MEW』, Bd. 13, S. 636.
* 작품이 태어난 시점을 의미한다.
25) 실증주의 문학사회학(이 책 제8장) 및 다른 한편으로 야우스(Hans Robert Jauß)의 입장 참조.「Literturgeschichte als Provokation der Literaturwissenschaft」. In: H. R. J., 『Literturgeschichte als Provokation』, Frankfurt 1970, S. 114~207.

우치지 않고 "과거와 현재의 종합"을 통해 작품의 본질을 규정하려 한다는 점이다. "그 (역사가)*가 문학사적인 작품의 작용효과를 우리 시대에서 증대시키려면, 그 시대로 돌아가서 그것의 생성과정을 추적해 보아야 한다."(제2부의 바이만 텍스트 147쪽 참조.) 예술은 구체적인 역사적 상황을 표현하지만 동시에 미래의 가능성을 묘사함으로써 당대當代를 뛰어넘는다. "예로부터 예술의 가장 중요한 과제는 수요를 창출해내는 일이다. 그러나 이 수요로 말하자면 그것의 완전한 충족을 위한 시기가 아직 도래하지 않은 그런 수요이다."[26] 그러나 예술은 결코 추상적인 유토피아를 추구해서는 안 되며, 확고한 현실의 바탕 위에서 임금노동과 자본이라는 사회적 대립관계를 통해 추진되는 발전과 구체적으로 연결되어 있어야 한다. 이러한 발전이 기존의 세계를 초월케 한다. 예술의 중요한 과제는 변화에 대한 요구와 적극성을 띠도록 박차를 가하는 작업이다.(브레히트의 생소화 효과 참조.) 하지만 미래의 실천을 위한 모델로서의 예술은 그 나름대로 실천을 통한 끊임없는 수정을 받아야 한다. 특히 유의해야 할 점은 미학적 생산을 통한 선취가 실제적 현실을 대신하지 못하고, 묘사된 가능성의 세계가 실제의 변화를 위한 대용물이 되지 못한다는 사실이다. 반영과 선취는 톰베르크에 의하면 당파성과 밀접하게 연결되어 있다. 이 세 가지 요소들은 상호 의존관계에 놓여 있다. "예술은 실제의 세계모방이라고 하는 말은 따라서 예술가 자신이 속해 있는 실제사회의 반영이라는 뜻이다. 그것도 당파

---

* 여기서는 문학사가를 의미한다.

26) Benjamin, 「Das Kunstwerk im Zeitalter seiner technischen Reproduzierbarkeit」. In: W. B., 『Schriften』, Hrsg. v. Th. W. Adorno und Gretel Adomo, Bd. 1, Frankfurt 1955, S . 390.

적인 반영인 것이다. 그도 그럴 것이 예술의 관심사는 지고의 행복, 좀더 정확히 말하면 지고의 행복을 완벽하게 실현하는 것이기 때문이다."[27]

가치판단논쟁과 당파성

가치판단의 문제에서 마르크스주의적 학문과 시민계급적 학문은 극히 상반된 입장을 취한다. 예컨대 실증주의적 문학사회학은 가치중립적 학문을 요구한다. 다시 말해 해석자 측의 가치평가를 부정하며, 해석자에게 이른바 객관성을 강요한다. (제1부의 제8장과 제2부의 퓌겐 텍스트 198쪽 참조.) 관찰자가 어떤 입장을 취하는 것이 허용되지 않기 때문에 관찰자는 행동하는 인간의 위치로부터 자기 자신의 작품에 예속되는 수동적인 인간으로 격하된다. "자유분방한" 지성의 임무는 여기서 현재의 상황을 단순히 기술하는데 국한되며, 변화의 시도 같은 것은 허용되지 않는다. 그러나 이러한 사이비 중립주의는 사실상 기존의 세계를 인정하는 것이나 다름없다. 비록 시민계급적 성향을 띤 독어독문학에서 가치평가가 학문적 작업의 출발점으로 받아들여지고 있기는 하지만,[28] 여기서 기본입장은 내재적이며 개인적이다. 왜냐하면 개별적 현상의 위상이 여기서는 사회의 전반적인 프로세스에서 충분히 고려되지 못하기 때문이다.

마르크스주의 입장에서 보면 학자(또는 작가 및 독자)는 사회적으로 조

---

27) Tomberg, 『Mimesis der Praxis』, S. 90.

28) Vgl. H.-G. Gadamer, 『Wahrheit und Methode. Grundzüge einer philosophischen Hermeneutik』, Tübingen 1965.

건 지어진 의식을 지니고 있으며, 특정한 인식적 관심을 가지고 연구대상에 접근한다. 객체(문학생산품)나 주체(해석자)는 역사적으로 각인된다. "모든 역사학이나 사회학에서와 마찬가지로 경제적 범주들의 진행과정에서도 현실에서처럼 머릿속에서도 주체, 즉 여기서는 현대 시민사회가 작용하고 있다는 사실을 항상 확인할 수 있다. (...)"[29] 「당기구와 당문학」(제2부의 103~111쪽 참조)이라는 논문에서 레닌은 엥겔스의 범주인 "경향성"에 입각하여 작가의 의식적이고 단호한 당파성을 요구한다. 자본주의사회에서 작가는 새로운 유형의 당에 봉사할 때 비로소 경제적 내지 이데올로기적 예속성 때문에 자신에게 거부되었던 자유를 얻게 된다. 당파적인 견해표명이 불가피함은 당파성이 "계급사회에서는 모든 형태의 사회적 의식에 내재된 본질적 특징"[30]이기 때문이다. 시민계급적 이데올로기의 당파성은 예를 들면 한편으로는 "영원한 가치"의 예찬이며, 다른 한편으로는 계급투쟁과 사회진보의 거부 그리고 사회를 이성의 법칙에 따라 의식적으로 형성할 수 있는 가능성을 거부하는 가운데 드러난다. 여기서 중요한 것은 사회적 관심을 규정하는 가능한 객관적 판단기준을 묻는 문제이다. 이 경우 객관성이란 주관성의 배제를 의미하는 것이 아니라 - 이는 전적으로 불가능하다 - 자신의 사회적 입장에 대한 학자 측의 성찰을 의미하며, 나아가서는 "절대진리"로의 접근은 역사적으로 조건 지어진 한계에 부딪힐 수밖에 없다는 사실에 대한 성찰을 의미한다. 또한 여기서는 개인적인

---

29) 『MEW』, Bd. 13, S. 637.

30) Matthias Klein, 「Parteilichkeit」, In: 『Philosophisches Wörterbuch』, Bd. 2, S. 819.

발전(생산관계)이 생산력의 발전단계와 상응하는가 하는 문제가 검토된다. 그러나 이 양자 간의 상응문제는 개인적인 소유와 사회적 생산 간의 불균형이 제거될 때 비로소 실현될 수 있다. 이러한 목표는 오로지 노동자계급만이 자신의 이익과 더불어 공동의 이익을 추구하는 가운데 계급사회를 타파함으로써 달성할 수 있다.

3장

메링 – 칸트의 미학과 유물론적 문예학

메링은 플레하노프와 더불어 최초의 저명한 마르크스주의 문학사가이다. 그의 업적은 무엇보다도 진보적인 시민계급문학을 보호하고 아울러 이를 새로이 평가했다는 점이다. 특히 그는 「레싱 전설(Lessing-Legende)」이라는 글을 통해 빌헬름 시대의 독어독문학에 치명적인 공격을 가했다. 메링은 레싱이라는 인물을 진보적인 시민계급작가로 그 위상을 올바르게 정립했을 뿐 아니라 프러시아의 왕들이 독일문화의 후원자라는 신화 또한 깨뜨림으로써 당시 정치의 근본문제(제국건설)를 건드리기도 했다. 메링은 최소한 그의 실러 예찬으로 공식적인 당 노선을 걷기는 했으나 – 양적인 면에서는 – 독일 사회민주당(SPD) 내에서 결코 큰 영향력을 행사하지는 못했다. 이 당은 당시 시민계급의 "문화재"를 차별 없이 대할 것을 권장함으로써 이 방면에서 노동자의 교양수준을 높이는데 이바지했다. 메링 또한 고전문학의 유산을 전수시키기 위해 노력함으로써 이 대열에 합류하게 되었다. 여기서 그는 시민계급의 혁명과 프롤레타리아의 계급투쟁 관계를 특히 높이 평가했다. 그는 상승의지와 계급의식에 눈을 뜬 시민계급의 문학을 그 당시 부르주아의 "해체현상" 보다도 중시했다.(제2부의 메링 텍스트100~101쪽 참조.) 그러나 메링은 문학의 도덕-교육적 기능만을 강조하고 그것이 물질적 힘으로 변화될 수 있는 가능성은 인식하지 못했는데, 이는 그의 실러 선호와 밀접한 관련을 맺고 있다. 그렇기는 하지만 그는 "자유 민중무대(Freie Volksbühne)"를 위한 토론에서 프롤레타리아에게 자신들의 예술적 취향을 주입시키고자 하는 "민중교육자", 즉 지식인들을 통렬하게 공박한다.(제2부의 메링 텍스트 97쪽 참조.) 라살에 대해서도 메링은 이와 유사한 양가감정적兩價感情的 태도를 취한다. 실러 이외에도 칸트의 미학에서 많은 영향을 받은 메링은 칸트를 높이 평가한다.(오스트리아 마르크스주의* 참조.) 명백한 방법적 모순을 지닌 채 메링은 문학의 사적 유물론의 분석방법을 칸트의 추상적이고 규범적인 미의 범주와 연결시키는가 하면, 마르크스주의의 당파성을 "이해를 초월한 기쁨"과 연결시키기도 하고, 나아가 반영이론을 "본질적인 것이 형식 속에 깃들어" 있다고 주장하는 "순수한 가상과 유희"로서의 예술유형과도 연결시킨다.

메링의 문학비평, 즉 그의 당대문학에 대한 연구는 자연주의에 대한 논쟁에 집중되어 있다. (신낭만주의나 표현주의에 대한 언급은 거의 찾아볼 수 없다.) 이 문학조류에 대해서도 그는 역시 양가감정적인 태도를 취하는데, 이를테면 「해리모피(Der Biberpelz)」나 「방직공(Die Weber)」 같은 작품은 시민계급사회에 대한 비판으로서 긍정적으로 평가하는가 하면, 다른 한편으로는 자연주의 작가들의 부정적인 기본태도를 비판한다. 왜냐하면

---

* 제1차 세계 대전을 전후해서 오스트리아의 사회민주당원들이 결성한 마르크스주의의 한 분파를 말한다.

이들이 독일 고전주의의 작가들과는 달리 노동자들과 진보적인 의식을 전혀 공유하지 못했기 때문이라는 것이다.(제2부의 메링 텍스트 98쪽 참조.) 그 밖에도 그는 자연주의가 전통과 결별했다는 이유로, 또 창조적 판타지를 부정하고 사회의 외관만을 복사한다는, 다시 말해 본질을 파악하지 못하고 그로인해 근본적인 사실에 대립해 있다는 이유로 자연주의 작가들을 비난한다.

그러나 메링은 시민계급문학만을 공격하는 것이 아니라 프롤레타리아 숭배의 초기 단초들도 공격한다. 다시 말해 시민계급의 유산 및 시민계급에 동조하는 시민계급 작가들과도 엄격하게 거리를 둔 채 문학에서 조차 프롤레타리아 독재를 도입하려 하는 문학조류 또한 비판한다.

메링과 트로츠키의 프롤레타리아 예술의 문제점

메링은 프롤레타리아 예술은 경제적, 이데올로기적인 이유 때문에 자본주의 세계에서는 성취될 수 없다고 생각한다.(제2부의 메링 텍스트 98쪽 참조.) 이로써 그는 체트킨과 침머가 그랬던 것처럼 트로츠키가 후에 보다 더 과격하게 표현한 말을 선취해 사용하고 있다. 트로츠키는 포괄적인 프롤레타리아 문화의 개진 가능성을 자본주의 사회에서만 부정하는 것이 아니라 프롤레타리아 독재의 시대에도 부정한다. 이를테면 그는 프롤레타리아 독재시대 이후에 도래할 계급 없는 사회에서도 당연히 프롤레타리아 계급의 예술은 존재할 수 없을 것이라고 주장한다.(제2부의 트로츠키 텍스트

113쪽 참조.) 비록 노동계급이 문화에 "그들의 직인을 찍기"는 하겠지만, 그리고 "노동자 환경 출신의 사람들이 (...)" 문학작품을 쓰기는 하겠지만, 그렇다고 "보다 큰 역사적 기준에서 볼 때" 프롤레타리아 문화가 있다고 주장할 수는 없다고 트로츠키는 말한다. 이러한 관점은 영원한 혁명에 관한 그의 이론과 일치하는데, 이 이론에 의하면 프롤레타리아 독재는 그 시기가 짧아서 그것 고유의 "과도기적 문화" 및 계급예술을 생산해 낼 수 없다. 트로츠키는 비록 토대로부터 상부구조 일반을 분리시키지는 않지만 예술(문화)을 나머지 다른 상부구조의 영역으로부터 기계적인 방법으로 떼어내며, 정치의 우위를 절대화하고 시민계급문학의 유산을 지나치게 강조한다. 그러나 그가 프롤레타리아 예술의 창조에서 간파한 난관들, 즉 경제적, 정치적 투쟁을 통해 야기된 특별한 난관들은 물론 간과하지 말아야 할 것이다.[31]

메링과 레닌의 당파성

당파성의 문제에 있어서도 메링의 입장은 모순을 지니고 있다. 레닌과 마찬가지로 그는 소위 "자유롭게 부동浮動하는" 문학에 대해 대립적 자세를 취하며, 자기 자신을 "당黨작가"로 부르고 자신의 학문적 활동을 당의

---

31) 갈라스에 의하면 레닌은 자기의 견해를 트로츠키만큼 이론적으로 상세하게 전개 하지 않았지만 이점에 관한 한 트로츠키의 의견과 크게 다르지 않다.
Vg. Helga Gallas, 「Marxistische Literaturtheorie. Kontroversen im Bund proletarisch‐rvolutionärer Schriftsteller」, Neuwied und Berlin 1971, S. 210~212. Anmerkung 22.

정치 이데올로기적 투쟁의 한 부분으로 파악한다.(제2부의 레닌 텍스트 105쪽 참조.) 그러나 그는, 문학은 "당의 첨탑보다도 더 높은 망루"에 위치해 있다는 프라일리그라트의 말을 반복함으로써 상기의 태도를 다시금 상대화시키며, 당을 통한 문학의 정비를 거부한다.

메링의 문학이론이 지닌 특이한 "방법의 이원론"은 제쳐 두고라도 그의 유물론적 단초들 역시 그 자체로 결함이 있다. 메링은 상부구조가 토대에 철저하게 일방적으로 예속되어 있다고 생각한다. 그는 이들의 비동시성의 가능성을 간과하고 있으며, 경제와 문학 간의 중재적, 간접적 관계를 근본적으로 축소 왜곡시키고 있다. 그러나 메링의 이론에서 나타나는 이러한 약점은 (이를테면 루카치가 말하는 것처럼) 그가 시민계급출신이기 때문이라는 단순한 개인적 이유로 설명되어서는 안 될 것이다. 메링의 약점은 오히려 그 당시 독일 사회민주당의 일반적인 정책 및 노동운동상황(제국주의 이론의 부재로 인한 무계획적 실천)과 맥을 같이한다. 메링은 항상 독일 사회민주당의 좌익에 섰고, 나중에는 독일 독립사회민주당(USPD)과 스파르타쿠스동맹*에도 가담했으나 일관되지 못한 이론과 실천은 그 역시 부분적으로 제2 국제노동자연맹의 기회주의**에 사로잡혀 있었음을 보여 준다.

---

* 스파르타쿠스동맹: 1919년 1월 리프크네히트 및 룩셈부르크와 메링 등에 의해 결성된 단체로 처음에는 스파르타쿠스그룹이라는 명칭을 지니고 있었다. 이 단체는 1917년 4월과 1918년 12월 사이에 독일 독립사회민주당에 편입되었다. 룩셈부르크에 의해 기안된 스파르타쿠스강령은 레닌의 볼셰비키이념과는 달리 당의 기능과 연관하여 민주적 공산주의를 지향하고 있다.

**1864년에 결성된 제1 국제노동자연맹에 이어 1889년에 세계 20개국의 사회당원이 참가한 파리의 국제 사회당대회에서 결성된 마르크스주의적 경향을 띤 국제 노동자연맹을 말한다. 이 발기대회에서 1일 8시간 노동제를 요구했으며, 매년 5월 1일을 이 요구의 관철을 위한 투쟁의 날로 선언했다.

이러한 약점에도 불구하고 그는 실증주의 문예학에 대항해서 투쟁하고, 문학의 계급적 성격을 강조했으며, 나아가 문학이 경제적 토대와 관련되어 있음을 밝혀냄으로써 마르크스주의 문학이론을 계속 발전시키고, 이를 실천으로 옮긴 최초의 사람들 중의 한 사람이라는 점은 인정해야 할 것이다. "(...) 전체적인 면에서 볼 때 메링이란 인물은 그가 지닌 약점 및 한계로 인해 제2 국제노동자연맹의 지평을 벗어나지 못하고 있기는 하지만, 그의 행적은 비판적으로 극복되어야할 발전단계이며, 결코 간과되거나 무시되어서는 안 될 것이다.[32]

---

32) Georg Lukács, 「Franz Mehring (1864~1919)」. In: 『Beiträge zur Geschichte der Ästhetik』, Berlin 1954, S.402~403.

4장

표현주의-리얼리즘 논쟁 : 루카치와 브레히트

이 장에서는 루카치와 브레히트의 텍스트를 근거로 해서 루카치의 문학이론의 문제점을 밝히고자 한다. 그렇다고 여기서 마르크스주의 문예학 분야에서 남긴 그의 업적을 통틀어 문제시하려는 것은 아니다. (아직 마르크스주의적 성향을 띠지 않은 초기 루카치의 글, 예컨대『소설의 이론』은 여기서 원칙적으로 고려의 대상이 되지 않는다.) 루카치는 30년대뿐 아니라 헝가리 봉기가 일어났던 1956년에 이르기까지 동독에서, 그리고 서독에서도 가장 많은 영향력을 미친 마르크스주의 문학이론가 중의 한 사람이다. 문학생산품에 관한 그의 구체적인 분석들, 특히 19세기 시민계급문학의 분석들은 - 물론 그의 이론과 불가분의 관계를 맺고 있음에도 불구하고 - 오늘날까지 중요한 의미를 지니고 있다.

루카치에 대한 논쟁은 오늘날까지 근본적으로 프롤레타리아 혁명작가동맹(BPRS) 내지 망명 작가들의 잡지인『말(Das Wort)』지에 실린「표현주의와 리얼리즘에 관한 문학토론」에 그 근거를 두고 있다. 당시 루카치는 독일 공산당(KPD)의 지도부로부터 지원을 받는 프롤레타리아 혁명작가동맹의 주도그룹 대표자였는데, 이 그룹에는 루카치 이외에도 비트포겔,

쿠렐라, 베허가 속해 있었다. 그러나 다른 한편으로 몇몇 프롤레타리아 작가들, 예를 들면 브레히트, 아이슬러 그리고 블로흐 같은 사람들은 문학에서 뿐만 아니라 기타 다른 영역에서도 이들과는 반대 입장을 취했다.

루카치의 정치적 견해로부터 출발해 보자. 왜냐하면 루카치의 리얼리즘 개념은 그의 민주주의의 이해와 연관해서만 올바로 파악될 수 있기 때문이다. 그는 시민혁명의 민주주의 이상에 근거해서 무계급적 진보사상을 대변하는데, 이 진보사상은 인민정책전선(제2부의 루카치 텍스트 126쪽 참조) 및 인민민주주의 사회형태를 절대화한다. 여기서 임금노동과 자본 간의 근본모순은 파시즘-반파시즘, 진보-반동, 평화-전쟁과 같은 대립적 개념 쌍으로 치환됨으로써, 노동자 운동의 민주적 투쟁은 필연적인 단계를 넘어서서 그것이 곧 목표가 되고 있다. 그러나 이러한 논리로 인해 루카치는 자본주의와 사회주의 사이의 "제3 노선"을 선전한다는 비난을 자초한다. 계급적 관점에 대한 불투명한 견해와 더불어 그의 애매한 리얼리즘 개념 또한 지적되어야 할 사항이다. 다시 말해 루카치는 비판적 시민계급의 리얼리즘과 사회주의적 리얼리즘 사이에 뚜렷한 구분을 짓지 않는다.

루카치에 의하면 "추상적인 객관성"을 내세워서 단지 표면구조만을 묘사하는 자연주의와 "추상적인 주관성"을 띠고 공허한 내면성의 허상 속으로 퇴각하는 형식주의와는 달리 리얼리즘은 사실을 변증법적 총체성 속에서 반영한다. 리얼리즘 창작기법의 본질적 구성요소는 전형(典型: Typus)이다. 여기서 전형이란 개별성과 보편성을 융합시키면서 일반적인 법칙성을 구체적인 형태 속에서 묘사할 수 있는 장편소설의 인물형식을 말한다. 전형으로서의 인물은 자의식과 미래에 대한 전망을 지니고 있어야 한다.

시민혁명을 매우 높이 평가하는 루카치는 19세기의 리얼리즘 소설에서 이러한 요구가 실현되었다고 본다. 그가 19세기의 리얼리즘 소설을 사회주의문학 발전을 위한 모델로 선정한 이유도 바로 이 때문이다. 이처럼 그가 시민계급문학의 진보적 유산을 발굴하기 위해 노력한 점은 높이 평가되나, 이 유산을 절대화시켰다는 데에는 문제가 있다. 다시 말해 19세기의 장편소설 작가 몇 명을 규범으로 못 박았다는 점이 비판의 대상이다. 리얼리즘은 여기서 단순한 "양식의 문제"가 되고 있다.(제2부의 브레히트 텍스트 134쪽 참조.) 또한 방법에 비해 대상*은 부차적인 것이 됨에 따라 특정한 문학형식에 대한 숭배 가능성이 엿보인다.

루카치는 20세기 시민계급문학의 새로운 기법과 형식(내적독백, 르포르타주, 몽타주, 문체변화, 생소화 등)에 반대한다. 단순히 형식적인 데카당 개념에 의존한 채 그는 시민계급 작가들이 맨 처음 "몰락의 산물"로 사용했던 일체의 기법을 모두 거부한다. 이를테면 그는 조이스, 카프카, 도스 파소스, 되블린, 프루스트 등이 자본주의적 소외에도 불구하고 사실성의 부분적 측면을 적절히 그려 낼 수 있었다는 사실과 이들의 예술방법도 발자크나 톨스토이의 형식과 마찬가지로 사회주의문학으로 "기능전환"할 수 있다는 사실을 인식하지 못하고 있다.

그런가 하면 루카치는 프롤레타리아 작가들의 최초의 시도들도 비판하고 있다. 「문제는 리얼리즘이다」에서(제2부의 루카치 텍스트 116쪽 참조) 그는 이런 식으로 유별나게 반反리얼리즘문학 내지 변명문학, 이른바 아방가르

---

* 여기서 방법과 대상은 형식과 내용으로 치환된다.

드와 저명한 리얼리스트들(고리키, 만 형제,* 롤랑 등)에 관해 언급한다. 그러나 여기에는 일련의 사회주의 및 프롤레타리아 작가들이 전부 빠져 있다. 특히 오트발트와 벌인 르포르타주 논쟁에서는 남들이 인정하지 않는 전통소설 형식을 혼자서 집요하게 고집하는 루카치의 경직성을 엿볼 수 있다. "서술(Erzählen)"과 "기술(Beschreiben)"을 대비시키는 자리에서 그는 두 번째 범주에 속하는 작가들을 비난하는데, 그 이유는 소시민적 의식에 근거하여 이들이 사실을 바탕으로 한 사회의 표면은 그려 낼 수 있으나 그 본질은 묘사할 수 없기 때문이라는 것이다. (이러한 주장은 계급상황과 문학적 방법 간의 관계를 축소 왜곡시킨다.) 그러나 루카치가 요구하는 개인적이고 형상화된 줄거리는 제반 사회문제 그 자체를 개인화시킬 위험성을 내포하고 있다. 마땅히 문학생산품의 고유한 특성으로 간주되는 개인화도 루카치의 경우에는 지나치게 도식적으로 조작되고 있다. 그도 그럴 것이 사유적인 추상으로부터 "직접성" 속에서 그 "예술적 포장"(제2부의 루카치 텍스트 125쪽 참조)으로 이어지는 발전과정이 부정의 부정으로서 변증법적으로 진행되어 나가는 것이 아니라 시간의 경과로 이루어지고 있기 때문이다. 루카치는 새로운 소재(예를 들면, 1930년대의 구체적인 역사적 상황)는 역시 새로운 표현방법을 요구한다는 사실과, 그에 반해 전통적 형식들은 이 새로운 소재가 정치적 영향력을 전혀 지니지 못한다고 매도하고 있음을 어느 곳에서도 숙고하고 있지 않다. 그는 전적으로 작품미학에만 머물고 있으며, 작품미학과 수용미학, 즉 예술의 사용적 성격 간의 필연적인 관계는 인식

---

* Thomas Mann과 Heinrich Mann을 말한다.

하지 못하고 있다.

과거에 획득한 미학적 원리들을 루카치는 추상적인 이상으로 둔갑시켜 여러가지 구체적인 상황에 탈역사적으로 적용시키고 있다. 여기서 그는 제반 생산력(기술상의 혁명, 매스미디어, 문화산업)의 발전이 문학분야의 생산영역뿐 아니라 수용영역까지도 변화시킨다는 사실을 고려하지 않고 있다. 또한 무엇보다도 아이슬러가 자신의 음악이론에 관한 글들[33]에서 전개한 논지, 즉 예술적 형식들은 특별히 이데올로기적으로 형성되는 것은 아니며(계급적 입장), 제반 사회적 생산력의 상황에 따라 물질의 고유 법칙성이 생기게 된다는 사실을 제대로 이해하지 못하고 있다.

루카치는 자발성 이론에 입각해서 현실은 이른바 자동적 과정을 통해 작가에게 작용하며, 작가는 단지 역사의 법칙을 직감적으로 따를 뿐이라고 주장한다. 발자크의 경우에는 자본주의 사회에 대한 이런 식의 직관에 입각한 비판이 아직도 긍정적인 평가를 받을지 모르지만, 브레히트의 말대로 20세기에서는 마르크스-레닌주의에 대한 지식이 현실의 올바른 반영을 위한 필수 전제가 된다.(제2부의 브레히트 텍스트 138쪽 참조.) 이른바 작가의 편견을 지양시킨다는 "작가적 양심"(제2부의 루카치 텍스트 129쪽 참조)이란 개념을 가지고 루카치는 세계관과 미학적 현실파악 사이에 야기되는 대립관계를 해소시키려고 하지만(발자크 참조.), 정직성 그 자체가 이데올로기적 입장의 일부라는 점을 간과하고 있다. 따라서 모순은 모호하기 이를 데 없는 "창작자의 개성"과 의식상태 사이에 존재하는 것이 아니라

---

33) Vgl. 『alternative 12』 (1969) H. 69 (Materialistische Kunsttheorie II: Hanns Eisler).

작가들의 시민계급 이데올로기 그 자체 때문에 발생하는 것이다. 시민계급 작가들은 그들의 인문주의적 전통으로 인해 자본주의 사회의 발전을 긍정적으로 볼 수 없을 뿐더러 그들의 계급적 한계 또한 극복할 수 없다.

이렇듯 지나칠 정도로 수동적이고 "관조적인" 작가의 태도는 선취와 당파성을 대하는 루카치의 자세에서도 찾아볼 수 있다. 톰베르크에 의하면 루카치의 시야는 그 폭이 극히 좁다. 루카치에 의하면 예술가가 잠재된 현실에 대한 지식을 가지고 있다고 하더라도 이 현실은 미학적으로 선취되지 않는다. 왜냐하면 예술가는 그가 본 것만을 묘사할 수 있을 뿐 그가 알고 있는 것은 그려내지 못하기 때문이다. 따라서 작가는 거의 객체로 환원된 채 역사의 법칙을 따를 뿐 역사를 변화시키면서 역사에 관여할 수는 없다. 당파성 또한 계급투쟁에 있어서의 작가의 의식적인 태도 표명에 근거한 것이 아니라 단지 현실에 내재된 성분의 표현일 뿐이다. 다시 말해 작가는 이 현실에 내재된 성분을 단지 미학적 형상화를 통해 증류시켜 낼 따름이다. 이렇듯 루카치는 주체 쪽의 의식적인 당파성을 은폐시키고 있으나 기실 이 주체는 가능한 어느 한 쪽을 택해야 한다. 이는 정치투쟁에만 해당되는 현상이 아니다. 루카치는 도색된 경향[34]을 거부하는 엥겔스를 원용하고 있는데, 이것도 옳다고 할 수 없다. 왜냐하면 엥겔스는 그 당시 상황에서 무엇보다도 시민대중을 염두에 두고 있었고, 한편 레닌은 변화하는 사회상황에 맞춰 엥겔스의 견해들을 계속 발전시켜 나가면서 당파문학을 노동계급 및 그 당과 연결시켰기 때문이다.(제2부의

---

34) Vgl. 『MEW』, Bd. 36, S. 394.

레닌 텍스트 105쪽 참조.)

"새로운 사회가 어떤 상황에서도 이른바 존재론적 이유에서 실현되어야 한
다면, 지식인들의 조직과 행동은 혁명과정의 전제라기보다는 그 결과이다.
(...) 그렇게 되면 예술가는 현실의 "자전운동"을 "관조적"으로 반영하는 것
으로 만족해야 할 것이다. 그러나 사회적으로 필수적인 것이 일어나느냐
아니냐 하는 것이 아방가르드의 행동에 달려 있다면, 문학적 행위 또한 마
땅히 당의 거대한 메커니즘 속에서 "바퀴와 나사못"이 되어야 할 것이다.
(...)"[35]

루카치가 영원히 한결같이 존재하는 "감정의 정화"라고 부르는 카타르
시스는 브레히트에 의해 신비적이고 개인적인 세계로 거부당한다.(제2부
의 브레히트 텍스트 135쪽 참조.) 정신적 위기 대신에 브레히트는 사회과정의
합리적 인식을 요구하고, 비극성 대신에 구체적인 위협을 야기하는 원인
의 규명을 요구한다. 바로 이 지점에서 또한 - 앞서 있었던 많은 논점에서
와 마찬가지로 이 지점에서 또한 - 브레히트의 리얼리즘적 문학생산 및
유물론적 문학분석이 루카치의 문학이론, 즉 부분적으로 이상주의적 색
채가 강하고, 또 아직껏 시민계급의 표상에 사로잡혀 있는 루카치의 문학
이론과 대조를 이루고 있음이 뚜렷해진다. 지금까지 간헐적으로 그리고
루카치와의 대비로 언급된 바 있는 브레히트의 견해를 종합해서 살펴보
면, 브레히트는 마르크스주의 문예학의 계속적인 발전을 위해 아직 거의

---

35) Tomberg, 『Mimesis der Praxis』, S. 66, Anmerkung 32.

사용된 적이 없는 출발점을 노정시키고 있음을 알 수 있다.[36]

브레히트는 투쟁적 리얼리즘을 내세운다. 이 투쟁적 리얼리즘은 어떤 특정한 양식 이상 쪽으로 방향정립을 하지 않고, 현실과 그 현실의 변화, 즉 문학생산품의 기능(사용적 성격)에 그 지표를 맞춘다. 그의 모순론 구상에서 보면 루카치의 종합적 총체성 개념과는 달리 본질과 현상이 예술작품 속에서 화해를 이루지 못하고 있다. 여기서는 오히려 사물 자체의 모순들과 이 사물들의 역사적 발전(계급투쟁) 과정에서 나타나는 모순을 독자에게 납득시키려 한다. 이를 위해 브레히트는 생소화효과를 사용하여 예술작품에서 또한 사회의 대립관계를 보여주려 한다. 일상적인 것이 새롭고 낯설게 나타남으로서 관객은 이 일상의 변화가능성을 인식하게 되는 것이다. 현실을 직관적으로 추체험하는 시민계급적 관점은 여기서 배제된다.

"민중성"이란 개념의 사용에 있어서도 브레히트와 루카치의 이론은 서로 대립하고 있다. 루카치는『부덴브로크 일가(Buddenbrooks)』의 발행부수가 백만 부에 달한 것을 토마스 만의 민중성에 대한 증거로 제시함으로써 "민중"과 "일반대중"을 극히 모호한 방법으로 동일시하고 있다. 이런 식으로 루카치는 계급분석을 위한 노력은 제쳐놓고 "민중" 개념을 호도하고 있다. 작품의 대중화와 더불어 유산 또한 그에게는 민중성을 가름하기 위한 결정적인 기준이 된다.(제2부의 루카치 텍스트 128쪽 참조) 브레히트는 이러

---

36) Vgl. Bertolt Brecht, 「Schriften zur Literatur und Kunst」. In: B. B. 『Gesammelte Werke』, Bd. 18 und 19, Frakfurt 1967.

한 오류에서 벗어나 있다. 그는 민중개념을 매우 상세하게 서술하는 자리에서(제2부의 브레히트 텍스트 132쪽 참조) 이를 파시즘 세계에서 파악했던 것과는 다르게 설명하고 있다. 그는 민중을 소수에 의해 억압받는 다수 대중으로 이해하며 – 위에서도 언급했듯이 – 유산과는 비판적 거리를 유지한다. 그는 "최고의 질을 지닌 그리고 고도로 섬세한 예술"[37]을 요구하는데, 이러한 예술은 "가능하면 간단"해야 하며, 그렇다고 결코 의고전적이거나 "2류급"이 되어서도 안 된다는 것이다. 이 말은 중요한 말이다. 결론적으로 말해 브레히트의 리얼리즘 개념에서는 비판적 요소가 강조되어야 할 것이다. 결코 예술작품이 사회에 아직도 현존해 있는 모순을 은폐해서는 안 된다. "리얼리즘의 비판적 요소가 감추어져서는 안 된다. 이 말은 중요한 말이다. 현실의 단순한 반영은 설사 그것이 가능하다 해도 우리의 뜻과는 거리가 멀다. 현실은 비판되어야 한다. 현실이 형상화되는 동안 그것은 사실적으로 비판되어야 한다."[38]

---

37) Brecht, 「Kulturpolitik und Akademie der Künste」, In: 『Gesammelte Werke』, Bd. 19, S. 543.
38) Ders., 「Über das Programm der Sowjetschriftsteller」, Ebd., S. 446.

5장

발터 베냐민 - 그는 형이상학적 마르크스주의자인가?

후기 베냐민의 예술이론은 브레히트의 문학생산품에 대한 검토와 특히 아이슬러가 설파한 생산력에의 물질 예속이론과 밀접한 연관을 맺고 있다. 전쟁이 끝난 후 베냐민이 세간의 주목을 끌게 된 데에는 아도르노의 공이 컸음을 부인할 수 없다. 물론 아도르노는 "아도르노적" 베냐민을 선보이려고 시도했다. 여기서 그는 베냐민의 공산주의에로의 전향을 부박浮薄하고 일시적인 오류("유물론적 위장" 또는 "유물론적 감탄사"[39])라고 몰아세우면서, 이러한 오류는 특히 브레히트의 "치유 불능적" 영향 때문이라고 주장한다. 이에 반해 아도르노와 숄렘은 마르크스주의 이전의 베냐민을 지나치게 강조한다. 이 시기에 특징적인 것으로는 신학적 관찰방법의 세속적 적용을 들 수 있는데, 특히 유태교적-신비주의적 성서해석에서 베냐

---

39) Gershom Scholem: 「Walter Benjamin」. In: 『Über Walter Benjamin』, Frankfurt 1968, S.150. Theodor W. Adorno, 「Einleitung zu Walter Benjamin」, Bd. 1, S. XXI.

민은 그 당시 성서의 "계시" 및 "메시아" 사상을 아직도 순수한 개인적 "구원"에서 찾고 있다. 그는 당시에 이미 저명한 문학비평가 중의 한 사람이었다. 그는 당시 정통 문예학에 대해 반대 입장을 표명했지만, 그럼에도 불구하고, 아니 바로 그 때문에 저명한 문학비평가가 되었다. 그는 이 정통 문예학의 문제점을 자본주의 사회의 일반적 위기로 환원시켰다. (제2부의 베냐민 텍스트 140쪽 참조.) 베냐민의 경우 비평가로서의 행위가 작가 및 (특히 아동도서) 수집가의 행위로 보완되었는데, 여겨서는 모든 영역 속에 약간의 비교적秘敎的 색채가 깃들어 있음을 부인할 수 없다. 전통적 학문세계에 대한 그의 주변인 역할(그의 교수진급 논문 『독일 비극의 탄생(Ursprung des deutschen Trauerspiels)』은 불합격 판정을 받았다) 또한 그의 형식적 내지 방법적 글쓰기태도 속에 반영되고 있다. 아도르노는 베냐민이 "철학의 낡은 테마로부터 벗어났으며, 이 낡은 테마와 더불어 사용되던 은어를 (...) 뚜쟁이 언어"라 부르곤 한다[40]고 전한다. 베냐민은 철학과 문학의 긴밀한 관계를 에세이와 스케치, 평론과 논문의 형식을 빌려 언급한다.

이러한 글들에서는 체계성이 아니라 논쟁과 정곡을 찌르는 집약적 표현, 경구가 특징을 이룬다. 기존의 상황에 대한 비평과 부조리의 폭로를 통해 독자의 의식이 개선되어져야 하며, 또 독자의 중재를 통해 사회도 변화해야 한다는 것이 베냐민의 지론이다. 그 어떤 교훈적 색채도 띠지 않은 채 베냐민은 독자로 하여금 인식의 발전과정에 참여케 하려고 시도한다.

---

40) Theodor W. Adorno, 「Charakteristik Walter Benjamins」. In: 「Die neue Rundschau」 61, 1950, S. 574.

브레히트의 생소화효과에서와 마찬가지로 여기서도 또한 관객은 함께 사유하도록 자극을 받게 되며, 폐쇄적인 체계 앞에서 그저 수동적으로 서 있기만 하는 입장에서 탈피하게 된다. 풍부한 비유적 필치와 문제의식을 개발시켜주는 암시나, 세부적인 것, 조그만 대상에로의 집중 등은 바로 이런 류의 "개방된" 사유의 수미일관한 결과이다. 바로 이러한 조그만 대상의 분석을 통해 보편적인 사회연관관계가 드러나게 되는 것이다. (이것이 이른바 "현미경적 시각"[41]이다.)

베냐민의 이러한 사유방식과 묘사방법은 그가 마르크스주의 쪽으로 전향한 다음에도 변함이 없다. 그는 1924년 여름 이후 레이시스와 브레히트 그리고 루카치의 『역사와 계급의식(Geschichte und Klassenbewußtsein)』의 영향으로 공산주의에 접근하기 시작했다.

"내보기에 공산주의의 영역에는 "이론과 실천"의 문제가 적절히 안배되어 있는 것 같다. 다시 말해 이 두 부문 사이에 존재하는 거리감에도 불구하고 바로 여기서 이론에 대한 예리한 통찰이 실천세계와 연결되고 있다. (...) 하지만 지금의 나는 이러한 어려운 전제조건을 충족시킬 수 없으므로, 내 작업에서도 일정 부분 유보가 있을 수밖에 없다. 그러나 단지 유보일 따름이다."[42]

베냐민은 당원이 될 것을 고려한 적이 있으나 여러 가지 이유로 실천에

41) Ders., 「Einleitung zu Walter Benjamin」, 『Schriften』, S. XVII.
42) Benjamin, 『Briefe』, Hrsg. v. Gershom Scholem und Theodor W. Adorno, Bd. 1., Frankfurt 1966, S. 355.

옮기지는 않았다. 첫째, 파시즘으로 기우는 독일의 정치적 상황 때문이었으며, 둘째, 독일 공산당에서 증가하는 스탈린 교조주의 때문이었고, 끝으로 정통 마르크스주의 대한 그 자신의 "이단적" 태도 때문이었다. 그는 당에 입당할 경우 자신이 곤경에 처하게 될 것이라는 사실을 분명히 알고 있었다. 그러면서도 한편으로는 자기 자신의 입장을 수정할 준비를 철저하게 갖추고 있었다. 그는 이렇게 말한다. "한 무적의 당이 결코 나의 오늘의 문제에 관해 그 입장을 수정하게 할 수는 없겠지만, 다른 한편으로 내가 다르게 글을 쓸 수 있도록 만들 수는 있을 것이다."[43] 베냐민의 입장은 다른 많은 지식인들의 전형이라 할 수 있다. 이들은 자신의 "태생계급"을 떨쳐버리고 개인적 성찰을 벗어나 집단적 실천으로 나아가려고 시도했지만 아직 프롤레타리아와 완전히 합류하지는 못했다. 아무튼 베냐민은 자신의 우수憂愁를 근본적으로 극복하지 못한 상태에서, 그의 초기의 개인적-형이상학적 단초에서는 결여될 수밖에 없었던 사회적 자유의 가능성을 유일하게 공산주의에서 보게 된 것이다. 그러나 베냐민이 마르크스주의로 접어든 시절에도 이러한 해방의지 속에 유태교적 메시아사상의 흔적은 담겨 있다. 이는 두말할 나위 없이 이상주의가 그의 세계 속에 계속 존재할 수 있는 위험성을 내포하고 있음을 뜻한다. 그러나 구원사상이 인간의 행복추구의 실현을 위한 공산주의 투쟁과 접목되면서 이 "구원"은 사회적 성격을 띠게 되며, 혁명의 유물론적 개념으로 변한다.

베냐민을 괴롭혀 왔던 모든 생명체의 죄罪 관계는 이제 사회적으로 조건

---

43) Ebd., Bd. 2, S. 530.

지어진 것으로, 계급의 지배에 바탕을 둔 사회의 산물로 드러났다. 그를 끈질기게 따라다녔던 "원죄"는 결국 극단적인 노동분리와 경제적 상황 때문에 야기된 인간의 물화物化 및 소외였던 것이다. 그리고 그를 유혹했던 개인적인 "구원"은 이제 혁명적 변혁의 필연성으로 그의 의식에 나타나고 있었다.[44]

그러나 여기서 베냐민은 "경직된 진보사상"은 반대한다. 진보는 그에게 자동적으로 얻어지는 과정이 아니며, "동질적인 그리고 공허한 시간을 달리는 진전"이 아니라, "역사의 고리"를 폭파하여 열어 제치는 것이며, 가능성의 변증법을 위해 싸우는 혁명계급의 투쟁이다. 지금까지 그래왔던 것처럼 역사를 "승리자"의 역사로 이해하기를 거부함은 곧 전통을 현재에 대한 도전으로 보는 행위라 할 수 있다. 이를테면 현재는 새로운 시작이요, "대도약"인 것이다. 이와 같은 맥락에서 베냐민은 "지금 시간"이란 개념을 독특하게 사용하는데, 이는 "일종의 집중된 시간으로 관점 상으로 보면 현재의 주변에 머물러 있는 시간"[45]을 지칭한다. 역사를 죽은 대상으로 보아서는 안 되며, 역사학, 즉 문학사 또한 "박물관적"으로 보아서는 안 된다.(제2부의 베냐민 텍스트 144쪽 참조.) 베냐민은 진실 대신에 "환상"만을 가져다주는 역사기술의 "공허한 전시적 성격"을 비판한다. 그는 문학생산품의 사회적 기능이 그 생산품의 전통과 무관하게 관찰되어서는 안 된다는 사실을 인식한 것이다. 이러한 현상은 특히 교양시민적 수용세계, 즉 "창조

---

44) Ernst Fischer, 「Ein Geisterseher in der Bürgerwelt」. In: 『Über Walter Benjamin』, S. 117.
45) Hans Heinz Holz, 「Prismatisches Denken」. In: 『Über Walter Benjamin』, S. 103.

정신, 감정이입, 시간으로부터 해방, 즉 현대로부터의 이탈, 모방, 공동체험, 환상, 예술감상" 등으로 구성되는 수용세계에서 두드러지게 나타난다. 이에 반해 유물론적 문예학에서는 현재시간 중심의 연관관계를 이끌어내는 것이 중요하다. 마르크스와 엥겔스가 구체적인 역사적 상황에서 농민전쟁이나 파리코뮌*에 관해 기술했듯이 문예학의 과제 또한 한편으로는 역사를 지배자들의 역사로 기술하지 않고, "역사를 털의 결을 거슬러 솔질하듯"[46] 훑어 나가는 것이며, 다른 한편으로 문학작품들을 그 시대와 연관해서 서술하지 않고, 그것이 태어난 시대 속에서 그것을 인지하는 시대를 – 이는 곧 우리의 시대이다 – 포착해내는 것이 중요하기 때문이다. (제2부의 베냐민 텍스트 146쪽 참조.)

---

* 1871년 3월 말에서 동년 5월말까지 존속했던 반정부단체로 공화주의자들과 혁명주의자들로 구성되었다. 친 군주적 국민의회가 국내정치에서 반사회적으로 내린 결정 에 대해 반기를 들고 정부군과 싸웠으나 패했다.

46) Benjamin, 『Geschichtsphilosophische Thesen』, S. 498.

6장

"생산자로서의 작가" - 문화산업과 상품미학

　공장노동자와 마찬가지로 문학생산자 또한 자신의 노동력을 소위 "문화산업"[47]의 생산수단을 소유하고 있는 자본가에게 팔아야 한다. 공장노동자와 마찬가지로 그도 또한 생산에 결정적인 영향을 미치는데 방해를 받는다. 하물며 생산관계를 개혁시키는 일에 있어서는 더 말할 나위도 없을 것이다. 그렇기는 하지만 오늘날 이 분야의 변화를 위한 인식의 단초를 세울 수 있는 입지를 마련하기 위해서는 "현재의 제반 생산조건 속에서의 예술의 발전경향"[48]을 분석하는 일이 필요하다. 베냐민은 예술의 창조를 생산이라고 생각한다. 따라서 예술작품은 생산관계에 예속될 뿐 아니라 예술기법 그 자체도 사회적 생산력이 된다.(제2부의 베냐민 텍스트 159쪽 참조. 문학작품의 위상은 생산관계 내에서만 설정될 수 있을 뿐 생산관계와 동렬로

---

47) Max Horkheimer, Theodor W. Adorno: 「Dialektik der Aufklärung」, Kap. "Kulturindustrie. Aufklärung als Massenbetrug". Amsterdam 1947 (jetzt als Raubdruck). S. 128~176.
　이 두 사람들은 "문화산업"이란 개념을 산업적 생산조건(출판업 연합, 영화산업, 매스미디어 등) 하에서 "문화"를 생산하는 행위로 파악한다.

48) Benjamin, 「Das Kunstwerk im Zeitalter seiner Reproduzierbarkeit」. In: W. B., 『Schriften』, Bd. 1. S. 367.

서지는 못한다.)[49] 현대예술의 특징은 기술적 복제작업으로 나타난다. 그러나 이로 인해 발생하는 예술의 집단소비를 아도르노처럼 단순히 집단이란 이유 때문에 부정적으로 평가해서는 안 된다. 이 집단소비는 자본의 이해관계에 따른 기술적 장치를 이용할 때 비로소 대중적대적인 기능을 지니게 된다. 이 영역에서도 합리적 사유를 강화시킬 경우 이데올로기적으로 은폐되고 있는 자본의 제반 시대착오적 부분(교양시민, 관료주의 등)이 결정적으로 제거되고, 그와 더불어 근본모순을 첨예하게 드러낼 수 있는 가능성을 제시할 수 있다.(그람시로부터 착상을 얻은 브레히트의 「서푼짜리 심판(Dreigroschenprozeß)」참조.)

베냐민에게서만 볼 수 있는 이론적 단초는 무엇보다도 그가 사회적 무기력의 표현이 되어버린 시민계급 성향의 관조적 예술수용(예술작품의 아우라*)을 집단수용으로 대체하려 한다는 데에서 출발한다. (피스카토르의 프롤레타리아 극장 시도 참조.) 무엇보다도 문학을 통해 자극을 받은 대중의 요구는 오로지 집단적 실천을 통해서만 충족될 수 있으며, 그렇게 될 때 예술생산은 물질적 힘으로 전환된다. 그에 반해 베냐민의 논지에 대한 대구對句로서 이해할 수 있는 『계몽의 변증법(Dialektik der Aufkärung)』에서 아도르노는 호르크하이머와 더불어 밝힌바 있듯이 "문화산업"을 철저하게 부정적으로 평가하고 있다. 그는 계급투쟁에서 조차 자율적 예술작품과 예술

---

* 원래 심리학 용어로 신체를 감도는 신비로운 영기靈氣를 뜻하는데, 베냐민은 이 용어를 시민사회의 예술작품에 적용시킨다.

49) Vgl. 「Brechts Destruktion des bürgerlichen Kunsttheorie in seinem Dreigroschen Prozeß」. In: B. B., 『Gesammelte Werke』, Bd. 18, S. 139~209.

작품의 엘리트적이고 개인적인 수용을 대중예술 보다 선호한다. 그는 대중예술 속에서는 사회적 지배체제의 영속만이 있을 뿐이라고 생각한다. 물론 자본주의 사회에서는 매스미디어와 예술작품의 대중적 수요가 근본적으로 진보로 간주될 수 없다는 사실에 유의해야 할 것이다. "보다 민주적인" 창작형태나 보급형식만 가지고는 결코 예술의 해방적 기능을 보장할 수 없다. 이 경우 오히려 저렴한 대중예술과 엘리트 예술("유일원본(Unikate)")이 분리됨으로써 계급적 대립이 재생산 될 위험이 도사리게 된다. 그리고 다른 한편으로 보면, 궁극적으로는 미디어의 구조가 중요한 것이 아니라 미디어의 이데올로기적 내용이 문제되는 것이다. 베냐민이 이를테면 루카치와는 반대로 영화를 현대의 생산조건에 적합한 미디어로 간주하고 있다는 점에는 공감이 간다. 그러나 대중이 예술의 집단수용을 통해 제반 사항을 컨트롤하고 독립적인 조직체를 형성할 기구를 만들어 낼 수 있다는 그의 이론은 생산수단 소유자의 영향력[50]을 너무 과소평가하고 있는 것이다. 망명시절에 쓴 그의 이론 역시 근본적으로 추상성에 사로잡혀 있다. 그는 자신의 생각들을 실현시킬 수 있는 전제조건들, 즉 생산수단의 사회화는 오로지 소련에서만 가능하다고 주장한다. 그러나 그는 그 당시 소련의 문화계획이 진보적인 산업 프롤레타리아 쪽보다는 오히려 지방과 도시주민의 통합에 더 많은 신경을 쓰고 있었다는 사실에는

---

50) Vgl. dazu Hans Magnus Enzensberger, 「Baukasten zu einer Theorie der Medien」. In: 『Kursbuch Nr. 20』(1970) S. 159~168.
　－ Enzensberger는 생산수단을 조정하는 힘의 문제를 완전히 도외시 하는 한편, 현존하는 제반 가능성들을 긍정적으로 평가하는 우를 범하고 있다.

거의 주목하지 않고 있다.(레텐 Lethen 참조.) 베냐민은 후퇴와 체념, 즉 대중으로부터 지식인을 완전히 격리시키는 행위는 결코 문학생산자의 올바른 태도가 아니라고 역설한다. 그에 의하면 문학생산자는 프롤레타리아화한 지식인으로서 이를테면 생산수단을 가지고 매스미디어의 영역에서 일한다는 사실을 우선적으로 인식해야 한다.(이에 반해 "반영 연구소"에서 나온 최근의 연구에 의하면 서독작가들의 대부분은 아직도 자신을 자유사업가로 생각하거나 심지어는 "국가의 양심"으로 간주한다.) 따라서 산업노동자와 마찬가지로 문학생산자의 임무도 이러한 생산수단을 획득하고, 이 생산수단의 이용에 영향력을 미치는 일이다. 예컨대 "생산기구의 기능변화", "공급자"의 기능 대신 "생산품을 조정하는 기능", 즉 "엔지니어"의 기능 등이 이러한 작업이다.(제2부의 베냐민 텍스트 160, 163쪽 참조.) 베냐민은 트레챠코프에 이어 정보를 제공하는 작가와 더불어 "행동하는 작가"를 내세운다. 이 행동하는 작가의 "사명은 보고하는 일이 아니라 투쟁하는 일이다."[51]

베냐민에 의하면 지식인이 프롤레타리아와 심정적으로 연대하는 것이 중요한 것이 아니라 생산과정에서의 문필가의 위상이 중요하다. 특히 작가가 지닌 생산수단의 사회화에 대한 작가의 물질적* 관심이 작가를 프롤레타리아와 연대하게 해준다. "생산자로서의 작가는 – 프롤레타리아와 연대감을 체험함으로써 – 동시에 예전에는 자기와 별 상관이 없다고 생각했던 다른 생산자들과 연대의식을 느끼게 된다."[52]

---

51) Bejamin, 「Der Autor als Produzent」. In: 『Versuche über Brecht』, 1966, S. 98.
*   여기서 "물질적"은 정신적이란 말의 반대의미로 사용되고 있다
52) Ebd., S. 107.

자본의 단기적 이해관계와 장기적 이해관계가 종종 서로 충돌하는 한 문학생산자는 예술의 계급투쟁기능을 가능케 할 수 있다. 자본가가 각기 자기의 이익만을 생각함으로써 교환가치의 입장만 중시하는데 반해(그는 상품을 사용목적으로 생산하지 않고 시장에서 교환하기 위해 생산한다), 전체 자본은 그러한 입장을 초월해서 장기적인 이데올로기적 관심사를 추구한다. 매스미디어는 선전도구로서 일종의 사용가치(제반 지배관계를 고착시키고자 하는 자본의 근본적인 욕구가 충족됨으로써 획득되는 자본의 이익)를 지니게 된다. 따라서 문학생산품이 상품유통의 대상이 된다는 사실은 문학생산품의 내용에는 단지 부분적인 영향을 미치는 반면에, 그것의 형식에는 근본적인 변화를 일으킨다. 베냐민은 이와 관련하여 이를테면 신즉물주의(Neue Sachlichkeit)의 사진술을 아래와 같이 비판한다.

> "신즉물주의의 사진술은 빈궁퇴치를 위한 투쟁을 소비의 대상으로 삼는다. 사실상 신즉물주의의 정치적 의미는 어쩌다 시민계급사회에 혁명적 성찰의 기운이 있으면 그때마다 그것을 재미, 즉 오락의 대상으로 호도시키는 데 급급했다는 점에서 찾아야 할 것이다. (...)"[53]

이렇듯 투쟁적 예술까지도 미학적으로 구상하려는 시도는 계급사회에서는 피할 수 없는 과정이다. 따라서 이러한 미학화 과정은 그때그때의 구체적인 상황에서 매번 새롭게 극복되어야 할 것이다. 베냐민은 이러한 정치의 미학화 과정(또는 정치적 문학의 미학화 과정)과 예술의 정치화를 다음

---

53) Ebd., S. 108.

과 같이 대치對峙시킨다.[54]

상품생산에 있어서도 이러한 유행적 성격을 띤 미적 가상이 불가피해진다. 그 이유는 자본의 이해관계에 따르면 교환가치와 사용가치가 결합될 경우 모든 생산품의 교환가치가 최대한 커지는 반면에 실제의 사용가치는 최소한으로 작아지는 변화가 오기 때문이다. 제반 사용가치의 약화는 미적 외관으로 아름답게 장식하는 방법으로 대처된다. 이런 식으로 계속 질을 저하시키다 보면 자본의 이용을 위한 욕구가 제대로 충족되지 못하기 때문에 "미적 혁신"이라는 수법이 부수적으로 사용된다. 다시 말해 "상품의 외관을 주기적으로 새롭게 연출함으로써(새로운 유행을 만들어 냄으로써)," 상품의 사용기간이 짧아지게 만든다.[55] 마침내 소비자들을 현혹시키기 위해 상품의 미적 외관에 강한 치장이 가해짐으로써 이 미적 외관은 상품 그 자체와는 거리가 멀어지게 되는 것이다. 그리하여 인간은 가짜만족을 즐기는 염탐꾼으로 전락하게 된다. 이러한 가짜만족은 바로 자본주의적 생산방식이 만들어 내는 것이며(제2부의 도이치만 텍스트 164~165쪽 참조), 이는 또 인간의 행동, 즉 소비를 생산에 적응시킨다. "이렇듯 상품은 그 미적 언어를 인간의 구애求愛 행위로부터 차용하지만, 그 다음에는 상황이 바뀌어 인간이 상품으로부터 미적 표현을 빌려오게 된다."[56] 베냐민의 "정치미학화"란 명제와 유사하게 하우크는 다음과 같이 디자인의 정치적 기

---

54) Ebd., S. 106.

55) Wolfgang Fritz Haug, 「Zur Kritik der Warenästhetik」. In: 『Kursbuch Nr. 20』, 1970, S. 148f. – 본 장은 대체로 Haug의 글을 근거로 기술되었음을 밝혀둔다.

56) Ebd., S. 144. "생산은 필요성에 자료를 제공할 뿐 아니라, 자료에도 또한 필요성을 제공한다"라는 말도 참조할 것. 『MEW』, Bd. 13, S. 624.

능을 기술한다. "디자인은 자본주의가 입힌 몇몇 작은 – 결코 심각하지 않은 – 상처를 치료해 준다. 그것은 얼굴손질을 해주며, 몇 군데를 아름답게 꾸며주고, 도덕을 숭상함으로써 자본주의를 연장시킨다. (...)[57] 자본주의의 매스컴의 작용방식도 이와 유사한 법칙을 따른다.(제2부의 크라이마이어 텍스트 175쪽 참조.) 그러나 이러한 방법으로는 단지 "인류의 목표"도, 또 개인적인 "충동목표"도 사실상 달성될 수 없다. 단지 가짜만족만을 가져다주는 체제에 대한 강력한 공격의 가능성은 바로 이 때문에 생기는 것이다.

상품미학의 경제적 기능조정이 가능한 한, 다시 말해 이익에 대한 관심이 상품미학의 방향을 조정하는 한 상품미학은 이중적 성향을 띠게 된다. 상품미학은 인간에게 인도되어 인간을 세뇌시키면서 인간에게 거듭되는 욕망을 잉태시킨다. 상품미학은 인간을 단지 가짜로 만족시키고, 인간을 배부르게 해주기는커녕 오히려 굶주리게 만든다. 이러한 모순을 해결하려는 척 하면서 상품미학은 또 다른 형태의 모순을 재생산해낸다. 그리하여 모순은 그만큼 더 확산되는 것이다.[58]

---

57) Haug, 「Die Rolle des Ästhetischen bei der Scheinlösung von Grundwidersprüchen der kapitalistischen Gesellschaft」. In: 『Funktionen der bildenden Kunst in unserer Geschellschaft』. 연구그룹 "조형예술을 위한 새로운 사회의 근본연구" 편(Berlin 1970, 쪽수 표기 없음).

58) Ders., 「Zur Kritik der Warenästhetik」, S. 158. 이와 더불어 Haug의 견해에 대한 Rothe의 비판 참조. Rothe에 의하면 Haug는 소비분야를 지나치게 강조한다. (Rothe, 「Marxistische Ästhetik』, S. 33~43.

7장

아도르노 – 문화염세주의와 "부정의 미학"

매스컴 및 문화산업의 기술적인 제반 수단과 더불어 제공된 엄청난 힘을 통해서도 지배계급 사람들은 자본주의 사회의 제반 모순을 근본적으로 해결할 수는 없다. 아도르노가 『계몽의 변증법』에서 이 영역의 문제를 처음으로 취급한 이래 문화염세주의에 빠진 것을 보면, 그의 유물론적 단초는 근본적으로 후기 시민계급사회의 이론을 단지 "정제精製"시킨 것에 지나지 않는다는 결론에 도달하게 된다.[59] 그는 이른바 문화산업의 총체적인 인간지배를 시민계급사회의 극복할 수 없는 위기로 간주하는 체념적 태도를 취한다. 이를테면 그는 베냐민이나 브레히트처럼 새로운 미학적 생산수단의 해방적 성격을 인식하지 못했다. 그러나 개인의 몰락은 – 이는 아도르노의 중요한 명제 중의 하나이다 – 아도르노에 의하면 오로지 예술작품 속에서만 지양될 수 있는 것처럼 보인다. "집단적 힘은 구제불능

---

59) Haug도 어떤 점에서는 Adorno가 세운 이론적 단초에 힘입고 있다는 점은 논란의 여지가 없으나, 그는 이 단초를 다시금 유물론적 이론과 접목시킨다.
Vgl. Adorno, 「Résumé über Kulturindustrie」. In: Th. W. A., 『Ohne Leitbild. Parva Aesthetica』, Frankfurt [4]1970, S. 60~70.

의 개인세계를 (...) 해체한다. 그러나 오로지 개인만이 인식을 통해 집단적 힘에 대항해서 집단의 요구를 대변할 수 있다."[60] 소외되지 않은 창조적 작업으로서의 예술은 그 자율성 속에서 자유의 마지막 보루가 되며, 예술만이 현실에서 은폐된 것을 들추어낼 수 있고, 또 예술만이 이데올로기와 허위의식을 깨부술 수 있다고 아도르노는 말한다. (제2부의 아도르노 텍스트 182쪽 참조.) 이를테면 예술 속에서 이루어지는 현실의 부정이 혁명의 대용품이 되는 것이다. 아도르노의 경우 유물론적 이론이 한편으로는 우발적 메타포로 위축되는가 하면, 다른 한편으로는 예술이 사회개혁, 즉 혁명의 메타포가 되고 있다. 현실의 이러한 부정은 엄격하게 말해서 논리에 맞지 않는 주장이다. 왜냐하면 언어 자체가 이미 현실과 긍정적인 관계를 맺고 있기 때문이다. 이점에서 아도르노는 우선 언어를 부조리로 파괴한 베케트나, 혹은 언어를 "무의 세계" 속으로 함몰시킨 말라르메와 유사하다. 아도르노에게는 내용 자체에서 출발할 경우에도 예술이 불가능하다. "(...) 오늘날 유일하게 예술적 가치를 지닌 것처럼 보이는 객체의 세계, 철저하게 비인간적인 이 세계는 동시에 그것의 무절제성과 비인간성 때문에 예술세계에서 제외된다."[61]

아도르노는 개인주의적인 예술작품 세계로 퇴각함으로써 시민계급의 창작이념을 대변하고 있다. 그의 서정시 개념은 분명 낭만주의적 색체를 지니고 있다. (베냐민과 브레히트는 이와 반대 입장을 취한다.)

---

60) Adorno, 「Offene Brief an Rolf Hochhuth」. In: 『Kritik. Kleine Schriften zur Gesellschaft』, Berlin und Frankfurt 1971, S. 268.

61) Ders. 『Minima Moralia』, Berlin und Frankfurt 1951, S. 268.

"서정시에서 소리 높이는 자아는 집단 및 객관세계에 대립되는 존재로서 규정되고 표현된다. 자아는 자신이 표현하는 자연과는 중재적 과정을 통해서만 하나가 된다. 말하자면 자아는 자연을 잃어버렸기 때문에 자연에 혼을 불어넣어 줌으로써, 즉 그것을 자아 자체 속으로 침잠시킴으로써 그것의 재생을 시도한다."[62]

아도르노에게는 부정으로서의 예술에 대한 명제가 보편적 타당성을 지닌다. 그러나 기실 이 명제는 "몰락하는" 시민계급사회와 불가분의 관계를 맺고 있다.

소통은 – 아도르노에 의하면 자본주의 사회에서는 소통이 전반적으로 불가능하다 – 아도르노 자신의 언어세계에서도 그 한계에 부딪히고 있다. 베냐민의 경우와 마찬가지로 아도르노에게서도 "프리즘 모양의" 사유가 나타난다. 단편적인 세계가 규범적이고 체계적인 세계에 대립됨으로써 보편적인 언표가 관심의 대상이 아니라 개별적인 구체화가 관심을 유발시킨다. (아도르노의 예술분석 일반, 특히 「서정시와 사회에 관한 담화(Rede über die Lyrik und Gesellschaft)」에 나타난 중요한 명제들을 참조할 것. 아도르노에 의하면 시는 사회적 명제를 위한 전시대상이 되어서는 안 되며, "사회적 개념들"이 오히려 시에 내재된 것으로 인식되어야 한다는 것이다.) 아도르노의 사유 자체 또한 논리정연한 이론으로 받아들이기가 쉽지 않다. 그도 그럴 것이 그의 사유는 여

---

62) Ders. 「Rede über Lyrik und Gesellschaft」. In: Th. W. A.: 『Noten zur Literatur I』, Fankfurt
1958, S. 80.

러 곳에서 모순을 드러냄으로써 관점의 미비라는 비난을 받을 수도 있기 때문이다. 계급적 입장[63]도 또 당파성도 본질적으로 그의 입장과는 거리가 멀다. 그밖에도 그는 계급분석과 경제적 토대를 주변적인 문제로만 취급하고 있음을 감안해 볼 때, 그와 역사적 유물론 간에는 경계선이 그어져야 할 것이다. (실천세계로부터) 독립된 사유의 자율성을 요구함으로써 - 이러한 요구는 창백한 지식인적 태도의 결과이다 - 그의 이론은 "사유의 곡예"로 전락하고 말았다. 왜냐하면 여기에는 실천을 통한 자기검증의 가능성이 배제되어 있기 때문이다. 아도르노는 집단적 실천에 대해 "혐오증"을 지닌 나머지 이를 과잉행동 내지는 현실에 대한 긍정이라고 매도하는데, 크랄은 아도르노의 이러한 혐오증을 그의 파시즘 체험으로부터 비롯된 것으로 설명하려 한다.[64]

아도르노는 "대립 없는", 철저하게 부자유한 후기 자본주의에서는 프롤레타리아가 사회에 흡수되어 있어서 실천적 연대는 더 이상 가능하지 않다고 확신한다. 이러한 체념적 태도는 그의 "비판적 역사관"에 바탕을 두고 있다. 마르크스가 역사적 주체로서의 인간에 의한 역사의 적극적인 변화 가능성을 강조함으로써, 부정의 부정이 그에게는 긍정적 실천의 의미

---

63) 아도르노가 작가의 계급적 관점과 작가의 문학생산품에 대한 평가를 직접 연결하는 행위에 대해 거부적인 태도를 취하는 것은 타당하다고 하겠으나(Wittfogel과 부분적으로 루카치 참조), 다른 한편으로 그가 예술가에 의한 일체의 긍정적이고 정당한 주체화작업을 부정하며, George나 보들레르 같은 사람들의 개인적인 저항을 사회주의적 예술생산보다 선호한다는 점에는 문제가 있다.

64) Vgl. Hans-Jürgen Krahl, 「Kritische Theorie und Praxis」. In: H.-J. K., 『Konstitution und Klassenkampf. Zur historischen Dialektik von bürberlicher Emanzipation und roletarischer Revolution. Schriften, Reden und Entwürfe aus den Jahren 1966~1970』, Frankfurt 1971, S. 294.

를 담고 있는데 반해, 아도르노에게는 부정이 부정으로 이어지며, 역사는 단지 "퇴락의 역사", 즉 정체이며, 힘이나 악의 발전을 의미한다. 그는 "멈출 수 없는 진보의 저주는 멈출 수 없는 퇴보다"[65]라고 말한다. 이러한 체념과 부정에 반해 아도르노의 사유 속에는 유토피아적임에 틀림없는 요소가 들어 있는데, 이는 실제적으로는 실현될 수 없고 다만 예술이라는 퇴각지대에서만 머물게 된다. 아도르노가 말하는 "비판의 무기"는 무디어졌다. 그도 그럴 것이 이 비판의 무기는 "무기의 비판"과의 그 어떤 관련성도 부인하기 하기 때문이다. 이를테면 그의 비판이론은 일종의 명상철학으로 퇴보한 것이다.

---

65) Horkheimer/Adorno,『Dialektik der Aufklärung』, S. 50.

8장

실증주의 문학사회학

오늘날에도 문학사회학은 여전히 마르크스주의 문예학과 동일시되고 있다.[66] 그러나 이 두 분야는 역사적 기원과 사회적 기능 그리고 그 내용과 방법에 있어서 판이하게 다르다. 퓌겐이나 셜버만이 이해하는 문학사회학은 실증주의 사회학과 유사한 맥락을 지닌다. 실증주의 사회학은 "사회적 체제" 내지 "사회적 행위"라는 개념을 가지고 작업에 임하는데, 퓌겐은 이 두 개념을 "문학사회" 및 "문학적 태도"라는 개념으로 치환한다. 이런 이유로 이 두 사람은 사회적 총체성을 간주관적 행위의 문제로 환원시킨다. 여기에서는 임금노동과 자본 간의 대립상이 이른바 즉흥적으로 서로 교류를 트는 그룹들의 상호관계로 인해 희석된다. 마르크스주의 문예학(이 책의 '머리말'과 '제 2장' 참조)에서처럼 구체적인 사회적 총체성을 관찰대상으로 삼는 대신에 – 왜냐하면 전체에 대한 이념만이 개별적인 것에 대한 연구를 정당화시키기 때문이다 – 실증주의 문학사회학은 서로 분리된, 이

---

66) Vgl. dazu Hans Norbert Fügen, 『Die Hauptrichtungen der Literatursoziologie und ihre Methoden』, Bonn [4]1970, S. 3.

른바 자체법칙을 지녔다고 하는 부분영역을 추후에 외적으로만 통합시키고 있다. 루카치는 이와 관련해서 다음과 같은 사실을 확인한다. 즉 여기에서는 "현실이 이성적으로 납득할 수 없는, 다시 말해 내용이 없는 오로지 형식만 지닌 '법칙'의 그물로 덮인 다수의 사실성으로 분산된다."[67]

실증주의 사회학은 19세기 초에 콩트에 의해 기초된 학문으로 경험적으로 중재될 수 있는 사실에만 연구범위를 한정시키는데, 이는 이를테면 자본주의적 노동분리 내지 경쟁자본주의의 자유주의적* 경제해석이라 할 수 있다. 경쟁자본주의는 세부적으로, 즉 개별적인 기업별로 계획을 세우나, 전반적으로는 시장의 제반 경제적 힘의 이른바 자유로운 작용에 편입되어 있다.

역사학파**의 역사기술에 입각하여, 그리고 당시 한참 번성했던 자연과학의 방법 및 목표에 어느 정도 예속된 감을 보여주는 가운데 문예학에서도 또한 19세기 후반기에 실증주의 학파[68]가 대두되었다. 이 실증주의학파는 "냉철한 객관주의(원전연구, 전기傳記)"를 통해 "역사에 대한 지식을 터득함으로써 잃어버린 역사의식을 보상받을 수 있다"라고 생각한다. 그러

---

67) Lukács, 『Geschichte und Klassenbewußtsein. Studien über marxistische Dialektik』, 1923., Neudruck Amsterdam 1967, S. 171.
* 자유주의의 형용사로, 자유주의란 19세기 시민계급에 의해 대변된 이데올로기이다.
** 19세기 중엽에 시작해서 20세기에 이르는 국민경제학의 대표자들, 이를테면 W. Roscher, G. Schmoller, W. Sombart, Max Weber 등을 일컬어 이렇게 부른다. 이들은 역사의 일회성적 성격을 강조하고 역사적 시간과 사실에 접근하려고 노력한다.
68) Vgl. Albert Klein und Jochen Vogt, 『Methoden der Literaturwissenschaft I: Lieraturgeschichte und Interpretation』, Düsseldorf 1970, S. 29ff. (『Grundstudium Literaturwissenschaft 3』). − Fügen 자신도 문예학의 문제에서는 물론 실증주의보다 는 Husserl의 제자인 Roman Ingarden의 이론에 의존한다. (Vgl. 『Die Hauptrichtungen...』, S. 15.

나 이 냉철한 객관주의는 "대상 앞에서 역사기술자는 사라져야 한다는 요구를 내세움으로써 오히려 방법론적 인식의 결핍을 초래했을 뿐이다."[69] 이러한 연구태도는 결국 "지나간 시기를 그 시기의 생산품과 그 생산품이 가져오는 결과와는 무관하게"[70] 평가하는 우를 범하게 된다.

실증주의 문학사회학자들은 한편으로는 사회학과 그리고 다른 한편으로는 문예학과 엄격한 거리를 유지함으로써 자신들의 학문원리를 정당화시킬 수 있다고 믿고 있다. 문학사회학의 전문연구대상을 퓌겐은 문학에 열중하는 사람들의 인간 상호간의 행위 속에서 찾고 있다.(제2부의 퓌겐 텍스트 197쪽 참조.)

"사회학의 한 분파로서 첫째로 이런 글*을 사회적 행동 및 사회적 경험의 객관화로 파악하며, 둘째로 그 인식적 관심은 인간 상호간의 행동에 연구방향을 맞춘다. 그리고 이 인간 상호간의 행동을 바탕으로 해서 픽션작품 및 그 내용의 생산과 전통, 보급과 수용이 가능해진다."[71]

그에 의하면 문학사회학은 연구내용을 저자의 사회학 또는 책의 보급과 영향에 관한 연구, 책에 관한 통계학, 관중 및 미디어에 관한 연구로 환원시키면서 문학사회학은 소위 "비문학적인 것"을 미학의 세계에서 분리시

---

69) Robert Weimann: 「Gegenwart und Vergangenheit in der Literaturgeschichte」. In: Viktor Žmegač (Hr.), 『Methoden der deutschen Literaturwissenschaft. Eine Dokumentation』, Frankfurt, 1971 S.350.

70) Ebd., S.351.

* 문학을 의미함.

71) Fügen, 『Einleitung zu Wege der Literatursoziologie』, Neuwied und Berlin 1968, S.19.

킴으로써 방법의 다원주의라는 교향곡에 또 하나의 새로운 악기를 첨가시킨다. 문학사회학에서는 연구범위가 "인간 상호간의 관계"에 한정됨으로써 미학 본래의 세계는 제외된다. 그러니까 퓌겐이나 실버만에 의하면 형식은 문학내재적인 문제가 된다. 다시 말해 문학외적인 현실과는 전혀 관계가 없다. "그렇기 때문에 예술작품 그 자체나 그것의 구조에 관한 진술은 예술사회학의 연구대상에서 제외된다."[72] 이런 외부지향적인 연구방법은 생산품으로서의 전반적인 문학현상을 인식하고, 그와 더불어 문학에 본질적으로 깃들어 있는 사회성(제2부의 아도르노 텍스트 184, 190쪽 참조) 및 형식세계 자체의 사회적 예속성을 인식하는데 장애가 된다.

그밖에도 여기에서는 탈역사적인 연구방법이 확인되고 있는데, 이를테면 퓌겐은 작가나 관중을 사회적인 틀 속에서 묘사하면서도 동시에 이 영역을 전형화를 통해 환수하고 있다. 퓌겐은 "인간 상호간의 행위의 특수한 전형"[73]에 관해 말하는가 하면 "그 자체의 고유한 신분이 만들어낸 전형으로서의 작가"[74]에 관해 언급한다. 작가가 문학생산 작업에서 어떤 위치를 차지하고 있는가 하는 점(베냐민 참조)을 살펴보는 대신에 그는 일종의 "신분 이데올로기"[75]를 전개하고 있는 것이다. 퓌겐은 문학적 "사회적"

---

72) Alphons Silbermann, 「Kunst」, In: 『Das Fischer—Lexikon, Soziologie』, Hrsg. v. René König, Frankfurt ⁴1970, S. 166.

73) Fügen, 『Die Hauptrichtungen...』, S. 118.

74) Ebd., S. 108.

75) Bernt Jürgen Warneken, 「Zur Kritik positivistischer Literatursoziologie. Anhand von Fügens 「 'Die Hauptrichtungen der Literatursoziologie'」. In: 『Literaturwissenschaft und Sozialwissenschaft. Grundlagen und Modellanalysen』, Stuttgart 1971, S. 98.
— 이 장은 대체로 Warneken의 글을 바탕으로 했음을 밝혀둔다.

기본상황[76]을 불변의 것으로 간주함으로써 골드만의 구조주의, 즉 오늘날의 조직화된 자본주의로부터 그 탈脫역사적 이론을 이끌어낸 구조주의에 접근하고 있다. 그밖에도 상기한 "기본상황"의 중재자가 그의 경우 충분히 논급되지 않고 있다. 이를테면 출판자본과 인쇄자본 그리고 특히 책을 실제로 만들어내는 노동자(인쇄공, 제본공)에 관해서는 일체의 언급이 없다. 작가도 독자도 객관적인 법칙성이 무시되는 가운데 그들 자신이 내리는 주관적 평가에 따라 평가 받는다.("작가의 자기이해", "작가의 요구", 독자의 견해[77] 등이 그것이다.)

경험적 문학사회학은 퓌겐에 의하면 문학비평과는 달리 일체의 미학적 가치평가를 포기해야 한다.[78](제2부의 퓌겐 텍스트 198쪽 참조.) 그러나 소위 이러한 객관성은 단순한 사실성이데올로기(Faktizitätsideologie)에 지나지 않는다. 왜냐하면 거리를 둔 상태에서 이루어지는 기술記述 작업도 이해를 전제로 하며, 아울러 해석을 전제로 하기 때문이다. 그밖에도 실증주의자들이 객관적이라고 생각하는 제반 감각적 사실도 대상 및 인지능력의 역사성에 의해 제약을 받는다. (이 책의 '제2장' 참조) 근본적으로 실증주의는 기존의 상황에 대한 그 어떤 비판도 허용하지 않는다. 다시 말해 문학사회학에서는 현존의 예술이 사회와 조화를 이루고 있다는 사실을 감안해 볼 때 문학사회학은 현실긍정적 기능을 지니고 있다고 하겠다. 실버만은 문학사회학의 과제를 "사회-예술적 표본"의 "작용을 (...) 현실과 미래 속에

---

76) Fügen, 『Die Hauptrichtungen...』, S.118.

77) Ebd., S.108f.

78) Vgl. ebd., S.41.

서의 사회적 적용과 연관하여 인식하는 것"[79]이라고 분명히 말하고 있다. 모름지기 비판적 사회학이라면 단순히 무엇이 읽혀지는가 하는 점(현실의 재생산)만 확인하는 작업에 그칠 것이 아니라, 왜 하필이면 이것이 읽혀지고 저것은 읽혀지지 않으며, 또 어떤 목적에서 독서의 대상이 선별되는지를 물어야 할 것이다. 문학사회학이 정당한 사회적 감사(監査)기능을 수행하려면 사실의 제반 원인과 사실의 변화 및 극복가능성을 분석해야 할 것이다. (제2부의 아도르노 텍스트 192~193쪽 참조.) 다른 한편으로 이 수용사회학은 자본주의적 문학생산을 위한 통계학적 보조학문으로 전락하고 있다. (에스카르피트의 『책과 독서(Das Buch und Leser)』와 더불어 제2부의 에스카르피트 텍스트 184쪽 참조) 수용의 세계는 분명 중요하기는 하지만 그렇다고 그것이 절대화되어서는 안 된다. 그도 그럴 것이 그것은 단지 문학적 총체성의 한 부분일 뿐이기 때문이다.(제2부의 아도르노 텍스트 184쪽 참조.) 수용되는 대상에 대한 연구가 결여될 경우 수용세계는 중요한 근거를 잃게 된다.(제2부의 바이만 텍스트 152쪽 참조.) 그밖에도 변화무쌍한 관중의 주관적 견해가 본질적인 것이 아니라, 일차적으로 중요한 것은 변천하는 사회-경제적 상황이다. 그러고 보면 실증주의 문학사회학은 한편으로 문화산업 방면에 생산을 위한 자료를 제공하지만, 다른 한편으로는 문학을 단순한 픽션으로 설명함으로써 문학의 중요성을 감소시킨다. 예술을 미적 가상으로, 고유한 현실로 파악하는 것은 분명 시민계급 미학의 소산이다.(여기서는 자본주의적 실용주의와 탈목적적 예술의 퇴각지대, 즉 소유와 교양이 대비를 이룬다.) 여기서는

---

79) Silbermann, 『Kunst』, S. 174.

예술이 인식의 특수한 형식으로 예술의 "실천적-비판적 행위"는 부정되며, 아울러 예술의 해방적이고 선취적인 요소들이 일체 거부된다. 또한 여기서는 예술의 제반 이용형태와 문화산업 및 매스컴의 전 영역이 고려되지 않는다.

실증주의 문학사회학의 논쟁 및 실증주의 논쟁 일반[80]에서 아도르노는 실버만과 퓌겐 그리고 포퍼에 대해 분명한 반대 입장을 취하는 가운데 비판적이고 현실초월적인 이론의 필요성을 강조한다. 그러나 다른 한편으로 보면 아도르노의 이러한 요구는 그 자신의 이론 전반에 걸쳐 별로 그 근거를 지니고 있지 못하며, 그의 실천세계와도 분명 별 관련을 갖고 있지 않다. 여기서는 차라리 "부르주아의 계급적 입장의 변증법적 비극상"[81]이라는 루카치의 말이 더 설득력을 지닌다.

---

80) Vgl. Adorno u. a., 『Der Positivismusstreit in der deutschen Soziologie』, Neuwied und Berlin 1969.

81) Lukács, 『Geschichte und Klassenbewußtsein』, S. 78.

맺는말

　지금까지 유물론적 문예학의 일반적인 이론의 토대에 관해 검토해 보고, 이어서 제2부에 실린 개별적인 텍스트들과 연관하여 마르크스주의 문학이론의 범위와 그 주변에 걸친 다양한 입장들을 살펴보았다. 텍스트들을 참고하는 과정에서, 다시 말해 텍스트들을 해설하는 과정에서 각 저자들이 그들 나름대로 각자 개성을 지니고 있음도 밝혀졌다. 그러나 여기서 메링이나 루카치, 브레히트 같은 서로 상이한 견해를 지닌 사람들을 기계적으로 배열하여, 그들이 마르크스주의 문예학을 만들어냈다는 식의 결론을 이끌어내려 해서는 안 될 것이다.

　무엇보다도 소학자들을 위한 교육적인 차원에서 몇몇 대표자들을 비교적 상세하게 다루었다. 이들을 이렇게 부각시키기는 했어도 이들은 독립된 개체가 아니고, 단지 어떤 그룹이나 조류의 대변자에 지니지 않는다. 그리고 이 그룹이나 조류는 다시금 노동운동이나 이 운동과 연대된 지식인들의 이해 및 노선을 대변한다는 사실도 잊지 말아야 할 것이다.(메링의 "제2 국제 노동자연맹" 및 루카치의 "인민정책전선"참조.) 이와 연관해서 노동운동사에 대한 독서와 정치경제분야에 대한 기본지식이 유물론적 문학이론의 이해와 응용을 위한 전제가 된다는 사실이 재삼 강조되어야 할 것이다. 전통적인 제반 독문학 방법과는 달라서 소학자들이 유물론적 문예학을 그들 평소의 실천세계와 동시에 연결시키지 않는다면, 이 문예학은 그들에게 적절한 학문이 되지 못할 것이다. 이른바 "세미나 마르크스주의"는 단지 철저한 시민계급적 곡해의 산물일 뿐이다.

마르크스주의 문예학 내부에서도 서로 상이한 입장들이 나타나기는 하지만 이들 모두가 철저하게 동일한 전제에서 출발하고 있음에 유의해야 할 것이다. 단, 여기서 아직 시민계급적 성향을 벗어나지 못한 경우들, 이를테면 칸트와 메링, 헤겔과 루카치 등은 제외된다. 따라서 우리의 논의에서 방법의 다원주의와 유사한 어떤 것을 찾으려 한다면 그건 크게 잘못된 기대일 것이다. 방법의 다원주의에서는 학문 간의 경쟁에서 각자 자기가 정당하다는 주장이 가능해지는데, 이는 자본주의적 생산방식에 근거를 둔 무정부적 학문운영을 노정시킨다. 마르크스주의 문학이론의 다양성과 상이한 제반 입장들의 정리 작업은 오늘날 무엇보다도 정기간행물 출판기관을 통해 계속 이루어지고 있다. 소학자들의 방향설정을 위해 아래에 이러한 출판기관에 관해 간략하게 소개해 보기로 하겠다.

최근에 유물론적 문학이론에 관한 문제를 집중적으로 다루는 잡지로는 어느 잡지보다도 『대안(alternative)』을 꼽을 수 있겠다. 이 잡지는 무엇보다도 코르슈와 베냐민 수용에 이바지 했으며, 학교의 실천적 교육과 어문학 강의에 커다란 기여를 했다. 비교적 최근의 정기간행물 중에서는 『미학과 소통. 정치적 교육을 위한 기고(Ästhetik und Kommunikation. Beiträge zur politischen Erziehung)』를 들 수 있겠다. 이 잡지에서도 1920년대의 문학토론에 관한 작업이 이루어지고 있으며, 나아가 학교의 실천적 교육과 언어이론이 다루어지고 있다. (초기에는 프랑크푸르트학파로부터 영향을 받왔는데, 현재는 반수정주의적 색체를 띠고 있다.)『학교와 계급투쟁(Schule und Klassenkampf)』및 실천적 개혁을 지향하는 잡지『독일어 토론(Diskussion Deutsch)』은 학교의 실천적 교육을 천착하고 있다. 전자가 테크노크라시적 학교개혁 및 학교투쟁, 조직 등과 같은 보편적인 문제제기를 하는 반면에, 후자는 독어독문학과 학교문제에 논의를 집중하고 있다.『예술과 사회를 위한 사회주의 잡지(Sozialistische Zeitschrift für Kunst und Gesellschaft)』는 상부구조의 마르크스주의적 분석물과 상부구조와 토대의 관계 그리고 미디어 연구에 관한 기고물 그리고 미학, 특히 음악에 관한 연구물의 출판을 주요 과제로 삼는다. (이 잡지도 반수정주의적 색체를 띠고 있다.) 엔첸스베르거와 미카엘이 편집인으로 있는『시간표(Kursbuch)』의 몇몇 권(20, 24권)에서는 미학과 학교/교육의 문제를 다루고 있다. (이 잡지도 반수정주의적 색체를 띠고 있다.)『호박씨(Kürbiskern)』는 두 분야, 즉 문학생산품의 인쇄현황과 더불어 그때그때의 문학이론에 관한 주제(예컨대 얼마 전부터는 독일 공산당-학습과정에 들어 있는 미디어연구, 정치적 문학 등)를 다룬다. 이 자리에서 특히 빼놓을 수 없는 잡지는『논증(Argument)』으로, 여기서는 좁은 의미의 정치적 주제들(파시즘, 제3 세계, 노동운동)과 사회과학적 문제제기가 담긴 글 이외에도 미학적 혹은 실천 교육적 주제를 담은 몇몇 소책자들을 소개한다. 동독에서 출판된 문학잡지들 중에서는 특히『바이마르 기고문(Weimarer Beiträge)』이 추천목록에 들어간다.

마르크스주의 문예학의 과정성을 제대로 이해하고 있는 소학자라면, 이 학문의 역사적 기원을 파헤치는 작업을 소홀히 해서는 안 될 것이다. 이러한 역사적 관찰방법을 도외시하고서는 이 학문에 대한 올바른 이해가 불가능하기 때문이다. 그렇다고 해서 소학자가 이 작업에만 머물러서는 안 되며, 그에 못지않게 문학이론의 발전을 변화된 제반 사회상황과 연계해서 관찰하는 작업 또한 게을리 해서는 안 될 것이다.

유물론적 미디어연구, 문학분석작업에 있어서의 생산미학과 수용미학의 결합 그리고 특히 상품미학은 1920년대와 1930년대의 제반 상이한 견해와 동독의 문예학 작업에 그 바탕을 두고 있는데, 이들 분야는 오늘날 자본주의의 현실에 대한 이데올로기비판 작업에서 종전과는 다른 기능을 지닌다. 그리고 특히 마르크스주의 문예학의 근본 바탕을 이루면서 이론의 수정을 가능케 해주는 실천세계와의 연계야말로 소학자가 이 방면에 대한 연구작업 시 소홀해서는 안 될 사항이다. 따라서 실천세계와의 연계는 소학자 시절뿐만 아니라 훗날의 직업전선에서도 필요하다는 사실을 명심해야 할 것이다.

제 2 부

마르크스주의 문예학과 문학사회학
(원문발췌)

카를 마르크스
「정치경제학 비판」 서문 (1859)[1]

(...) 수없이 밀려오는 의문들을 해결하기 위해 시작된 나의 첫 번째 연구작업은 헤겔의 법철학에 대한 비판적 수정이었다. 1844년 파리에서 간행된 『독불연감』의 서문은 이 작업의 일환으로 이루어졌다. 내 연구작업은 다음과 같은 결과에 도달했다. 즉 국가형태와 마찬가지로 제반 법적 상황 역시 그 자체로부터 이해되어서는 안 되며, 또 인간정신의 이른바 보편적인 발전에 근거해서 이해되어서도 안 된다. 그것들은 다름 아닌 물질적 삶의 관계에 뿌리를 두고 있기 때문이다. 헤겔은 이 물질적 삶의 총체를 18세기의 영국이나 프랑스 사람들의 선례를 따라 "시민계급사회"라는 이름으로 요약하고 있으나, 실상 이 시민계급사회의 해부는 정치경제학을 통해 이루어져야 할 것이다. 정치경제학에 대한 연구를 나는 파리에서 시작했으나 기조* 씨가 추방령을 내렸기 때문에 브뤼셀로 거처를 옮겨 그곳에서 작업을 계속했다. 이 작업을 통해 내가 획득한, 그리하여 내 연구의 길잡이가 된 성과는 다음과 같이 포괄적으로 요약할 수 있을 것 같다. 즉 인간은 그들의 삶을 사회적으로 생산해 내는 가운데 그들의 의지와는 관계

---

1) Karl Marx, Friedrich Engels, 『Werke』, Bd. 13, Berlin ³1969. 8~9쪽에서 발췌.
* François Pierre Guillaume Giuzot(1787~1874): 프랑스 근대 역사학의 창시자 중 한 사람이자 7월 왕정기의 지도적인 정치가로 내무장관, 외무장관 및 수상을 역임했다. 대표 저서로는 『유럽문명사』가 있다.

없이 일정한 필연적 관계를 형성한다. 이 관계가 곧 생산관계인데, 생산관계는 인간의 물질적 생산력의 일정한 발전단계와 상응한다. 이러한 생산관계의 총체가 사회의 경제적 구조, 즉 실질적 토대를 형성하며, 이 토대 위에 법적, 정치적 상부구조가 구축된다. 그리고 일정한 사회적 의식형태도 이 토대에 상응한다. 물질적 삶의 생산방식은 사회적, 정치적, 정신적인 삶의 과정 일체를 조건 짓는다. 인간의 의식이 존재를 규정하는 것이 아니라, 반대로 인간의 사회적 존재가 의식을 규정한다. 사회의 물질적 제반 생산력은 일정한 발전단계에 이르면 기존의 생산관계와 대립을 이루거나 혹은 지금까지 생산력을 작동시켜 온 소유관계 – 이렇게 법률용어로밖에 표현할 수가 없다 – 와 대립을 이루게 된다. 생산력을 여러 형태로 발전시켜온 이 소유관계가 이제 생산력을 구속하는 질곡으로 변하게 되는 것이다. 그렇게 되면 사회혁명이 시작된다. 다시 말해 경제적인 바탕이 변화됨으로써 거대한 상부구조 전체가 조만간에 변화를 겪게 되는 것이다. 이러한 변화를 관찰함에 있어 우리는 경제적 생산조건 하에 발생하는, 자연과학적으로 명쾌하게 확인할 수 있는 물질적 변화와 법적, 종교적, 예술적 혹은 철학적 형식들, 한마디로 말해서 이데올로기의 제반 형식의 변화를 항상 엄격하게 구분해야 한다. 이러한 구분을 통해 인간은 상기한 제반 모순을 인식하게 되고 또 그것을 극복하게 된다. 우리는, 개인은 무엇인가라는 문제를 개인 그 자신의 생각에 따라 판단해서는 안 된다. 마찬가지로 우리는 위에서 말한 변화의 시기를 그 시기의 의식으로부터 유추해서 판단해서는 안 되고, 오히려 이 의식을 물질적 삶의 모순으로부터, 제반 사회적 생산력과 생산관계 간에 빚어지는 갈등으로부터 설명해야 할 것이다. 한 사회형태는 모든 생산력을 수용할 수 있는 여력을 지니고 있기 때문에 모든 생산력이 발전되기 전에는 이 사회형태가 사라지지 않는다. 그리고 보다 향상된 새로운 생산관계는 그것의 제반 물질적 존재조건이 기존의 사회 그 자체의 품속에서 부화되기 전까지는 결코 기존의 생산관계를 대체할 수가 없다. 이렇게 볼 때 인간에게 주어지는 과제는 항상 그들이 해결할 수 있는 것들이다. 왜냐하면 과제란 좀더 자세히 관찰해 보면 그것의 해결을 위한 물질적 제반 조건이 이미 갖추어져 있는 곳이거나 최소한 그러한 조건들이 형성되는 과정에 있는 곳에서만 제기되기 때문이다. 경제적 사회형성 과정을 연대순으로 크게 구분해서 나열해 보면 아시아, 고대 그리스, 로마, 봉건주의 그리고 현대 시민계급의 생산방식 순으로 이어진다. 시민계급 사회의 제반 생산관계는 사회적 생산과정의 마지막 대립형태이다. 여기서 대립이라 함은 개인적인 대립을 의미하는 것이 아니고 개인의 사회적 삶의 제반 조건들로부터 발생하는 대립이다. 그러나 시민계급 사회의 품안에서 성장하는 제반 생산력은 동시에 이러한 대립을 해소하기 위한 물질적 조건들을 만들어 낸다. 따라서 이러한 사회형성과 더불어 인간사회의 전사前史는 종막을 고한다.

빌헬름 기르누스
「미학」(1970)[1]

미학(Ästhetik: 그리스어) - 이 개념은 인간의 미적 행위에 대한 학문과 이론의 총칭이다. 미적 행위의 본질적인 내용은 미의 법칙에 따라 세상을 형성하는 작업으로 채워진다. 이 작업은 모든 미의 법칙들에 대한 인식 내지 감각(Ahnung) 및 일정한 가치개념의 형성과 실현을 전제로 한다. 가치개념은 개인적 또는 사회적 삶의 과정을 고양시키기 위한 이정표적 의미를 지닌다. 미학의 척도에 따라 객관적 현실(자연과 사회)을 평가하고 형상화하는 일은 곧 인간의 본질적인 힘을 제대로 구현시키는 작업이다. 이 작업은 생산적 행위의 제반 형식과 영역 속에서 다소간에 때로는 즉흥적으로 때로는 의식적으로, 문명이 발달하면 발달할수록 더욱더 의식적으로 이루어진다. 이러한 작업은 현실에 대한 인간의 적극적인 행동의 직접적 표현이며, 인간의 종족 본질을 구현하기 위한 중재적 요소이다.

학문으로서의 미학은 이러한 미적 행위 및 이 행위의 다양한 형태 그리고 이 행위의 제반 발전조건, 이 행위의 구현 내지 발전전망 등의 제 법칙을 규명해야 한다. 일반미학은 모든 현상들(자연과 사회)과의 관계에서 작용하는 인간의 일반적인 창조능력으로서의 미적 행위를 탐구한다. 그런

---

1) Georg Klaus, Manfred Buhr(Hg.), 『Philosophisches Wörterbuch』, Leipzig 1979, 115~115쪽.120~122쪽에서 발췌.

가 하면 미적 행위의 특수한 형식을 집중적으로 다루는 미학분야는 앞의 미학세계와는 구분된다. 이 미학분야는 사회적 삶의 과정이 전개될 때 구상적(ikonisch) 형상으로서 작용하게 되는데, 이를테면 춤, 문학, 음악, 조형예술, 연극, 영화 등이 이에 속한다. 미학을 예술의 이론에만 국한시키는 것은 우리의 지각세계가 본질적으로 인간적-감각적인 실천행위로 구성된다는 견해(마르크스의 포이어바흐에 관한 테제 5, 9)와는 대립된다. 구상적 형식으로 이루어진 미적 행위(생산과 수용)는 사회의 미적 행위의 본질적인 부분을 형성한다. 이로부터 미학이론을 위한 다음과 같은 질문이 도출된다. 세상이 변화하고 개인적, 사회적 삶의 과정이 고양될 때 예술은 어떤 특수한 역할을 하게 되는가? 마르크스주의 미학자들에게 가장 중요한 질문은 다음과 같다. 즉 사회주의와 공산주의 제도에서 사회적 삶의 과정 및 개인적 삶의 과정의 형성과 발전을 위해 미적 관계와 미적 가치규정은 어떤 의미를 지니는가?

제반 현상에 대한 미적 평가는 "미"와 "추"라는 두 가지 상반된 가치의 양극 사이에서 이루어진다. 여기서 "미"는 긍정적 평가부호이고, 그것의 반대어인 "추"는 거부적인 의미를 지닌 평가부호이다. 이 평가의 양극단은 모든 언어에서 거의 유사한 의미규정을 함축하고 있다. 이는 미적 가치관계에서는 공간적 혹은 시간적으로 제한된 우발적인 사실이 중요한 것이 아니라 광범위한 사회적 보편타당성의 관계가 중요하다는 점을 말해준다. 그러나 이 미적 가치관계의 구체적인 적용은 시간과 공간 그리고 사람에 따라 각기 판이하게 다른 양상을 띤다. (...)

마르크스 이전의 모든 미학은 다음과 같은 결함을 지니고 있다. 즉 미적 행위를 객관적 현실과 인간을 연결시키는 불가결한 연결고리로 보지 않고, 대체로 사회의 한 부분영역, 다시 말해 예술의 생산과 수용으로 간주한다. 예술의 창조와 향유가 여기서는 특별한 자질이 있고 모범적인 엘리트에게만 위임되어 있다. 종래의 미학은 미적 가치관계를 사회적인 발전의 전반적인 체계와 연관되고, 이 체계와 끊임없이 변화하는 필연적인 사회-역사적 관계로 보지 않는다. 종래의 미학은 미적 관심과 사회적 제반 관심을 법칙에 따른 상호 연관된 관계로 인식하지 못하며, 아울러 제반 미적 행위의 당파적 성격을 객관적으로 기술하지 못한다. 이 미학은 또한 미적 가치원리(Wertaxiomatik)를 역사적으로 주어진 제반 이데올로기의 필수적인 구성요소로서 해득하는 데까지 이르지 못한다. 이 이데올로기들은 법칙성을 띠고 있으며, 역사의 운동법칙을 만들어 내는 계급투쟁의 정신적 표현이기도 하다.

이러한 종래의 미학에 반해 마르크스-레닌주의의 일반적인 이론과 마르크스, 엥겔스, 레닌, 메링 등의 상세한 서술 및 공산당의 결의로부터는 사회의 미적 행위의 본질에 대한 제반 견해를 묶는 정연한 학문적 체계가 나온다. 물론 이 체계가 개별적으로는 아직도 추가 해명이 필요한 많은 문제들을 내포하고 있기는 하다.

마르크스와 엥겔스는 인간의 미적 행위를 인간과 현실 사이에 이루어지는 보편적인 관계로 파악했다. 이 관계는 구상적 예술에만 국한되는 것이 아니고 현실세계의 모든 영역에서 작용하며, 또한 인간의 모든 의미와 능력이 여기에 적극적으로 참여한다. 마르크스와 엥겔스는 인간의 미적 관계를 인간 특유의 기본요소로, 다시 말해 인간이 삶을 살아가는 과정에 필수적인 부분으로 간주한다. "인간의 보편성은 사실상 자연 전체를 인간의 비유기적非有機的 신체로 만드는 보편성 속에서 드러난다. (...) 자연은 인간의 신체이며, 인간이 죽지 않기 위해서는 자연과 지속적인 동반관계를 유지해야 한다. 인간의 물리적, 정신적 삶이 자연과 연관되어 있다는 말은 다름 아니라 자연이 그 자체와 연관되어 있다는 말이다. 왜냐하면 인간은 자연의 한 부분이기 때문이다. 따라서 식물과 동물, 돌, 공기 등은 이론적으로 보면 인간의 의식의 부분들이다. 다시 말해 이것들 또한 예술의 대상으로 존재한다고 할 수 있다." 그러니까 인간은 자기 자신이 만든 창조물과만 미적 관계를 가지는 것이 아니라 자연과도 미적 관계를 갖는다. 마르크스에 의하면 생산적인 삶이란 인간이라는 종족이 지닌 고유한 삶, 즉 삶을 창조하는 삶이다. 예컨대 생산적인 삶 속에서도 미적 행위가 작용하게 된다는 것이다. 그도 그럴 것이 대상적 세계를 실용적으로 창조하는 일, 즉 비유기적 자연을 가공하는 일은 자각된 종족으로서의 인간을 보존시키는 작업이기 때문이다. "동물은 자기가 속한 종種의 기준과 필요에 따라서만 무엇을 만들어 내는 데 반해, 인간은 모든 종의 기준을 대상에 적용시킬 줄 안다. 따라서 인간은 항상 미의 법칙에 의거해서 무엇을 만들어 낸다고 할 수 있다."(『MEW』, 증보판 제1권) 그러니까 인간의 미적 행위는 생각과 실천 간의 상호작용으로 구성되며, 많은 이론가들이 믿고 있듯이 단지 또는 주로 구상적 예술(춤, 음악, 연극 문학 등)을 통해서만 나타나는 것이 아니라, 인간의 모든 생산적 행위의 영역에서도 구현된다. 여기서 생산적 행위의 영역이라 함은 자연(경치, 정원), 도시 및 지방, 거주지와 작업장, 교통시설과 차량, 옷과 집기, 생활형식과 삶의 목적, 육체와

운동, 공휴일과 평일 등을 의미한다. 인간의 문화의 기원을 거슬러 올라가 보면 미적 형식원리는 노동에 내재되어 있다는 사실을 알게 된다. 때문에 "인간은 제반 대상과 현상을 우선 공리적인 입장에서 바라보고 그 다음에 비로소 공리적 입장과 인간과의 관계에 따라 미적 입장을 취하게 된다"는 플레하노프(Plechanov)의 명제는 마르크스주의자들 사이에서는 논란이 적지 않다. 자본주의 사회에서는 미적 형상화의 요구가 아주 드물게 관철되는데, 그것도 주로 지배계급의 이해관계에 따른다. 여기서는 최대의 이윤을 보장할 수 있는 공리성만이 주로 고려의 대상이 된다. 그래서 도시들의 미적 형상의 파괴(맨해튼, 맨체스타 등)가 일어나며, 근로대중을 대상으로 한 저질 상품의 대량생산이 이루어진다. 그러나 사회주의 사회에서는 모든 생활영역의 구성도 "미의 법칙"에 따라 계획적으로 이루어진다. (1967년 11월 30일의 독일 동독 국무회의의 의결 참조.) 마르크스-레닌주의는 미적 가치원리는 오로지 사회적 삶의 과정에서 그것이 담당하는 기능을 통해서만 정의될 수 있고, 다른 제반 가치영역(윤리, 공리, 진리)과는 거리를 두거나 연관될 수도 있다는 사실에서 출발한다. 나아가 마르크스-레닌주의는 미적 가치원리가 절대성을 지니지 않으며, 절대적 척도도 제시하지 않고, 다만 주체-객체 관계의 역사적 발전단계에 연결되어 있기 때문에 "객관적인 미"의 개념은 매 역사발전시기마다 그에 상응하는 특별한 기준을 요구한다는 사실에서 출발한다.

인간의 미적 행위의 중요한 "대상"은 인간 자신이다. 다시 말해 그의 정신, 그의 지성, 그의 도덕성이 인간의 미적 행위의 대상이다. 아울러 인간의 삶의 표현 및 삶의 관계의 총체 또한 미적 행위의 대상이 된다. 마르크스주의의 견해에 따르면, 대상을 "내재적 척도"에 적응시킬 줄 알며, 그 때문에 미의 법칙에 따라 자신을 형성할 줄도 안다는 말은 바로 인간에게 적용되는 말이다. 인간의 내재적 척도는 인간을 다른 생물체와 구분하는 인간의 종족본질이다. 종족본질을 발전시킨다는 것은 사회와 개인의 모든 창조적 힘을 자유로이 개발하는 주체가 된다는 뜻이다. 그것이 인간의 "미"의 척도다. 사회주의 사회에서는 이러한 인식이 행동의 제1원칙이다. 그도 그럴 것이 노동계급은 지배하고 결정하는 사회적 세력으로서 그 스스로가 생산계급이며, 따라서 제반 생산역량의 방출에 대한 객관적 관심도 노동계급이 가지고 있기 때문이다. 구상적 예술에서는 사회적 인간이 그 자신의 종족적 삶을 표상의 대상으로 삼아 상상의 자유로운 유희 속에서 종족본질로서의 자기구현의 가능성을 형상화하고, 또 이론적, 직관적으로 사유한다. 이렇게 함으로써 인간의 주관적이고 실천적인 감각세계의 현실이 묘사된다. 세계 자체를 미적으로 형상화하거나 그 세계와 인간과의 관계를 구상적으로 묘사하는 경우, 발전의 관점, 즉 주체로서의 인간의 제반 사건과 위상을 조망하는 세계관적 입장에 근거한 판단이 결정적 역할을 한다. 그 때문에 인간이 세계와 맺는 미적 관계는 항상 역사적으로, 다시 말해 그때그때의 사회적 그룹과 계급의 관심을 통해 규정된다. 무엇이 "아름다운가" 아니면 "추한가" 하는 미적 가치판단은 일종의 당파성을 취하는 행위로서, 이 당파성을 통해 개인이나 제반 계급은 객관적 현실의 특정한 현상에 대해 긍정적 혹은 부정적 태도를 표명하게 된다. 미적 행위의 구상적 형식으로서의 예술은 그 어떤 점에서도 그것이 자연을 대상으로 삼든 사회를 대상으로 삼든 또는 정치, 사랑 등 그 어떤 것을 대상으로 하든지 간에 이러한 객관적 법칙성을 벗어날 수 없다.

카를 아우구스트 비트포겔
「마르크스주의 미학의 문제에 대한 재고」[1)]

2. 소재의 형상화

철저 이상주의는 형식(Form)이 그것에 맞는 소재(Stoff)*를 찾는다는 견해를 피력한다. (불가지론, 즉 관념의 세계와 더불어 물질적 세계의 별도 존재를 인정하는) 칸트철학의 주창자들에 의해 규정되는 중간입장은 내용과 형식을 서로 본질이 다른 복합체로 간주하여 예술가가 이를 그야말로 "예술적"으로 결합시킨다고 주장한다. 이렇듯 내용과 형식사이에 단지 외면적인 관계만 존재한다는 견해를 지닌 사람들은 위에 거명된 이들 이외에도 특히 고르터, 루 매르텐, 탈하이머가 있다. 고르터는 예술작품의 진실성을 알리려고 노력한다. 물론 그는 이 작업을 주관주의적 방법에 의거해서 시도한다. (예술은 형상화된 열정이라고 그는 말한다.) 이 작업에서 그는 어설픈 객관주의와 연결된 비마르크스주의적 상대주의를 원용하고 있다. ("이 지구상에는 수많은 사람들이 있듯이 아름다움도 수없이 많다.") 이처럼 그는 사실상 비변증법적이고 비유물론적인 방법을 취하고 있기 때문에 문학창조가 그에게는 자의적인 행위가 되고 있다. 문학이란 그에게는 "무에서 유를 만들어 내는

---

1) 『Die Linkskurve』 2, 1930, H 11, Neudruck, Frankfurt a. M. 1971. 8~11쪽에서 발췌.
* 철학에서는 Form과 Stoff를 형상과 질료로 번역한다.

것"이며, 따라서 "꾸며낸 열정이요, 거짓형태 속에 든 진실이다."[2]

루 매르텐의 방대한 연구작업에 관한 상세한 논의는 다른 기회로 미루어야할 것 같다. 이 연구작업에 관한 기본 견해 – "예술은 형식의 문제이지 내용의 문제가 아니다" – 역시 비유물론적 방법을 취하고 있음을 알 수 있다.(그리고 동시에 비변증법적 방법을 취하고 있다. 왜냐하면 만일 그것이 변증법적 방법을 취했다면 그 핵심적 표현에서 최소한 상호작용관계를 인정했어야 할 것이기 때문이다.[3]) "모든 시기의 예술은 모든 시기의 형식(!)이다. 다시 말해 모든 시기의 예술은 내용으로 남는 것이 아니며, 내용 때문에 존경 받는 것도 아니고, 내용 때문에 관심의 대상이 되는 것이 아니라 형식 때문이다."[4] 이 말은 형식주의적 야만성을 드러내고 있다. 이것은 바로 독일 고전철학의 유산으로, 프롤레타리아 문화가 결코 받아들일 수 없는 고전철학의 이상주의이다.

탈하이머 역시 그의 메링 책자의 서문 작성에 앞서 이미 내용과 형식의 변증법적 유물론 관계는 그 자신과 거리가 먼 세계라고 밝힌 바 있다.[5] 이와 관련된 그의 견해에 관해 우리는 이미 계속적으로 비판해 왔다. 그의 견해가 각별히 깊은 의미를 지녀서가 아니라 거기에는 옛 오류가 새로운

---

2) H. Gorter, 『Über Poesie. Die Neue Zeit』 XXI 1., 1903. S. 397.

3) Lu Märten, 『Wesen und Veränderung der Formen/Künste』, Frankfurt a. M. 1924, S. 34.

4) 물론 Märten은 구체적인 연구에서는 이러한 입장을 제대로 고수할 수 없었다. 때문에 그의 연구에서 종종 유물론적인 실제의 연관관계가 발견되곤 했던 것이다. 그러나 이러한 연관관계도 유물론적인 기본명제를 바탕으로 해서가 아니라 이를 도외시 하는 가운데 이루어진 것이다.

5) Thalheimer가 Spinoza 철학의 내용과 형식에 관해 말한 부분 참조. (Thalheimer/Deborin, 『Spinoza』, Wien-Berlin 1928, S. 15).

진리로 호도되고 있기 때문이다. 그의 형식은 현실성이 강하지만 오류를 담고 있다. 우리는 탈하이머의 기계론적인 견해도 앞으로 다시 한 번 검토해 봐야할 것이다. 이미 지적한 바 있듯이 헤겔은 내용과 형식 간의 필연적인 관계를 이른바 "절대" 철학의 모든 수단을 동원하는 가운데, 아직도 여전히 이상주의적-신비주의적 방법으로 표현하고 있다. 이러한 관념론적이고 신비주의적인 관점은 파괴되어야 하며, 이러한 구상은 전복시켜 새롭게 태어나게 해야 한다. 그렇게 해야만 우리는 변증법적 내지 유물론적 미학을 추진시킬 수 있는 확실한 출발점을 획득할 수 있게 된다. 예술 문제에 관한 한 마르크스와 엥겔스의 입장표명도 바로 이러한 의미에서 나온 것이다. 독일어로 작성된 플레하노프의 글들 또한 – 여기서 상세하게 논할 수는 없으나 – 동일선상에서 이해될 수 있다. 우리는 이제 다음 항에서 변증법적 유물론의 입장이란 무엇인가 하는 점에 관해 간단히 요약해 보기로 하겠다.

a) 소재 – 예술적 형상화의 출발점

삶-소재-형상화는 예술작품 속에서 모순에 가득 찬 양상으로 통일을 이룬다. 다시 말해 (사회-계급적인) "삶"으로부터 발생하는 소재가 예술적 형상화의 출발점이 된다. 첫 번째 출발점, 즉 위의 세 요소들의 통일은 헤겔의 미학에서도 역설되고 있으며, 두 번째 출발점, 즉 이들의 모순관계 역시 헤겔의 미학에서 주장되고 있다. 그런데 세 번째 출발점, 즉 형상화는 헤겔의 경우 마르크스의 견해와는 근본적으로 다른 성격을 지닌다. (전자의 경우는 모든 내용 뒤에 이른바 저 "정신", 즉 "개념"을 숨기고 있으며, 이 정신은 내용 속에서 표현된다.) 마르크스주의적 견해는 헤겔의 이러한 관념론적 보조기구를 분쇄하고 그 자리에 유물론적 기본관계를 설정시킨다. "삶"이 곧 소재가 아니듯이 소재 또한 그 자체가 "모티브"는 아니다. 달리 말해 소재는 삶 속에 있고, 마찬가지로 모티브는 소재* 속에 담겨 있다. 예술가의 임무는 후자에서 전자를 발전시키고, 추출하고, 찾아내는 일이다. 모티브와 형상화 간에도 결국은 보다 높은 차원에서 이와 같은 관계가 성립된다.

예를 들어보자. 자본주의라는 삶의 한 특정한 형식을 프롤레타리아의 계급적 입장에서 살펴보면 노동계급의 곤경과 투쟁, 소시민적 요소의 붕괴, 부르주아의 지배와 착취, 사치 등, 이 모든 것이 일반적으로 말하는 소재이다. 협의의 테마로서의 소재는 구체적인 삶의 단면을 말하는데, 광산노동자의 운명을 예로 들 수 있다. 그리고 모티브의 예로 다음과 같은 상황을 들어 볼 수 있다. 한 젊은 노동자가 광산노동자 생활을 시작한다.(제1모티브) 대 노동쟁의가 서서히 일어난다.(제2모티브) 널리 알려진 졸라의 작품 『제르미날(Germinal)』의 골격을 이루고 있는 이러한 이중 모티브의 설정은 위력적인 소재의 범위를 그 본질적인 활동형태를 통해 보여주는데 성공했다. 광산에 새로 온 이 젊은이는 갱도에서 그리고 쉬는 시간에 광부들의 일상생활을 특징짓는 독특한 체험들에 관해 이야기를 듣는다. 쟁의운동에서 광산노동자들의 운명은 정치적으로 아직 무르익지 않았으나,

---

* 볼프강 카이저(Wolfgang Kayser)는 『언어예술작품(Das sprachliche Kunstwerk)』에서 모티브는 소재보다 하위개념으로, 이를테면 모티브의 집합이 소재이다.

이미 영웅적인 경지에 다다른 힘의 표현으로 고조된다.

줄거리에 적용되는 것은 등장인물에도 적용된다. 등장인물들은 살아있는 사람들이다. 이 사람들의 본원적인 삶을 깊고 풍요하게 표출시켰다는 것은 예술가가 사람들의 묘사에서 그만큼 소재를 힘있게 "구성"했다는 뜻이다. 다시 말해 소재에 깃들어 있는(이것이야말로 더할 나위 없이 중요하다!) 모든 가능성들을 "끄집어내서" 창조적으로 형상화했다는 얘기이다.

어떤 것이 한 사회의 전반적인 현상의 본질적인 운명이며, 어떤 것이 이 운명을 살아가는 인간의 본질적인 삶의 표현인가 하는 점은 고르터가 말하는 것처럼 그렇게 개인적인 자의에 내맡겨져 있지 않다. 그것은 사회계급에 따라 상이하게 나타난다. 학문적 인식에서도 그렇지만 예술적 인식에서도 상이한 계급의 사람들에게 다른 계급에 대한 진실을 자기 계급에 대한 그것과 똑같이 잘 알 수 있는 기회는 주어지지 않는다. 그 어떤 예술적, 학문적 진리도 절대진리일 수는 없다고는 말하지만, 그럼에도 불구하고 객관적이고 사실적인 "절대"의 세계가 없는 것은 아니다. 학문적 진리를 두고 한 레닌의 다음과 같은 말은 예술적 진리에도 그대로 적용된다.

"마르크스와 엥겔스의 유물론적 변증법이 결코 상대주의를 배격하지는 않지만, 그렇다고 전적으로 모든 것을 상대주의로 환원시키지는 않는다. 다시 말해 이 변증법은 우리가 지니고 있는 제반 지식의 상대성을 인정하지만, 그렇다고 객관적 진리를 부정하는 의미에서는 아니고 이 진리로 접근하는 데에는 역사적인 한계가 있다는 의미에서 상대성을 인정하는 것이다."[6]

진리에로의 접근은 역사적 법칙에 의거해서 이루어진다. 이 말은 예술 창작에도 해당된다. 매 시기마다 매번 특정한 계급들이 그들의 입장으로 부터 그 단계에서 최대로 가능한 진리에로의 접근을 시도한다. 소재와 모티브의 선택 그리고 형상화의 시각은 이와 같은 상황에 의해 규정된다. 형상화가 변한다는 말은 바탕에, 계급상황에, 즉 형상화될 소재에 변화가 일어났음을 이르는 말이다.

b) 형식의 변화 - 현실변화의 표현

탈하이머는 "새로운 내용을 담지 않은 새로운 형식은 옳지 않다."[7]라고 설명한다. 이는 소시민적 윤리관을 바탕으로 한 태도에서 비롯된 이상주의적 사고에 지나지 않는다. 마르크스주의는 이러한 형식의 자전운동을 인정하지 않는다. 마르크스가 다른 영역, 즉 노동조직의 형식을 두고 한 말, 즉 형식변화는 "곁가지들과 더불어 그리고 항상 실제상황의 변화 속에서만 나타나는 결과이다"[8]라는 말은 예술형식의 변화에도 그대로 적용될 수 있다. 다시 말해 예술형식의 변화는 곁가지들과 더불어 "항상 오로

---

6) W. I. Lenin, 『Materialismus und Empiriokritizismus』, Sämtliche Werke, Deutsch. XIII., Wien-Berlin 1927, S. 125.

7) Thalheimer, 「Einleitung zu Mehrings Aufsätzen zur Literturgeschichte」, S. 25.

8) K. Marx, 『Das Kapital』, I, 8. Aufl. Hamburg 1919, S. 329.

지" 모티브들의 변화의 결과로서만 나타난다. 그리고 이 모티브들은 또한 그것이 발생하는 사회적 바탕의 변화를 따르며, 궁극적으로는 생산방식의 변화에 그 뿌리를 두고 있다. "견해"에 그리고 "형상화"에 본질적인 변화가 왔다는 것은 항상 예술을 창조하는 계급의 위상에 본질적인 변화가 있었음을 의미한다. 이를테면 진보적인 발전이 이루어지면 형식도 이를 따르게 마련이며, 총괄적인 견해, 즉 테마가 왜곡되거나 위축되고 약화되었다는 것은 그 배경에 존재하는 계급(혹은 하위계급)이 방향감각을 잃거나 아니면 그 계급의 권위가 실추되거나 해체 또는 부패했음을 의미한다. 예컨대 세계 제1차 대전이 끝날 무렵부터 독일의 시민계급 예술이 표현주의라는 이름으로 해체현상을 보이기 시작한 근본 원인은 당시의 사회 속에서 찾을 수 있다. 노동계급이 미완의 시민전쟁을 통해 부르주아지를 공포로 몰아넣은 적이 없는 영국이나 프랑스에는 표현주의가 독일에서처럼 성행하지는 않았다. 독일에서도 표현주의는 마르크 화폐가 안정을 되찾게 되면서 곧장 현수막이나 전시회에서 저절로 사라졌다. 부르주아지가 공공연하게 그들 자본의 안정과 확장을 꾀하면서 두각을 나타냈을 때 시민계급 예술가들은 – 자칭 "스스로", 그러나 실은 그들을 지배하는 계급의 새로운 주문을 비밀리에 받아 – 세상을 "신즉물주의"라는 눈으로 바라보기 시작했다.

c) 기본상황의 모순적 발전

그 어떤 일도 "저절로" 일어나지는 않는다. 주제설정의 변화도, 새로운 형상화도 저절로 이루어지는 법은 없다. 새로운 사회상황이 도래했다고 해서 그리고 새로운 소재가 나타났다고 해서 곧장 새로운 형식화가 이루어지는 것은 아니다. 예술은 상부구조의 다른 형식들처럼 "점진적으로" 사회적 바탕의 변화에 따른다. 엥겔스가 말한 것처럼 "처음에는 항상 내용에 치중하느라고 형식은 도외시된다."[9] 새로운 소재는 새로운 "삶"의 상황으로부터 발생해서 그 위상을 굳혀간다. 처음에 그것은 옛 소재를 근거로 해서 이루어지는 낡은 형상화 방법에 의존해서 가공된다. 이러한 현상은 최근에 나온 프롤레타리아 소설에서도 불가피한 초기적 국면으로 나타나고 있다. 그러니까 이 국면 속에는 모순이 깃들어 있다고 할 수 있다. 이 예술생산자들은 새로운 소재를 아직 그들의 삶의 법칙에 따른 방법("형식")으로 전개시키지 못하고 있는 것이다. 그러나 곧 이어 새로운 소재의 세계 속에 깃든 고유한 삶의 법칙을 완전히 터득하기 위한 투쟁이 시작된다. 이때 예술가의 일차적 과제인 시대에 맞는 새로운 모티브가 발견되며, 그 다음으로 이차적 과제인 전개작업, 즉 새로이 계발된 모티브 세계의 형식화 작업이 이루어진다.

그와는 반대로 우리는, 퇴락한 계급의 입장을 대변하고 있는 사람들의 경우에는, 낡은 형식이 그것을 낳게 한 실체가 오래전에 사라져 버린 이후에도 그대로 유지되고 있음을 보게 된다. 이것이 내용과 형식 분열의 두 번째 양상이다. 마르크스는 이러한 현상을 자본주의가 한껏 무르익은 시

---

9) Mehring에게 보낸 Engels의 1893년 7월 14일자 서한에서 발췌. Mehring, 『Geschichte der deutschen Sozialdemokratie』, I, 제5판, Stuttgart 1913, 385쪽 참조.

절의 시민계급 극작가들의 특징으로 본다. 그는 "우리시대의 아류작가들은 형식적인 외장 이외에는 아무것도 가지고 있는 것이 없다"고 말한다.

　본질적인 첫걸음을 앞으로 내디딘다는 것은 새로운 모티브를 발굴하는 작업이며(마르크스와 엥겔스가 생각하는 새로운 모티브는 세계사적으로 커다랗고 본질적인 계급 간의 갈등이다[10]), 모방주의의 형식적이고 생명이 없는 공허한 형식완결주의로부터 벗어나는 일이다. 마르크스는 이렇듯 옛 형식의 의식적인 경시를 역량부족으로 보는 것이 아니라 오히려 "장점"으로 간주한다.[11] 이러한 태도는 필연적인 돌파작업의 일환으로, 예술세계의 진리를 구속하는 옛 형식으로부터 탈피하여 새로이 나타나는 주제와 모티브에 적합한 새로운 형식을 찾아내기 위한 필연적인 행위이다.

　내용과 형식은 이런 식으로 통일체를 이룬다. 그러나 이 통일체는 갈등으로 가득 찬 통일체이다. 다시 말해 이 통일체는 역사의 과정이라는 살아있는 강 속에서 합리적으로 항상 새롭게 만들어지는가 하면 또 파괴되고, 이렇게 해서 보다 높은 단계에서 새로이 부활한다. 이것이 바로 변증법적 유물론의 원리이다. 여러 역사적 단계와 예술장르에서 이러한 변증법적 유물론의 원리가 어떻게 구체적으로 작용하는가를 살펴보기 위해서는 각별한 관찰력이 요구된다. 이로써 오늘 이 자리에서는 일반적인 결론 몇 가지만 도출해내는 것으로 끝맺고자 한다. (...)

---

10) Lassalle과 교환한 서간문 참조. Ferdinand Lasslle, 『Nachgelassene Briefe und Schriften』, III. Stuttgart—Berlin 1922, S. 173ff. und 181ff.

11) Ebendort, S. 173.

프란츠 메링
「예술과 프롤레타리아」(1896. 10. 21,)[1]

　(...) 우리의 실천적 관찰에 의하면 예술과 프롤레타리아의 대립은 다음과 같이 요약할 수 있다. 즉 현대예술은 극히 비관주의적인데 반해 현대 프롤레타리아는 매우 낙관적인 특징을 지녔다는 점이다. 모든 혁명계급은 낙관적이다. 임종을 앞두고 로드베르투스가 말했듯이 혁명계급은 미래를 멋진 장밋빛으로 본다. 이는 물론 그 어떤 유토피아 사상과도 관련이 없다. 혁명적 전사戰士는 냉철한 정신으로 투쟁의 시기를 엿본다. 혁명적 전사는 그래야만 한다. 왜냐하면 그는 자신이 세상을 변화시킬 수 있다고 굳게 믿고 있는 사람이기 때문이다. 이런 의미에서 계급의식을 지닌 노동자는 누구나 낙관론자라 할 수 있다. 이들은 희망의 기쁨으로 가득 차 미래를 나다보며, 바로 자신을 둘러싼 곤경의 늪으로부터 이러한 희망을 건져낸다.

　그에 반해 현대예술은 깊은 비관주의에 빠져 있다. 현대예술은 그것이 즐겨 묘사하는 곤궁으로부터 빠져나올 수 있는 출구를 모른다. 현대예술은 시민계급 세계에서 파생된 것으로 걷잡을 수 없는 퇴락의 반영이다. 다

---

1) Franz Mehring, 『Gesammelte Schriften』. Bd. 11 『Aufsätze zur deutschen Literatur von Hebbel bis Schweichel』, Berlin 1961. 135, 137~139쪽에서 발췌.

시 말해 이러한 퇴락의 세계가 현대예술 속에 그대로 반영되어 나타난다. 현대예술은 그 나름대로 그것이 단순한 유행병에 걸리지 않는 한 진지하고 솔직하기는 하다. 현대예술은 린다우와 마를리트 위에 고고하게 서 있기는 하지만, 현재의 곤경 속에서 그 곤경을 단지 곤경으로만 바라본다는 의미에서는 전적으로 비관적이다. 이 현대예술은 계급의식을 지닌 프롤레타리아가 삶 중의 삶이라고 생각하는 즐거운 투쟁요소를 전혀 모르고 있다. 이 투쟁적 요소는 하우프트만의 「방직공(Die Weber)」의 경우에서처럼 그것이 한 번 나타나거나 나타날 기미가 보이기만 하면 곧장 거창하게 부정된다. 불과 일주일 전에 하우프트만은 그가 지금까지 누차에 걸쳐 그랬던 것처럼 다시금 자기 변호사 그렐렝을 시켜서 자신은 단지 감상적인 비극작품을 만들기 위해 「방직공」을 집필했을 뿐이라고 상급 행정재판소에 고하여 그곳을 안심시키도록 했다. 그런가 하면 그는 「플로리안 가이어(Florian Geyer)」에서 거추장스러운 제반 오해들을 아예 사전에 불식시키기 위해 봉기의 깃발을 들었던 농민들을 – 이들은 오늘날의 프롤레타리아들과 똑같은 투쟁을 벌인 사람들이다 – 희망 없는 인간쓰레기로 묘사한 바 있다. 여기서 하우프트만을 거론하는 이유는 그가 당대회에서 현대예술의 가장 위대한 대표자로 거명되었기 때문이다. 이에 대해 왈가왈부할 생각은 없지만, 만약 그가 현대예술의 제1인자라면 현대예술은 결코 위대한 예술이라고 할 수 없을 것이다. 이제껏 위대한 예술이 현세의 법정에 나가 자신의 안위를 위해 입에 발린 소리를 하는 일은 없었기 때문이다. (...)

"순수예술"을 이상으로 삼는 것은 반동적 낭만주의 학파의 잔재이다. 따라서 혁명계급은 이 학파와의 접촉에 매우 신중을 기해야 한다. 순수예술은 18세기 시민계급의 혁명드라마에 의해 시작된 도덕 지상주의가 그랬던 것처럼 편협하기 이를 데 없다. 그러나 현대 노동자계급의 미학적 견해가 아직도 도덕 냄새를 약간 풍긴다고 해서 수치스러워할 필요는 조금도 없다. 젊은 시절의 레싱이나 실러도 무대를 "도덕재판소"로 보지 않았던가. 옛날에는 "순수예술"을 대표하는 사람들이 솔직하게 자신이 반동주의자임을 인정했으며, 내가 혁명가라는 사실을 하늘이 다 안다는 식으로 친애하는 관중을 우롱하지는 않았다. 만년의 빌마르(Vilmar)는 "순수예술"의 입장에서 쓴 그의 문학사에서 실러의 「계교와 사랑(Kabale und Liebe)」을 두고 역겨운 희화라고 혹평을 가했는데, "순수예술"의 입장이 옳지 않다는 전제하에서는 그의 말이 전적으로 옳다. 브람(Brahm) 씨는 「계교와 사랑」을 화려한 대작이라고 무대에 올려놓고는 – 그것도 "자연주의적" 개칠로 작품을 엉망으로 만들어 놓으면서 – 한편으로는 속물근성을 지닌 노동자계급이 마르크스의 『자본론(Kapital)』을 희곡화한 작품을 여기서 보려한다고 비웃는데, 저 "순수예술"을 대표했던 옛 반동주의자들도 이 양반처럼 꼴불견은 아니었다. 이렇듯 현대적 정조情調가 담긴 성공적인 작품들을 통해 현대예술은 최초로 우리에게 은총을 내렸다. "순수예술"은 당파성을 탈피하려 한다고 떠들면서도 실은 전적으로 당파적이다. 순수예술이 당의 첨탑보다 더 높은 망루에 서고자 한다면 오른쪽뿐 아니라 왼쪽도 둘러보아야 하며, 또 사라져가는 낡은 세상뿐 아니라 이제 막 태어나는 새로운 세상도 묘사해야할 것이다. 퇴락의 시기를 살아가고 있기 때문에 예술 역시 퇴락만을 묘사해야 한다고 현대예술이 당대회에서 말한바 있지만, 우리는 이 말이 옳다고 인정할 수 없다. 우리가 살고 있는 퇴락의 시기는 동시에 부활의 시기이기도 하다. 현대예술이 제아무리 진지하게 황폐의 세계를 그린다고 해도 이 황폐해진 세계로부터 꽃피는 새로운 삶을 보지 못하는 한 그것은 진지할 수가 없고, 또 솔직할 수도 없다. 프롤레타리아가 그들의 고유하고 원천적인 삶을 깡그리 도외시하는 극히 비예술적인 경향을 지닌 현대예술에 대해 어찌 감동할 수가 있겠는가! 시민계급마저도 그 한창 시절에는 그들 자신의 정신으로부터 우러나오지 않은 것은 어떤 예술이건 간에 인정하지 않았는데, 어떻게 프롤레타리아에게 그들보다 더 겸손하라고 할 수 있겠는가?

현대예술은 시민계급사회에 그 기원을 두고 있다. 우리는 현대예술이 그 기원을 부정하지 않는다고 해서, 또 그것이 시민계급 사회의 경계선 쪽을 향해 더욱 멀리 그리고 더욱 적극적으로 후퇴한다고 해서 그것을 철면피한 행동이라고 나무랄 생각은 없다. 그 누구도 어떤 사람에게 자기의 그림자를 떨쳐버리라고 강요할 수는 없기 때문이다. 우리의 요구는 단지 노동계급이 현대예술에 대해 갖는 강한 거부감의 원인을 엉뚱한 곳에서 찾아서는 안 된다는 것이다. 이 거부감은 프롤레타리아의 그 어떤 후진성에서 비롯되는 것이 결코 아니다. 프롤레타리아로 하여금 현대예술을 이해하도록 교육시키려 한다면 그건 큰 착각이다. 그러한 행위는 쓰디쓴 실망만 안겨줄 것이다. 이런 류의 민중교육은 그 나름의 특별한 사정이 있기는 하다. 이 문제는 이미 몇 년 전에 한 번, 그러니까 자유민중무대가 자신의 존립을 위해 "교육자들"을 떨쳐버렸을 무렵 『새 시대(Neue Zeit)』란 잡지에서 논의된 적이 있다. 『새 세계(Neue Welt)』의 편집 의도는 물론 우리의 생각과는 거리가 너무나 멀다. 『새 세계』는 무정부주의적이고 부르주아적이며 바보스런 위인들, 다시 말해 당시 자유민중무대를 만족시켜 보겠다던 얼간이들의 몰취미하고 오만한 교육정신을 통해서 "교육"을 예전 단계로 올려놓으려고 한다. 그렇다고 우리가 여기서 노동자들의 미학적 또는 문학적 교양수준이 얼마든지 증진될 수 있다는 사실을 부정하려는 것은 결코 아니며, 또 모든 것은 다수의 프롤레타리아 계층을 위해서 이루어져야 한다는 점에도 이의를 제기할 생각은 전혀 없다. 그리고 우리는 이러한 과업을 위한 일군으로 『새 세계』의 편집부가 가장 적임자라는 사실도 인정한다. 그러나 노동자들이 지닌 현대예술에 대한 거부감을 그들의 보다 나은 예술교육을 통해 극복시키려 하는 이런 기본 발상은 우리가 보기에 잘못된 것이다. 노동자들이 이러한 교육과정을 통해 많은 것을 배울 수 있다는 점은 인정한다 하더라도, 이는 결국 오리알을 부화시키는 닭의 이야기가 되고 말 것이다. 프롤레타리아는 그들의 모든 생각과 감정 그리고 그들의 삶을 가치 있게 만드는 모든 것과 정면으로 대립되는 예술 앞에서 감동할 수 없을 것이며, 훗날에도 결코 그런 감동을 기대할 수는 없을 것이다.

또한 우리는 프롤레타리아의 해방투쟁에서 예술의 의미를 과대평가해서는 안 될 것이다. 특히 독일 시민계급의 해방투쟁을 위해서 예술도 깊은 의미를 지녔다는 사실이 우리로 하여금 쉽사리 이러한 유혹에 빠지게 한다. 독일 시민계급이 예술분야에서 그들의 영웅시대를 가질 수 있었던 것은 단지 그들에게 경제적, 정치적 투쟁의 장이 봉쇄되어 있었기 때문이다. 그에 반해 현대 프롤레타리아에게는 이 투쟁장의 문이 최소한 어느 정도 열려 있다. 따라서 이들이 여기서 힘을 규합하는 것은 당연한 일이며, 동시에 필요한 일이다. 프롤레타리아가 이러한 열띤 투쟁을 하는 한 그들은 결코 그들 품에서 위대한 예술을 탄생시킬 수 없을 것이다. 이 문제에 대해 상론하려면 별도의 논문이 요구될 것이기에, 우리는 여기서 한 가지 예를 들어 설명해 보겠다. 시민계급의 해방투쟁에서 극장이 맡았던 커다란 역할은 널리 알려져 있다. 시민계급은 극장을 지을 돈을 가지고 있었다. 그리고 옛 전제주의는 계산에서 나왔는지 아니면 현혹당해서 그랬는지는 몰라도 한쪽 눈을 감아준 채, 현실세계에서는 엄격하게 금했고, 또 얼마든지 금할 수 있는 일들을 이 세상을 의미하는 무대에서는 시민계급이 서슴없이 표현할 수 있도록 기꺼이 허용해 주었다. 그러나 오늘날 노동계급에게는 극장을 지을 돈이 없다. 그리고 현대의 전제주의는 현실세계에서 노동자계급의 투쟁을 더 이상 금지시킬 수 없기 때문에, 노동자계급에게 아름다운 가상의 세계*를 엄격하게 차단시킴으로써 최소한의 분풀이를 하고 있는 것이다. 경제적, 정치적 영역에서는 날이면 날마다 자본주의 및 경찰들과의 투쟁에서 승리를 거두는 노동자계급도 예술영역에서의 이러한 숭고한 힘 앞에서는 무기력해진다. 그러니까 백여 년 전부터는 상황이 완전히 뒤바뀐 것이다. 그렇다고 이 상황이 프롤레타리아에게 불리하다는 얘기는 결코 아니다. (...)

---

* 예술세계(극장/연극)를 의미한다.

블라드미르 일리치 레닌
「당조직과 당파문학」(1905)[1]

10월 혁명 이후 사회민주주의 활동을 위해 러시아에 조성된 제반 새로운 여건은 당파문학에 대한 문제를 주요 이슈로 만들었다. 합법적인 출판과 불법적인 출판과의 차이, 즉 노예제도가 존재했던 절대주의적 러시아 시대의 비극의 잔재는 이제 사라지고 있다. 그러나 이 유산이 아직 죽지는 않았다. 그렇다, 죽어 없어진 것은 결코 아니다. 우리의 국무총리가 이끄는 기만적 정부의 횡포로 「이스베스차(Iswestjia Sowieta Rabotschich Deputatow)」*는 "불법"으로 발행되는 신문이 되었다. 그러나 정부의 이러한 횡포는 그것이 방해할 수 없는 것이면 무엇이든 "금지"시키는 우를 범함으로써 오히려 정부당국에 오욕과 도덕적 상처를 주는 결과를 초래할 뿐이다.

합법적 출판사와 불법적 출판사의 차이가 있었던 시절에는 어떤 것이 당파문학이고 어떤 것이 그렇지 않은지를 관찰하는 문제가 극히 단순하게 그리고 아주 그릇되고 비정상적인 방법으로 처리되었다. 불법적인 언론은 모두 당파문학으로, 제반 조직에 의해 출판되거나, 이런 저런 관계로 실천적인 당의 노동자 그룹과 연결되어 있던 그룹에 의해 운영되었다. 그

---

1) W. I. Lenin., 『Werke』 Bd. 10, Berlin 1959. 29~34쪽에서 발췌.
* 「프라우다」와 더불어 모스크바에서 발간되었던 신문이다.

리고 합법적인 언론은 하나같이 당파문학이 아니었다. 그 이유는 당이 금지되어 있었기 때문이다. 그렇기는 하지만 합법적인 언론도 이 당 저 당 쪽으로 기우는 "경향"을 지니고 있었다. 연합을 가장하거나 위장 "결혼," 거짓 간판을 내거는 일이 피할 수 없게 되었다. 어떤 것이 당파적 견해를 표명하려는 사람들의 억제된 침묵이며, 또 어떤 것이 아직 이런 견해를 표명할 만큼 성숙되지 못한, 그러니까 근본적으로 당파심이 없는 사람들의 제한되고 비겁한 태도인가를 구분하기가 힘든 상황이었다.

이솝우화식의 이야기 방식과 문학적 예속성, 노예언어, 정신적인 예속의 저주받은 시기가 바로 이때였던 것이다! 프롤레타리아는 이처럼 모든 살아 있는 것과 신선한 것을 러시아에서 질식시키려 했던 비루한 자들의 세계에 종언을 고하게 했다. 그러나 지금까지 프롤레타리아는 러시아를 위해 단지 반쪽의 자유만을 쟁취해냈을 뿐이다.

혁명은 아직도 완수되지 않았다. 차르주의가 혁명을 더 이상 물리칠 힘이 없는 것은 사실이지만, 혁명도 아직은 차르주의를 쳐부술 힘을 지니고 있지 않다. 우리는 지금 솔직하고 진지하고 직접적이며 철저한 당파성과, 한편으로 음침하고 은폐적이고 "외교적"이면서 뱀장어처럼 미끌미끌한 "합법성"이 도처에서 그리고 모든 분야에서 부자연스럽게 연결되어 작용하는 시대에 살고 있다. 이러한 부자연스러운 연결은 우리의 언론계에서도 엄존하고 있다. 구치코프(Gutschkow) 씨는 시민계급적-자유주의적 온건노선을 지향하는 신문들의 출판을 금지하는 사회민주주의 전제정치에 대해 빈정대고 있지만, 러시아의 사회민주노동당 중앙기관지 「프롤레타리(Proletari)」가 아직까지도 전제적 경찰국가인 러시아의 국경 밖에서 간행되고 있다는 사실은 엄존한다.

어쨌거나 이 반쪽 혁명이 우리 모두로 하여금 현실을 당장 새롭게 재정비할 것을 재촉하고 있다. 문학은 이제 합법적으로 열의 아홉은 당파문학이 될 수 있다. 그리고 그것은 마땅히 당파문학이 되어야 한다. 시민계급의 윤리규범과는 반대로 또 시민계급의 재벌신문이나 군소신문과는 달리 그리고 또 문학에 있어서의 시민계급의 출세주의 및 개인주의와는 달리, 나아가 "귀족적 무정부주의" 및 이익추구 행위와는 달리 사회주의적 프롤레타리아는 당파문학의 원칙을 세워서, 이 원칙을 발전시키고, 될수록 완벽하고 일관성 있게 실현시켜야 한다.

그러면 이러한 당파문학의 원칙은 어디에 있는 것일까? 사회주의적 프롤레타리아의 문학행위는 개인이나 어떤 특정한 그룹이 취하는 이익의 원천이 되어서는 안 되며, 그것은 또한 전반적인 프롤레타리아의 사업과 무관한 개인적 사업이 되어서도 결코 안 된다. 비당파적 문학을 타도하자! 문학적 초인을 타도하자! 문학행위는 전반적인 프롤레타리아 사업의 한 부분이 되어야 하며, 정치적으로 철저하게 의식화된 노동자계급의 전위대에 의해 작동되는 위대하고 통일된 사회민주주의 메커니즘의 "바퀴와 나사못"이 되어야 한다. 문학행위는 조직화되고 계획적이고 통일된 사회민주주의 당작업의 일환이 되어야 한다.

"어떤 비유도 불완전하다"라는 독일 속담이 있다. 그러고 보면 문학을 나사못이라거나, 살아 숨 쉬는 운동을 메커니즘이라고 한 나의 비유 또한 완전한 것은 못된다. 성미 급한 지식인들은 분명 이런 류의 비유가 이념의 자유로운 투쟁 및 비판의 자유, 문학창작의 자유 등등을 경시하거나 말살

하고, "관료주의화"시키는 행위라고 목청을 높일 수도 있을 것이다. 그러나 이런 고함은 실상 시민계급 지식인의 개인주의에서 나온 행위일 따름이다. 문학창작이 기계적인 평등화와 평준화, 소수에 대한 다수의 지배를 결코 용납하지 않는다는 사실은 의심할 여지가 없다. 그리고 이 영역에서 개인의 발의와 개인의 취향을 위한 넓은 유희공간을 확보해 주는 일과 사유와 상상 및 형식과 내용을 위한 유희영역을 확보해주는 일이 절대적으로 필요하다는 사실 또한 의심의 여지가 없다. 이 모든 것은 논란의 여지가 없다. 그러나 이 모든 것은 단지 프롤레타리아가 주도하는 당작업의 문학부분이 프롤레타리아가 주도하는 당작업의 다른 제 부분과 천편일률적으로 동일시되어서는 안 된다는 사실을 입증할 뿐이다. 그리고 이 모든 것은 문학적 행위가 절대로 그리고 어떠한 경우에도 다른 제반 부분들과 불가분의 관계로 맺어진 사회민주주의 당작업의 일환이 되어야 한다는 명제를 결코 부정하지도 않는다. 이러한 명제는 아마도 부르주아나 시민계급적 민주주의의 눈에는 낯설고 진기하게 보일 것이다. 모든 신문은 상이한 당조직들의 기관지가 되어야 한다. 그리고 문필가들은 무조건 당조직에 속해 있어야 한다. 출판사나 서고, 서점, 독서실, 도서관, 도서경영 – 이 모든 것들은 당의 예하에 두어야 하며, 당에 보고할 의무를 지녀야 한다. 이 모든 작업은 조직화된 사회주의의 프롤레타리아에 의해 수행되고 조정되어야 한다. 사회주의의 프롤레타리아는 이러한 모든 작업에 생동하는 프롤레타리아 정신의 생생한 입김을 예외 없이 불어넣어 주어야 하며,

작가는 되는대로 쓰고, 독자는 있는 대로 읽는다는, 반은 오플로모브적[2]이고, 반은 좀스러운 러시아의 낡은 원칙을 송두리째 파기해야 한다.

우리는 물론 아시아에서 자행되는 검열과 유럽 부르주아지에 의해 손상된 문학창작이 단숨에 변화될 수 있다고 주장하지는 않는다. 몇 가지 결정들을 통해 단순하게 체계를 세우고 과제를 해결하려는 생각은 추호도 없다. 그렇다, 우리는 여기서 문학의 도식주의를 운운하는 것은 결코 아니다. 중요한 것은 우리의 전 당원과 러시아의 의식 있는 사회민주주의의 프롤레타리아 모두가 이 새로운 과제를 인식하고, 그것을 분명하게 내세워서 그것의 해답을 도처에서 손에 넣는 일이다. 우리는 저 노예적 검열의 질곡을 벗어난 지금, 시민계급적인 편협한 문학세계의 질곡 쪽으로 또 다시 발길을 옮길 생각은 추호도 없으며, 또 그렇게 되지도 않을 것이다. 우리는 자유로운 언론을 만들 것이며, 경찰뿐만 아니라 자본이나 출세주의, 나아가 시민계급의 무정부주의적 개인주의로부터도 자유로워지고자 이 마지막 말들은 어쩌면 패러독스로 들리거나 혹은 독자를 조롱하는 말로 들릴지도 모르겠다. 어떻게 그럴 수가! 하고 어떤 지식인은 그리고 성급한 자유의 친구들은 외칠 것이다. 어떻게 그럴 수가 있는가! 너희들은 문학처럼 섬세하고 개인적인 작업을 집단주의에 예속시키려는 것이 아니냐! 너희들은 노동자로 하여금 학문이나 철학, 미학의 문제에 대해 다수결에 의해 결정하도록 하려는 것이 아니냐! 너희들은 어디까지나 개인적이고 정신적인 창작의 절대적 자유를 부정하는 것이 아니냐! – 이렇게들 외쳐댈 것

---

2) Oblomov는 I. A. Gontscharow가 쓴 동명소설의 주인공임. (Florian Vaßen 주).

이다.

　하지만 진정들 하시오, 여러분! 여기서 거론되고 있는 것은 우선 당파문학이며, 그것이 당의 컨트롤을 받아야 한다는 얘기이다. 누구나 자기 마음에 품은 것을 하나도 숨김없이 쓰고 말할 수 있는 자유는 가지고 있다. 그러나 모든 자유로운 단체(그 단체 속에는 당도 포함된다) 역시 당에 역행하는 견해를 설파하기 위해 당의 간판을 악용하는 그런 회원을 추방할 자유를 지니고 있다. 언론과 출판의 자유는 전적으로 보장되어야 한다. 그러나 제반 단체들의 자유 또한 완전히 보장되어야 할 것이다. 내가 당신에게 언론의 자유라는 이름으로 당신이 외쳐대고, 거짓말하고, 당신이 품은 생각을 글로 쓸 권리를 전적으로 인정해 주어야 한다면, 당신 또한 내가 단체의 자유라는 이름으로 이런저런 말을 하는 사람들과 동맹을 맺거나 그 동맹을 파기할 권리를 인정해 주어야 할 것이다. 당은 자발적인 동맹단체이다. 그러나 당에 역행하는 견해를 외쳐대는 당원을 그대로 방치해 둘 경우 당은 어쩔 수 없이 처음에는 이데올로기적으로, 그 다음에는 물질적으로도 파괴되고 만다. 어떤 것이 당에 부합되는 행위이고 어떤 것이 해당행위인가 하는 구분은 당의 강령이나 당의 전술적 제 결의 내지 법규에 따르며, 또 국제 사회민주주의 및 자발적으로 결성된 프롤레타리아의 국제동맹이 쌓은 경험에 따라서 이루어진다. 프롤레타리아는 갖가지 요소들과 동향들을 끊임없이 자기의 당으로 가져온다. 이 요소들과 동향들은 철저하지도 또 진정한 마르크스주의에 입각하지도 못했을 뿐 아니라 그렇게 완벽하지도 못하다. 그러나 프롤레타리아는 항상 자기 당의 정기적인 "정화작업"을 게을리 하지 않는다. 시민계급의 "비평의 자유"를 신봉하는 여러분, 우리의 경우에도 당의 내부는 이와 마찬가지일 것이다. 우리의 당은 이제 일시에 대중의 당이 되었다. 우리는 지금 공공 조직체로 급작스럽게 이전하는 과정을 체험하고 있다. 이제 (마르크스주의적 관점에서 볼 때) 철저하지 못한 많은 사람들이 우리에게 밀어닥칠 것이다. 피할 수 없는 일이다. 심지어 많은 기독교인들과 또 나아가서는 신비주의자들도 어쩌면 몰려올 것이다. 그러나 우리는 튼튼한 위를 가졌다. 우리는 확고부동한 마르크스주의자이다. 우리는 이러한 철저하지 못한 사람들을 능히 소화시켜 낼 수 있을 것이다. 당 안에서 허용되는 사유의 자유와 비판의 자유는 당이라고 불리는 자유로운 단체에 가담할 수 있는 인간의 자유가 있음을 우리가 결코 잊지 않게 해줄 것이다.

시민계급의 개인주의자 여러분, 두 번째로 당신들은 절대적 자유를 구가한다는 그 주장이 그야말로 워선 덩어리라고 말해 주어야겠다. 돈의 힘이 뿌리를 이루고 있는 사회, 근로자 대중이 거지같은 삶을 살고, 소수의 부유층이 기생적 삶을 누리는 사회에는 결코 참되고 진실한 "자유"가 존재할 수 없다.

작가 여러분, 그대들은 시민계급 출판업자들로부터 해방되었는가? 그대들에게 액자와 그림을 통한 외설을 요구하고, "성(聖)"스러운 무대예술의 보완으로 매춘을 요구하는 시민계급 관중들로부터 해방되었는가? 이러한 절대적 자유는 시민계급의 무정부주의적 헛소리에 지나지 않는다. (왜냐하면 세계관으로서의 무정부주의는 전도된 시민주의이기 때문이다.) 우리는 이 사회에 살면서 동시에 이 사회로부터 자유로워질 수는 없다. 시민계급 작가나 예술가 또는 여배우의 자유는 단지 돈주머니 때문에 당하는 (또는 위선적인 자발적) 예속이며, 매수되거나 시련으로 인해 당하는 예속일 뿐이다.

우리 사회주의자들은 이러한 위선을 파헤치고, 거짓된 간판을 떼어내어 철거한다. 이러한 우리의 행동은 탈계급적 문학과 예술을 보전시키기 위해서가 아니라 (이는 계급이 없는 사회주의국가에서나 비로서 가능한 일이다.) 자유를 위장한, 그러나 실은 부르주아지와 연결된 문학을 참으로 자유롭고 열려있는 프롤레타리아 문학과 대비시키기 위함이다.

이렇듯 프롤레타리아와 연결된 문학이야말로 자유로운 문학이 될 것이다. 여기서는 이익추구라든가 출세주의가 아닌 사회주의의 이념 및 근로자들에 대한 연대의식이 이들의 대열을 위한 새롭고 또 항상 새로워지는 힘을 얻게 될 것이기 때문이다. 이러한 문학이야말로 자유로운 문학이라 할 수 있다. 왜냐하면 이러한 문학은 신물 나는 여주인공을 묘사하는 것이 아니고, 또 비만증에 시달리는 권태로운 "상층부 몇천 명"을 상대로 쓰여지는 것도 아니며, 이 나라의 꽃이요, 힘이요, 미래의 구현자인 수백만 근로자를 위한 문학이기 때문이다. 이러한 문학이야말로 자유로운 문학이라 할 수 있다. 이 자유의 문학은 인간의 혁명적 사고의 결어(結語)를 사회주의의 프롤레타리아의 경험과 생생한 노동을 통해 결실을 맺게 하고, 과거의 경험(즉 사회주의의 발전을 그 원시적이고 유토피아적인 형태로부터 시작해서 완성단계에까지 이르게 한 과학적 사회주의)과 현재의 경험(즉 노동자 동지들이 펼치는 현재의 투쟁) 사이에서 항상 상호작용을 돕는 교량적 역할을 하게 될 것이다.

동무들이여, 그럼 일을 시작해 보자! 우리 앞에는 새롭고 힘들지만 위대하고 고마운 과제가 놓여 있다. 다시 말해 광범위하고 다양하고 각양각

색인 문학창작을 사회민주주의적 노동운동과 떨어지지 않도록 밀접하게 연결시키는 과업이 우리 앞에 놓여 있는 것이다. 사회민주주의 문학은 모두 당파문학이 되어야 한다. 모든 신문과 잡지, 출판사 등은 한시바삐 재조직에 들어가야 하며, 이러저러한 발판 위에서 어떤 당기관이든 한 당기관과 완전히 결속될 수 있는 준비를 해야 한다. 그래야만 "사회민주주의" 문학은 명실상부하게 사회민주주의적이 되며, 그래야만 사회민주주의 문학은 그 의무를 수행할 수 있고, 또 그래야만 그것은 시민계급사회의 특정한 규범 속에서 부르주아지의 노예신분으로부터 해방되어 참으로 가장 진보적인 그리고 철저하게 혁명적인 계급의 운동과 융합될 수 있을 것이다.

레오 트로츠키
「프롤레타리아 문화와 예술」(1924)[1]

(...) 모든 지배계급은 그들 자신의 문화를 발전시켰으며, 이울러 그들 자신의 예술도 발전시켰다. 인류의 역사를 보면 동양의 노예소유자 문화가 있고, 고대 그리스-로마 문화가 있으며, 중세 유럽의 봉건문화 그리고 현재 이 세상을 지배하는 시민계급 문화가 있다. 이렇게 볼 때 프롤레타리아도 그들 자신의 예술을 만들어야 한다는 사실은 자명한 이치일 것이다.

그러나 문제는 첫눈에 보이는 것처럼 그렇게 간단하지가 않다. 노예소유자들이 세상을 지배했던 사회는 수백 년간 존속되었으며, 이는 봉건주의의 경우에도 마찬가지이다. 시민계급 문화는 그것이 공개적으로 그리고 본격적으로 나타났던 시기, 즉 문예부흥기로부터만 계산하더라도 500년이 되었으며, 그것의 완전한 개화기는 19세기, 그것도 중반 이후에야 비로소 이루어졌다. 역사가 보여 주듯이 지배계급을 위한 새로운 문화가 형성되려면 많은 시간이 걸리며, 이 문화는 이 계급이 정치적으로 타락하기 이전에 그 정점에 달한다.

그러면 프롤레타리아는 그들의 문화를 만들어 낼만한 충분한 시간을 가

---

1) Leo Trotzki, 『literatur und revolution』, berlin 1968. 157~158, 163~164쪽에서 발췌.
(1924년에 간행된 러시아판을 원본으로 했음.)

지고 있는 것인가? 노예소유자들의 정부 내지 봉건주의 및 부르주아 정부와는 달리 프롤레타리아는 자기들의 독재를 단기적인 과도기적 현상으로 본다. 사회주의로 이전하는 과도기의 입장에서 너무 낙관적인 생각일지는 몰라도 세계적 차원의 사회혁명을 이룩하는 기간은 몇 달은 아니더라도 몇 년, 길어야 몇십 년이면 족하며, 몇백 년, 하물며 몇천 년은 더더욱 걸리지 않을 것이다. 프롤레타리아는 이렇듯 짧은 기간에 새로운 문화를 만들 수 있을 것인가? 사회적 혁명이 일어나는 동안에는 쓰라린 계급투쟁이 따르며, 이 기간 동안에는 새로운 문화의 창건보다는 기존 문화의 파괴가 더 많이 일어난다는 사실을 상기해 볼 때, 이 질문에 대한 대답은 일단 회의적이라고 보아야겠다. 여하튼 프롤레타리아는 그들의 주된 에너지를 권력을 쟁취하고, 권력을 주장하고, 그것을 공고히 하고, 또 가장 절실한 생존권 문제의 해결에, 그리고 그 밖에 제반 투쟁에 이 권력을 집중시켜야 할 것이다. 따라서 계획적인 문화사업을 추진시킬 수 있는 가능성의 범위는 매우 제한된다. 거꾸로 한 번 생각해 보자. 새 정부가 정변이라든가 전쟁의 소용돌이로부터 자신을 지킬 수 있는 바탕을 확고하게 마련할수록, 그래서 문화창조의 제반 조건이 유리하게 형성되면 될수록 프롤레타리아가 사회주의 사회에서 해체되어 그 계급적 특성을 더 이상 지닐 수 없게 될 가능성도 그만큼 더 커지게 된다. 다시 말해 프롤레타리아는 더 이상 존재할 명분을 잃게 된다. 한마디로 프롤레타리아 독재시대는 새로운 문화의 창조, 즉 가장 큰 역사적 척도의 문화구축은 거론될 시기가 아니다. 그리고 프롤레타리아 독재의 족쇄가 그 필요성을 지니지 않게 되면서부터 시작되는 전례 없는 문화의 구축은 이미 계급적 성격을 더 이상 지니지 않게 될 것이다. 여기서 우리는 프롤레타리아 문화란 존재하지 않을 뿐 아니라 앞으로도 존재하지 않을 것이라는 당연한 결론을 내려야 할 것 같다. 그리고 솔직히 말해서 이런 사실을 애석해 할 아무런 이유도 없다. 프롤레타리아는 그야말로 계급문화를 영원히 종식시키고 참다운 인간적 문화를 정착시키기 위해서 권력을 잡은 것이기 때문이다. 이러한 사실을 우리는 종종 잊곤 한다. (...)

혹자는 아마도 내가 프롤레타리아 문화의 개념을 너무 극단적으로 이해하고 있는 것 아니냐고 이의를 제기할지도 모르겠다. 이를테면 프롤레타리아 문화의 완전한 개화는 사실상 있을 수 없다 하더라도, 노동자계급이 공산주의 사회에서 용해되어 없어지기 전까지는 그들이 당대의 문화에 결정적 영향을 미칠 수 있을 것이라고 말할 수도 있을 것이다. 이러한 이의는 우선 프롤레타리아 문화의 입장으로부터 많이 벗어나 있다고 말할 수 있다. 프롤레타리아가 독재를 하는 동안에 당대의 문화에 커다란 영향을 미치게 될 것이라는 사실은 의심의 여지가 없다. 그러나 프롤레타리아 문화를 물질적, 정신적인 창조의 모든 영역에서 발전되고, 내적으로 조화를 이룬 지식의 숙련된 체계로서 파악할 경우, 상기한 지점으로부터 진정한 프롤레타리아 문화에 이르기까지는 아직 그 길이 요원하다. 수천만 명이나 되는 사람들이 처음으로 읽는 기술과 쓰는 기술 그리고 네 가지 기본 계산법을 배운다는 사실만으로도 이미 새로운 문화요소를 접하는 것이라고 할 수 있다. 그렇다, 새로운 문화는 그 본질상 귀족문화가 아니며, 소수 특권층을 위한 문화도 아니고, 대중을 위한, 인민을 위한 일반문화인 것이다. 그리고 양적인 것 역시 여기서 질적인 것으로 변하게 될 것이다. 다시 말해 점차 늘어나는 문화의 대중적 확산을 통해 문화의 수준도 향상될 것이며, 그 외관도 전부 바뀌게 될 것이다. 그러나 이러한 과정은 일련의 역사적 단계를 거쳐서 발전하게 될 것이다. 이러한 제반 작업들이 성공을 거두면 거둘수록 프롤레타리아 계급의 결속은 그만큼 더 약화될 것이며, 따라서 프롤레타리아 문화의 지반도 사라지게 될 것이다. (...)

게오르크 루카치
「문제는 리얼리즘이다」(1938)[1]

I

본격적인 질문으로 들어가기 전에 우선 짤막한 질문부터 하나 던져 보기로 하자. 몇몇 작가들이 내 비평행위를 그들의 공격대상으로 삼을 때마다 그들이 특히 문제 삼는 것은 현대문학과 고전주의문학 (혹은 심지어 의고전주의문학) 간의 대립관계인가? 내 생각에는 이러한 문제제기는 그 근본에서부터 잘못되어 있다. 이 질문의 배경에는 현대예술과 특정한 문학조류의 발전과정, 즉 해체기에 들어선 자연주의와 인상주의로부터 시작해서 표현주의를 거쳐 초현실주의에 이른 문학노선을 동일시하려는 의도가 숨겨져 있다. 이런 작가들이 현대예술에 관해 언급할 경우 현대예술의 대표자로 등장하는 사람들은 오로지 위에 열거된 발전선상에 위치한 대표자들뿐이다.

일단 가치판단을 유보해 두고 다음과 같은 질문부터 던져보겠다. 이 이론은 우리시대의 문학사를 위한 바탕으로 타당성을 지니고 있는가?

어쨌거나 이와는 다른 견해도 있음을 밝혀 둔다. 문학은 - 특히 자본주의 내에서 그리고 자본주의가 위기에 처했을 때에는 - 엄청나게 복잡한

---

1) Georg Lukács, 『Essays über Realismus』, Berlin 1948. 129~134, 141~143쪽에서 발췌.

양상을 띠고 발전한다. 그러나 대충 단순화시켜서 말하자면 우리 시대의 문학은 크게 세 영역으로 나눌 수 있다. 물론 각 작가들의 개별적인 발전과정에서 보면 종종 그 영역이 겹쳐지는 경우도 없지 않다.

첫 번째 영역으로는 기존의 체제를 비호하거나 변론하려는 문학을 들 수 있는데, 이 문학은 한편으로는 반리얼리즘적 색체를 공공연히 드러내고 있으며, 다른 한편으로는 사이비 리얼리즘 문학의 성격을 띠고 있다. 이 부분에 관해서는 여기서 더 이상 언급 않기로 하겠다.

두 번째 영역에는 자연주의로부터 시작해서 초현실주의에 이르는 소위 아방가르드 문학(진정한 아방가르드 문학에 관해서는 후에 논하겠다)이 속한다. 이 문학의 근본경향은 무엇인가? 미리 이야기하자면 우리는 다음과 같이 말할 수 있다. 즉 이 문학의 주된 경향은 리얼리즘으로부터 점차 심하게 멀어져 가고 있으며, 나아가서는 리얼리즘을 더욱 더 거세게 제거하려 한다.

세 번째로는 이 시대의 저명한 리얼리즘 작가들의 문학을 들 수 있다. 이 작가들은 대부분 독자적인 문학노선을 걷고 있다. 다시 말해 상기한 두 문학 그룹의 흐름에 역행하고 있는 것이다. 이들은 당대의 문학발전의 조류에 역행하고 있다. 이 시대의 리얼리즘이라는 이름에 걸 맞는 작가들로는 우선 고리키, 토마스 만과 하인리히 만 그리고 로망 롤랑을 들 수 있다. 이른바 의고전주의자들의 방자함에 대항해서 현대예술의 권리를 옹호한다는 제반 담론들을 보면 오늘날 우리문학의 최고봉에 서 있는 이 인물들은 한 번도 거론된 적이 없다. 현대문학의 "전위예술적" 역사기술과 평가에서는 이들의 존재가 눈에 띠지 않는다. 블로흐가 풍부한 사고력과 자료를 바탕으로 해서 엮은 흥미로운 책자 『이 시대의 유산(Erbschaft dieser Zeit)』을 보면, 내 기억이 틀리지 않는 한, 토마스 만의 이름은 단 한 번밖에 언급되지 않는다. 저자는 토마스 만과 바서만의 잘 "다듬어진 시민성"에 관해 이야기하는데, 이것으로서 블로흐에게는 이 문제가 일단락된다.

그러나 이러한 견해로 인해 모든 토론을 그 전말이 전도되고 있다. 지금이야말로 얘기를 다시 바로잡아 이 시대 문학의 정수精髓를 몰이해적인 박해자들로부터 보호해야 할 때이다. 그러니까 고전문학 대 현대문학이 쟁점이 아니라 어떤 작가 및 어떤 노선이 오늘날의 문학세계에서 진보성을 대변하는가 하는 것이 쟁점이다. 문제는 리얼리즘이다.

II

블로흐는 특히 내가 표현주의에 관한 이전의 글에서 이 방향의 이론가들만 지나치게 집중적으로 다루고 있다고 비난한다. 아마도 나는 이번에도 그에게 양해를 구해야 할 것 같다. 다시 말해 이번에도 나는 이러한 "실수"를 반복하면서 현대문학에 대한 그의 비판적 견해들을 연구대상으로 삼고자 한다. 왜냐하면 나는 예술경향에 대한 이론적 글이 – 설사 그것이 이론적으로 틀린 것을 언급한다 할지라도 – 중요하지 않다고 생각지 않기 때문이다. 바로 이런 경우, 즉 이론적으로 틀린 것을 언급할, 이 글에는 그렇지 않았더라면 그대로 조심스럽게 감추어져 있을 뻔 했던 이 방향의 "비밀"이 폭로되어 있기 때문이다. 블로흐는 당대의 피카르트나 핀투스와는 성격이 전혀 다른 이론가이므로 나는 이 자리에서 그의 이론에 대해 좀 상세하게 다루고자 한다.

블로흐는 "총체성(Totaliät)"에 관한 나의 견해를 공격한다. (이 자리에서 나는, 그가 나의 견해를 어느 정도 올바르게 파악하고 있는가 하는 문제는 제쳐놓기로 하겠다. 문제는 내가 옳으냐 아니면 블로흐가 옳으냐 하는 점이 아니라 사실 그 자체이다.) 그는 "고전주의가 고유하게 지니고 있는 와해되지 않은 객관적 리얼리즘" 속에서 적대적 원리를 찾고 있다. 블로흐에 의하면 나는 "언제나 완전한 연결성을 지닌 현실을 전제하고 있다. 이 현실이 사실성을 의미하는가 하는 점에는 문제의 소지가 있다. 만약 이 현실이 사실성을 의미할 경우 표현주의의 파괴 및 변조 그리고 새로운 단절 내지 몽타주 기법에 관한 시도는 물론 공허한 장난이 되고 만다."

블로흐는 이 "연결성을 지닌 현실"이라는 말 때문에 나의 머릿속에는 고전주의적 이상주의 체계의 잔재만 남았다고 생각한 나머지 다음과 같은 견해를 피력하고 있다. "어쩌면 진짜 현실도 단절되어 있는지 모른다. 루카치는 객관적으로 완결된 현실개념을 가지고 있기 때문에 표현주의를 대할 때 모든 예술적 시도를 세계상의 파괴라고(실은 이것이 자본주의의 세계상임에도 불구하고) 생각한 나머지 등을 돌린다. 그로 인해 그는 표면적 연관성을 파괴하고 그 파괴된 빈 공간에서 새로운 세계를 찾아내려고 하는 예술조류를 단지 주관적 파괴행위라고 생각한다. 그가 붕괴의 실험을 퇴락의 상황과 동일시하는 것도 바로 그 때문이다."

이 말 속에는 세계상으로까지 소급해 올라가는 현대예술의 발전에 대한 하나의 완결된 이론적 논거가 제시되어 있다. 블로흐의 말은 전적으로 옳다. 다시 말해 이러한 제반 문제에 대한 근본적이고 이론적인 견해를 표명할 경우 "변증법 유물론의 모사론模寫論이 지닌 모든 문제들이 거론되어야 한다"는 그의 주장은 타당하다. 개인적으로 나는 이러한 문제에 관한 토론을 무척 환영하지만, 여기는 그러한 것을 논할 자리가 아니다. 우리가 다루는 문제는 그보다 훨씬 간단하다. 이 문제는 "완결된 연결성" 내지 자본주의 체제, 즉 시민사회의 "총체성"이 경제와 이데올로기의 통일 속에서 객관적으로 그리고 의식과 무관하게, 현실적으로 하나의 전체를 이루고 있느냐 하는 문제이다.

마르크스주의자들 - 블로흐는 그의 최근 저서에서 마르크스주의를 강력하게 표방하고 나선 바 있다 - 사이에서는 이 문제가 논란의 대상이 되지 않는다. 마르크스는 "사회의 모든 생산관계는 하나의 통일을 이룬다"라고 말한다.

우리는 여기서 "모든"이란 단어를 강조해야 할 것 같다. 왜냐하면 브로흐는 이 시대의 자본주의와 연관하여 바로 이 "총체성"을 문제 삼고 있기 때문이다. 우리 두 사람 사이의 대립은 얼핏 직접적이고 형식적인, 그러니까 철학적인 문제가 아닌 자본주의 그 자체의 경제적, 사회적 견해에 있어서의 대립처럼 보이기도 한다. 그러나 철학 역시 현실에 대한 사유적 반영이라는 점을 감안해 볼 때 이로부터 철학 상의 중요한 대립문제도 발생하게 된다.

물론 위에 인용한 마르크스의 문장은 역사적으로 이해되어야 할 것이다. 다시 말해 경제의 총체성 그 자체는 역사적으로 변화할 수 있는 것이다. 그러나 이 변화는 본질적으로 제반 개별적인 경제적 현상들 간의 객관적인 연관성이 확장되고 강화되는 형식으로 일어난다. 그러니까 "총체성"

의 외연과 내포가 점점 더 풍요해지는 변화를 의미하는 것이다. 마르크스에 의하면 역사적으로 자본주의가 지니는 중대한 진보적 역할은 바로 세계시장을 형성함으로써 전 세계시장이 객관적 연관성을 띤 하나의 전체를 이루게 된다는 데 있다. 원시경제는 완결된 것처럼 보이는 표면구조를 창출해낸다. 예컨대 원시공산주의 마을이나 초기 중세의 도시들을 상기해보라. 그러나 이 "완결성"은 경제분야가 그 주변영역, 즉 인간사회의 제반 발전영역과 아주 단순한 방식으로 연결되는 가운데 이루어진다. 이에 반해 자본주의에서는 경제의 제반 요소들, 즉 부분들이 전례 없는 독립성을 띠어가고 있다. (자본주의 사회에서의 상업과 화폐의 독립화 과정만 상기해 보아도 쉽게 이해되는 현상이다.) 이러한 상업과 화폐의 독립은 자칫 화폐의 유통과정에서 파생되는 화폐위기의 가능성마저 고조시킬 수 있다. 자본주의의 표면구조는 이러한 경제체제의 객관적 구조로 인해 "균열된" 것처럼 보인다. 이 표면구조는 이렇듯 객관적으로 그리고 필연적으로 독립화되는 요소들로 구성된다. 이러한 현상은 물론 이 사회 속에 살고 있는 인간, 이를테면 작가나 사상가의 의식에도 반영된다.

부분적인 요소들의 이러한 독립은 자본주의 경제의 객관적 실상이다. 그러나 이 독립은 단지 전체 과정의 한 부분, 즉 한 요소일 따름이다. 이렇듯 객관적으로 존재하는 필연적인 독립성에도 불구하고 일단 국가가 위기에 처하게 되면 모든 영역의 통일성과 총체성 그리고 객관적 연결성이 극명하게 드러나게 된다. 마르크스는 제반 요소들의 이러한 필연적 독립성의 변증법적 연관관계를 다음과 같이 분석하고 있다. "이 요소들은 상호 연관되어 있으므로 연관성을 지닌 요소들의 독립화는 강압적으로, 즉 파괴적인 과정으로 일어날 수밖에 없다. 요소들의 통일, 다시 말해 상이한 요소들의 통일은 바로 위기가 발생할 때 입증된다. 상호 연관된 그리고 상호 보완적인 요소들을 각각 분열시키는 작업은 이제 강압적으로 제지 당한다. 말하자면 위기가 각기 독립적인 요소들의 통일을 가져다주는 셈이다."

이것이 자본주의에서 나타나는 사회적 연관관계의 "총체성"이 지니고 있는 근본적이고 객관적인 요소들이다. 마르크스주의자라면 누구나 자본주의의 근간을 이루는 경제적 범주들이 사람들의 머릿속에서는 직접적으로 그리고 언제나 왜곡된 형태로 반영된다는 사실을 알고 있다. 이러한 현상을 우리의 경우에 비추어보면, 자본주의가 이른바 정상적인 기능을 발휘할 때에는 (즉 제반 요소들의 독립단계에서는) 자본주의적 삶의 직접성에 빠져든 사람들은 통일성을 체험한다고 생각하게 되지만, 위기의 시기에는 (즉 독립된 요소들이 통일을 이루는 시점에서는) 균열을 체험한다는 뜻이다. 이러한 균열상태에 대한 체험은 자본주의 체제의 일반적인 위기로 인해 자본주의의 제반 현상을 직접적으로 체험할 수밖에 없는 사람들의 매우 폭넓은 영역에서 장기간 확고하게 뿌리를 내리게 된다.

III

(...) 우리시대의 저명한 리얼리즘 작가들은 이러한 고된 작업을 예술적으로 또는 세계관적으로 그리고 정치적으로 끊임없이 지속해 왔으며, 지금도 계속 추진하고 있다. 이를테면 로망 롤랑이나 토마스 만과 하인리히

만의 발전과정만 보더라도 모든 면에서 서로 상이하지만, 이들 세 사람은 모두 이러한 특성을 공통적으로 지니고 있다.

우리가 현대문학의 제반 상이한 조류들이 직접성의 수준에 머물러 있다는 사실에 대한 확인작업을 한다고 해서, 자연주의로부터 초현실주의에 이르기까지의 진지한 작가들이 이룩한 예술작업을 결코 부인하려는 것은 아니다. 이들은 자기들의 체험으로부터 한 양식(Stil), 즉 논리정연하게 이루어진, 종종 예술적으로 매력을 듬뿍 담고 있는 흥미로운 표현방법을 창안해냈다. 그러나 이들 모든 작업은 사회적 현실과 연관시켜 볼 때 세계관적으로나 예술적으로도 아직 직접성의 수준을 결코 넘어서지 못하고 있음을 알 수 있다.

그러므로 이들 작업에서 이루어지는 예술적 표현은 추상적이며, 단선적이다. (이 경우 당해 문학조류에 수반되는 미학이론이 예술에서의 "추상성"에 동의하느냐 혹은 반대하느냐 하는 점은 전혀 문제가 되지 않는다. 어쨌든 표현주의 이후 추상성은 이론적으로도 점점 더 강조되고 있다.) 혹 어떤 독자는 우리의 논지에 모순이 있다고 할지도 모르겠다. 그러나 – 헤겔의 경우만 보더라도 – 변증법적 방법의 가장 큰 사변적 업적은 직접성과 추상성의 연관관계를 밝혀낸 점이며, 또 직접성의 바탕에서는 단지 추상적 사유만이 가능하다는 점을 증명해냈다는 사실이다.

마르크스는 이 점에서도 또한 헤겔철학을 재정립했다. 그는 경제적 연관관계의 분석을 통해 직접성과 추상성의 이러한 연관성이 제반 경제적 상황 속에서 어떻게 반영되는가 하는 점을 다시금 구체적으로 증명했다. 우리는 여기서 참고로 이에 관한 간단한 예를 한 가지 들기로 하겠다. 마르크스는 화폐유통과 화폐유통의 대행자격인 금융자본 간의 연관관계는 바로 자본주의 과정 전체의 극단적인 추상화라는 점과 이 연관관계는 어떤 매개이건 간에 매개는 일체 허용하지 않는다는 사실을 보여준다. 가령 이 양자의 연관관계를 겉으로 나타난 현상만 보고 전체과정으로부터 독립된 것처럼 생각할 경우 이 관계는 완전히 물신화된 경솔한 추상화가 되고 만다. 다시 말해 "돈을 부화孵化하는 돈"이 되고 마는 것이다. 그러나 바로 이 때문에 자본주의 표면현상의 직접성에 머물러 있는 속된 경제학자들은 직접성 속에서 드러나는 바로 이러한 물신적 추상의 세계를 벗어나지 못한 채 자신들의 주장이 옳다고 자부한다. 이들은 물속에 있는 물고기처럼 이 세계가 편안하다고 느끼고 있으며, 경제학자들에게 재생산의 사회적 전 과정을 고려할 것을 요구하는 마르크스주의의 비판을 "주제넘은 소리"라고 흥분하며 마구 반박해 댄다. 마르크스가 아담 뮐러를 두고 말했듯이 이 속된 경제학자들은 "지금까지 매번 그랬던 것처럼 여기에서도 고작 표면에 떠 있는 먼지구름만 보고는, 이 먼지를 신비에 가득 찬 것 또는 의미심장한 것이라도 통찰한 것처럼 오만하게 떠들어 댄다." 이상과 같은 점을 숙고한 끝에 나는 지난번 논문에서 표현주의를 "추상화를 통한 현실의 이탈"이라고 규정한 바 있다.

물론 추상화 없이는 예술도 존재하지 않는다. 추상화가 없으면 전형의 세계(Das Typische)가 어떻게 이루어질 수 있겠는가? 그러나 추상화는 - 모든 운동이 그렇듯이 - 어떤 방향성을 띠고 있다. 여기서 문제가 되는 것은 바로 이 방향성이다. 저명한 리얼리즘 작가는 누구나 자기들의 체험소재를 가공하여 - 물론 추상화의 방법을 동원해서 - 객관적 현실의 법칙성에 도달하려고 하며, 사회적 현실의 깊은 곳에 감추어져 있는 중재된, 즉 직접적으로 감지할 수 없는 연관관계에 도달하려고 한다. 이 연관관계는 직접 표면에 드러나 있지 않으며, 이 법칙성 또한 얽히고설킨 채 경향성을 띤 형태로만 나타나기 때문에 저명한 리얼리즘 작가들에게는 엄청난 작업, 즉 이중의 예술작업 및 세계관적 작업이 부과되게 된다. 첫 번째 작업은 이러한 연관관계를 사유적으로 밝혀내어 예술적으로 형상화하는 것이며, 두 번째 작업 역시 이와 연결된 작업으로, 추상화를 통해 가공된 연관관계를 겉으로 드러나지 않게 예술적으로 포장하는 일, 즉 추상화를 지양하는 일이다. 이러한 이중 작업을 통해 형상화되고 중재된 새로운 직접성, 즉 형상화된 삶의 표면이 드러나게 된다. 이 표면은 어떤 순간에도 그 본질이 맑게 투시됨에도 불구하고(삶 자체의 직접성 속에서는 이것이 가능하지 않다), 직접성으로, 즉 삶의 표면으로 나타난다. 다시 말해 연관관계의 복합성으로부터 떨어져 나온 채 단지 주관적으로만 감지되며, 추상적으로만 고양된 독립적 계기로서가 아니라, 본질적인 규정 일체를 내포하고 있는 그러한 삶의 표면 전체로서 나타나는 것이다.

이것이 곧 본질과 현상의 예술적 통합이다. 이 예술적 통합이 다양하고 풍요하고 뒤얽히고 "교활한"(레닌) 모습을 띠면 띨수록, 또 이 통합이 삶의 생생한 모순을 파악하고, 사회를 규정하는 제반 요인들의 다양성과 통일성 간의 모순을 활기 있게 조화시키면 시킬수록 리얼리즘은 그만큼 더 위대해지고 그 깊이도 심화된다. (...)

우리의 논의는 순수한 문학적 논의인가? 내 생각에는 그렇지가 않다. 이러한 논의의 궁극적인 결과가 우리 모두와 관련된 또 우리 모두의 마음을 한결같이 흔들어 놓는 정치적 문제, 즉 인민전선*의 문제에 중요한 의미를 부여하지 않는다면 제반 문학노선과 그 이론적인 근거 사이의 논쟁은 그렇게 큰 파고를 불러일으키지 못할 것이다.

치글러는 민중성의 문제를 아주 예리한 어조로 논의에 부쳤다. 우리는 이 문제가 도처에서 사람들을 흥분의 도가니로 몰아넣고 있음을 감지할 수 있다. 어쨌든 사람들의 이러한 큰 관심은 긍정적인 것임에 틀림없다. 블로흐는 지금 표현주의에서 민중성도 건져내려고 한다. 그는 다음과 같이 말한다. "표현주의에는 민중과 거리가 먼 오만 같은 것은 결코 들어있지 않다. 오히려 그 반대이다. 「청기사(Blaue Reiter)」는 무르나우의 유리그림을 모방한 작품으로, 이 감동적이고 섬뜩한 농민예술에 대한 안목을 최초로 열어 놓았으며, 어린이와 죄수들에 관한 그림 그리고 정신질환자들에 관한 충격적인 기록들, 나아가서는 원시인들의 예술에 대한 안목을 최초로 열어 놓았다."

그러나 민중성을 이렇게 파악할 경우 모든 것이 혼란스러워진다. 민중성이란 결코 "원시적인" 생산품을 이념적인 취사선택이 없이 그저 기계적이고 애호가적인 입장에서 수용함을 의미하는 것이 아니다. 진정한 민중

---

* 좌파 성향을 띤 시민계급과 사회주의자, 사회민주주의자 그리고 공산주의자들이 공동으로 구성한 선거연합 및 연립정부를 일컫는다.

성은 이런 모든 것과는 전혀 무관하다. 그렇지 않다면 유리그림 내지 흑인 조각품 따위나 수집하면서 잘난 체 하는 사람들과 기계적 오성의 굴레로부터 인간을 해방시킨 것을 광적으로 찬미하는 속물들조차도 모두가 민중성을 위한 투쟁의 선구자가 될 것이다.

물론 민중성에 대한 올바른 표상을 얻기가 오늘날 그리 쉬운 일은 아니다. 그도 그럴 것이 자본주의로 인해 민중적 삶의 옛 생활형태가 경제적인 면에서는 그 자체로서 발전적 해체를 가져 왔지만, 이로 인해 민중 자체의 세계관이나 문화창달과 취미, 도덕적 가치판단 등의 문제는 그 기반이 흔들리게 되었으며, 선동에 의해 오염될 가능성도 지니게 되었기 때문이다. 민중이 만든 물건이라고 해서 그쪽으로 단순하게 무비판적으로 접근하는 것은 어떤 상황에서도 또 어떤 맥락에서도 결코 진보적 행위라고 할 수 없다. 그리고 또 이러한 행위는 어떠한 장애에도 불구하고 전진하는 민중의 살아 있는 감각에 호소할 수 있는 행위도 아니다. 이런 이유에서 어떤 문학생산품이나 문학조류가 널리 알려져 있다는 사실 또한 그 자체만으로는 아직 민중성의 근거가 되지 못한다. 전통적이기는 하되 퇴보적인 성향을 띤 것(이를테면 "향토예술") 혹은 현대적이기는 하나 그릇된 성향을 지닌 것(범죄소설)도 널리 보급되어 있기는 하지만 이것들은 어느 모로 보나 민중성을 띠고 있지는 않다.

이러한 모든 문제점에도 불구하고 이 시대의 진정한 문학으로부터 무엇이 민중 속을 파고들고, 그것이 어떻게 폭넓게 민중 속에 자리매김하는가 하는 문제는 결코 소홀히 취급할 문제가 아니다. 지난 수십 년 동안의 "전위주의자들"을 통틀어 볼 때 그들 중 어느 작가가 이런 점에서 고리키나 프랑스, 로망 롤랑 혹은 토마스 만과 비교될 수 있겠는가? 『부덴브로크 일가)』와 같은 예술적으로 높은 경지에 달한, 현실과 타협하지 않는 책이 수백만 부나 판매되었다는 사실은 우리 모두에게 생각의 여지를 마련해 준다. 이 자리에서 민중성이란 복잡한 문제를 활짝 펼쳐놓고 싶지만 - 폰타네가 말했듯이 - 그것은 "너무 광범위한 영역"이 될 것 같다. 그러므로 우리는 두 가지 계기만을, 그것도 간단히 요약해서 다루기로 하겠다.

우선 유산과의 관계를 살펴보자. 유산은 민중의 삶과 활발한 관계를 맺게 될 경우 역동적인 진보의 과정을 밟게 되며, 나아가 민중의 고통과 기쁨의 전통, 즉 혁명의 전통 속에 살아 있는 창조적인 힘을 실질적으로 전수하고, 지양하며, 보존하며, 고양시키는 원동력이 된다. 유산과 살아있는 관계를 유지한다는 것은 그 유산을 남긴 민중의 아들임을 의미한다. 민중의 아들은 민중의 진보적인 물결을 따라간다. 이런 의미에서 고리키는 러시아 민중의 아들이며, 로망 롤랑은 프랑스 민중의 아들이고, 토마스 만은 독일 민중의 아들이다. 이들의 작품 속에 담긴 내용과 음조는 - 개인적인 독창성을 띠고, 인위적 내지 기예적 또는 수집가적 취미로 그치는 원시성과는 거리를 둠에도 불구하고 - 분명 민중의 삶과 역사로부터 태어난 것이며, 민중의 발전을 통해 유기적으로 형성된 산물이다. 그 때문에 그들의 작품은 지고한 예술의 경지를 지니면서도 폭넓은 민중세계 속에서 반향을 일으킬 수 있고, 또 실제로 반향을 일으키는 음조를 지니고 있다.

게오르크 루카치
「발자크와 프랑스의 리얼리즘」(1951)[1]

  (...) 물론 이와 더불어 계급사회에서의 문학이론에 관한 커다란 문제가
제기된다. 엥겔스가 발자크와 연관해서 "리얼리즘의 승리"라고 한 말은
리얼리즘에 입각한 예술 형상화의 근원까지 파고든다. 이를테면 이 말은
진정한 리얼리즘의 의미, 즉 위대한 예술가의 진실에 대한 갈증과 열망 그
리고 그의 도덕적 측면, 다시 말해 그의 작가적 양심 같은 것을 되새기게
해준다. 발자크나 스탕달 혹은 톨스토이 같은 위대한 작가들의 경우, 이들
은 자기들이 창안해 낸 상황과 형상화의 내적, 예술적 발전과정이 자기들
이 천착하고 있던 편견과 일치하지 않거나 자기들의 성스러운 신념과 일
치하지 않는다 해도 서슴없이 그 편견과 신념을 떨쳐버리고 자기들이 실
제로 본 것만을 기술한다. 자신의 직접적이고 주관적인 세계상에 대한 이
러한 냉혹한 자세는 위대한 리얼리즘 작가들의 심오한 작가적 윤리로서,
여느 평범한 작가들과는 뚜렷한 대조를 이룬다. 후자의 경우에는 항상 그
들의 세계관을 현실과 일치시키려 한다. 다시 말해 이들은 자신의 세계관
을 그들과 마찬가지로 왜곡되고 뒤틀린 현실상에 억지로 두드려 맞추려
한다. 이러한 작가적 윤리의 양극화로 인해 사실의 형상화와 거짓 사실의
형상화라는 두 세계가 생기게 된다. 위대한 리얼리즘 작가들에 의해 만들

---

1) Georg Lukács, 『Balzac und der französische Realismus』, Berlin 1952. 14쪽에서 발췌.

어지는 인물들은 일단 작가의 상상세계로부터 작품속으로 들어오면, 그 순간부터 자신의 창조자와 독립해서 독자적인 삶을 영위하게 된다. 다시 말해 그들은 한 방향으로 발전하면서 그들의 사회적, 정신적 현존재의 내적 변증법이 그들에게 부과하는 운명을 감수하게 된다. 자신의 인물들의 발전상황을 임의로 조정하는 사람은 결코 참된 리얼리즘 작가가 될 수 없을 뿐 아니라 위대한 작가가 될 수도 없다. (...)

베르톨트 브레히트
「민중성과 리얼리즘」(1938)[1]

　(…) 이와 같이 민중성과 리얼리즘이라는 슬로건은 자연스럽게 서로 잘 어울린다. 문학으로부터 현실에 충실한 삶의 모사상模寫像을 얻게 된다는 것은 민중, 즉 폭넓은 근로대중의 관심사이다. 그리고 현실에 충실한 삶의 모사상은 민중이 이해할 수 있고, 민중의 삶을 기름지게 할 수 있어야 한다. 다시 말해 그것은 반드시 민중적이어야 한다. 그럼에도 불구하고 이 개념은 그것이 문장 속에서 용해되어 사용되기 전에 우선 철저한 정화과정을 거쳐야 한다. 이 개념을 명백히 입증된 것으로, 탈역사적인 것으로 또는 문제성이 없는 것으로, 명쾌한 것으로 간주한다면 이는 큰 잘못이다. (이러한 태도는 "우리 모두는 그것이 무엇을 의미하는지 다 알고 있다. 그러니 꼬치꼬치 캐묻지 말자"라고 말하는 것과 같다.) 민중적이라는 개념 자체가 그렇게 민중적이지 못하다. 이 개념을 글자 그대로 민중적이라고 믿는다면 그건 리얼리즘적인 태도가 아니다. " – 성"이란 일련의 개념들은 모두 세심한 관찰을 필요로 한다. 이를테면 인습성, 귀족성, 신성성 같은 단어들만 보아도 그렇다. 우리는 민중성이란 단어도 그 자체에 종교적이고 장엄한 뉘앙스가 담겨 있는가 하면, 수상쩍기도 한, 다시 말해 아주 특이한 뉘앙스가 담겨 있

---

1) Bertolt Brecht, 『Gesammelte Werke』, Bd. 19, 『Schriften zur Literatur und Kunst 2』, Frankfurt 1967, 323~327쪽에서 발췌.

음을 알고 있다. 우리는 결코 이 점을 간과해서는 안 될 것이다. 우리가 이러한 수상쩍은 뉘앙스를 놓쳐서는 안 되는 이유는 어쨌거나 우리가 민중성이라는 개념을 필요로 하기 때문이다. "민중(Volk)"*이란 단어가 특히 미신적으로, 좀더 정확히 말해 미신을 일깨워주는 개념으로 소개되는 경우는 바로 그것이 이른바 문학적이라고 하는 텍스트에 사용될 때이다. 여기에서 민중은 불변의 특성 및 성스러운 전통과 예술형식, 성스러운 풍속과 관습 또는 신앙심을 지니며, 불구대천의 원수를 갖고 있는가 하면, 무적의 힘, 기타 등등을 지니고 있다. 여기에는 고통을 주는 자와 고통을 받는 자, 착취자와 피착취자 그리고 속이는 자와 속는 자가 교묘하게 한데 어우러져 조화를 이루고 있다. 말하자면 여기에서는 상류계층과 대척점에 있는 "보잘 것 없는" 다수의 근로대중은 문제가 되지 않는다.

이러한 민중성과 함께 자행된 숱한 역사의 왜곡은 장구하고 복잡하게 얽히고설킨 역사를 지니고 있는데, 이것이 바로 계급투쟁의 역사이다. 이 문제에 관한 더 이상의 상론은 생략하기로 하겠다. 우리가 민중적 예술을 필요로 하고, 아울러 이 예술이 광범위한 다수의 민중, 즉 소수에 의해 억압받는 많은 사람, "민중 그 자체", 오랫동안 정치의 객체가 되었지만 이제 정치의 주체가 되어야 할 생산대중을 위한 예술을 의미한다고 말하는 것은 다만 우리가 이 자리에서 왜곡의 역사가 있었다는 사실을 명심하고자 함이다. 우리는 이러한 민중이 오랫동안 강력한 제반 제도에 의해 그 완전한 발전이 제지당했으며, 인위적으로 또는 강압적으로 제반 인습에 의해

---

* Volk란 단어는 민중이란 뜻 이외에도 민족 또는 국민이란 의미로도 사용된다. 그러니까 이 문맥에서는 이러한 의미도 함께 고려해야 할 것이다.

속박당했다는 사실을 상기하고자 하며, 나아가 민중성이란 개념이 탈역사적이고 정체적이며 비발전적인 개념으로 전락했다는 사실을 상기하고자 한다. 이렇게 전락한 개념은 우리와 상관없다. 아니, 좀더 정확히 표현하면 우리는 그러한 개념의 퇴치를 위해 투쟁한다.

우리의 민중성 개념은 민중과 연결되어 있다. 이 민중은 사회발전에 적극적으로 참여할 뿐 아니라 그 발전을 독점하고 촉진하고 좌우하는 그러한 민중이다. 우리는 역사를 창조하고 세계와 그 자신을 변화시키는 민중을 염두에 두고 있다. 우리는 투쟁적 민중을, 그러니까 투쟁적인 개념인 민중적이란 단어를 염두에 두고 있는 것이다.

민중적이란 곧 광범위한 대중을 이해시키며, 이들의 표현방식을 받아들여 그것을 풍요하게 만들고, 이들의 입장을 받아들여 그것을 공고히 하고 수정하며, 민중의 가장 진보적인 대열을 대표해서 이 대열로 하여금 앞장설 수 있게 하는 것을 의미한다. 나아가 민중적이란 민중의 다른 대열도 이해시키며, 이들을 전통과 연결시켜 이 전통을 계승하게 하며, 앞장서려고 하는 민중의 대열에게 바로 앞에 앞장서 있는 대열이 쟁취한 성공의 비결을 알려 주는 것을 의미한다.

이제 리얼리즘 개념을 한 번 살펴보기로 하자. 우리는 이 개념을 사용하기에 앞서 많이 그리고 많은 사람들에 의해 여러 가지 목적으로 이용된 이 낡은 개념의 정화작업부터 먼저 해야 할 것 같다. 이러한 작업이 필요한 이유는 민중이 공개적인 강점强占을 통해서 유산을 상속받아야 하기 때문이다. 문학작품은 공장처럼 물려받을 수 있는 있는 것이 아니고, 아울러 문학적 표현형식도 공장운영 지침과는 다르다. 리얼리즘의 집필방법

또한 서로 다른 여러 가지 경우들을 보여 주는데, 이를테면 어떻게, 언제 그리고 어떤 사회계급을 위해서 집필되었는가에 따라 각기 세부적인 부분에 이르기까지 그 특색을 달리한다. 현실을 변화시키는 투쟁적인 민중을 목전에 둔 지금 우리는 결코 "효능이 입증된" 서술법칙들이나 존경스런 문학전범 또는 영구불변의 미학적 법칙 따위에 매달려서는 안 될 것이다. 우리는 기존의 특정한 작품들 중에서만 리얼리즘을 끄집어내서는 안된다. 리얼리즘을 사람들의 손에 제대로 쥐어주기 위해서 우리는 모든 수단, 이를테면 옛것이든 새로운 것이든, 효능이 입증된 것이든 그렇지 않은 것이든, 예술로부터 나온 것이든 아니면 다른 곳으로부터 나온 것이든, 가능한 수단은 모두 동원해야 한다. 우리는 발자크나 톨스토이 같은 특정한 시대의 특정한 역사적 소설형식만을 리얼리즘적이라고 부르지 않으려 한다. 이러한 행위는 리얼리즘의 형식적이고 문학적인 기준만을 세우는 일에 지나지 않는다. 예컨대 우리는 "모든 것"을 냄새 맡고 맛보고 느낄 수 있다고 해서, 혹은 "분위기"가 있다고 해서, 그리고 줄거리가 인물들의 정신세계를 드러낸다고 해서 그것만 가지고 리얼리즘의 필치라고 말하고 싶지 않다. 우리의 리얼리즘 개념은 포괄적이고 정치적이어야 하며, 관습 위에 군림하는 것이어야 한다.

리얼리즘적[2]이란 사회적 인과관계의 복합성을 밝혀내고, 사회를 지배하는 관점이 지배자들의 관점이라는 사실을 폭로하고, 또 인간 사회가 처

---

2) 루카치가 리얼리즘 개념을 밝혀주는 몇 편의 괄목할만한 논문을 펴낼 수 있었던 것은 특히 『말(Das Wort)』지 덕분이다. 그러나 이 논문들은 나의 견해로는 리얼리즘 개념을 너무 편협하게 정의했다. (저자 F. Faßen 주)

한 절박한 여러 가지 난관들을 해결하기 위해 폭넓은 방안들을 마련하는 계급의 입장에서 집필하고, 발전의 계기를 강조하며, 나아가 구체적인 동시에 추상화를 가능케 하는 것이다.

이 엄청나게 많은 지침들 이외에 여기에 첨가될 수 있는 것들이 또 있다. 우리는 예술가가 자신의 판타지와 독창성, 유머, 창의력 등을 여기에 첨가하는 것을 허용하고자 한다. 우리는 지나치게 세분화된 문학전범들에 매달리지 않으며, 작가들에게 너무 특정한 서술기법을 따르라는 의무도 지우지 않을 것이다.

우리는(모든 것을 냄새 맡고 맛보고 느낄 수 있는) 이른바 감각주의적(sen-sualistisch) 집필방법이 리얼리즘적 집필방법과 반드시 동일하지는 않다는 사실을 확인하게 될 것이다. 다시 말해 우리는 감각주의적으로 쓰여진 작품도 리얼리스틱하지 않을 수 있고, 또 리얼리스틱한 작품이 감각적으로 쓰여지지 않을 수도 있다는 사실을 인정하게 될 것이다. 우리가 결정적인 효과를 거두기 위해 인물들의 내면세계를 펼쳐 보이는 경우, 진정 우리가 작품의 줄거리 전개를 위해 최선을 다하고 있는가 하는 점을 세심하게 살펴보아야 할 것이다. 가령 우리의 독자들이 여러 가지 기교에 현혹되어 우리가 만들어낸 책들 속에 등장하는 여러 주인공들의 내적 감정세계에만 몰입하게 된다면, 자칫 제반 사건의 열쇄가 자기들의 손에 쥐어져 있다는 사실을 놓칠 수도 있게 된다. 발자크나 톨스토이의 형식들을 철저한 검증 없이 받아들일 경우 우리는 이들이 종종 그랬던 것처럼 자칫 우리의 독자인 민중을 피곤하게 만들 수도 있다. 리얼리즘은 단순한 형식만의 문제가 아니다. 따라서 이러한 리얼리즘 작가들의 필법을 단순하게 복사만 한다면 우리는 더 이상 리얼리스트가 될 수 없을 것이다. 그도 그럴 것이 시간은 흐르게 마련이다. 가령 시간이 흐르지 않는다면 황금방석에 앉지 못한 사람들에게는 시간이 괴로움의 연속이 될 것이기 때문이다. 제반 방법들도 오래 사용하면 효용가치가 떨어지고, 제반 매력들도 또한 오래되면 그 매력을 잃어버린다. 새로운 문제들이 떠오르면 아울러 새로운 방법이 요구된다. 세상은 변화한다. 이렇듯 변화하는 세상을 묘사하기 위해서는 그 묘사방법도 변화해야 한다. 무에서는 무가 나올 뿐이며, 새로운 것은 옛것으로부터 나오지만, 바로 그 때문에 그것은 더더욱 새로운 것이다.

억압자들은 매번 같은 방법을 사용하지 않는다. 그들을 매번 같은 방법으로 체포할 수는 없다. 심문을 피할 수 있는 방법이 여러 가지로 고안되기 때문이다. 그들은 그들의 군사도로를 차도라고 부르며, 그들의 탱크를 색칠해서 맥다프의 숲*처럼 보이게 한다. 그들의 첩자들은 못이 박힌 손을 내밀며 마치 자기들이 노동자인 것처럼 위장한다. 그렇다, 사냥꾼을 들짐승으로 변화시키는 데에는 창의력이 필요하다. 어제 민중적이었다고 해서 오늘도 민중적이 되는 것은 아니다. 왜냐하면 어제의 민중이 오늘도 민중이 된다는 법은 없기 때문이다. (...)

---

* 셰익스피어의 비극 「맥베스」에서 막다프가 자기 병사들에게 나뭇가지를 손에 들게 함
  로써 맥베스의 눈을 속인 가짜 숲을 말한다.

베르톨트 브레히트
「우리가 해야 할 일은 무엇인가?」(1954)[1]

우리는 진보적인 성향을 띤 예술 속에 무엇이 깃들어 있는가 하는 점을 규명하는 데서부터 출발해야 한다. 다시 말해 우리는 이 예술을 분석해야 한다. 그 속에 어떤 쓸모 있는 것이 담겨 있는가를 우리는 세심하게 살펴보아야 하며, 나아가 이 쓸모 있는 것을 본받으라고 사람들에게 권장해야 한다. 그러나 그 속에 급속히 발전하는 사회의 제반 요구에 부합되지 않는 것이 있으면 우리는 우정 어린 비판을 가해 주어야 한다. 완전한 예술, 더욱이 양식문제와 취미문제에 관한 한 완전한 예술은 존재할 수 없다.

예술은 정치국 요원들의 예술표상을 예술작품으로 옮길 능력은 지니고 있지 않다. 구두는 자로 잰 대로 만들 수 있다고 하지만 예술은 그렇지 못하다. 그 밖에도 정치적으로 잘 교육받은 많은 사람들의 취미가 잘못되어 있기 때문에 이들이 표준이 될 수는 없다.

시회주의적 리얼리즘은 양식의 문제로 다루어져서는 안 된다. 이 문장을 이해할 수 있는 미학적 소양이 부족한 사람은 관직을 맡기 전에 우선 이에 대한 교육부터 받아야 하며, 아울러 그가 이 교육을 받을 수 있는 여건도 마련되어야 한다. 특히 사회주의적 리얼리즘과 비판적 리얼리즘을

---

1) Bertolt Brecht, 『Gesammelte Werke』, Bd. 19, 『Schriften zur Literatur und Kunst 2』, Frankfurt 1967, 545~546쪽에서 발췌.

대립시켜 전자를 무비판적이라고 낙인찍는 것은 진보적이지 못하다. 오늘날 우리가 리얼리즘 예술을 필요로 함은 두 말 할 나위도 없다. 리얼리즘 예술이란 현실을 재현해 주고, 동시에 현실에 영향을 주고, 현실을 변화시키고, 다수의 대중을 위해 현실을 개선하려 하는 예술을 말한다. 여기서 제일 마지막 구절 "다수의 대중을 위해 현실을 개선하려 하는 예술"로부터 예술은 사회주의적이어야 한다는 명제가 나온다. 이것은 당연하고 자명한 일이다. 우리는 오늘날 마르크스주의 및 사회주의적 입장을 취하지 않고는 현실을 인식할 수가 없다. 우리는 이러한 인식을 근거로 해서 사회를 개혁하는 데에도 도움을 줄 수 있다. 그러나 예술은 양식의 문제가 아니다. 특히 오늘날에 있어서는 더욱 그러하다. 예술에 있어서 양식문제는 양식이 가능한 한 간단해야 하고, 그래서 가능한 한 쉽게 이해될 수 있는 경우에 한해서만 거론될 수 있다. 그도 그럴 것이 고도의 교육을 받은 소수의 예술전문가들, 즉 어려운 퀴즈게임을 풀 줄 아는 몇몇 사람들만 가지고는 사회주의 투쟁을 승리로 이끌 수 없기 때문이다. 가능한 한 간단해야 한다고 나는 말한 바 있다. 예비지식을 필요로 하는 복잡한 과정들을 아주 간단하게 묘사할 수는 없다. 물론 정치적 문학에도 갖가지 난점을 지녔지만 없어서는 안 될 작품들이 있다. 이러한 작품들은 거리에서, 직장에서, 학교에서, 사무실에서 그리고 근로자들의 당에서 광범위한 교육과정에 보다 힘찬 박차가 가해질 때 비로소 조금씩이나마 보다 더 많은 사람들에 의해 이해되어질 수 있게 된다. 어쨌든 우리는 사회비판적이고, 리얼리즘적이고, 사회주의적인 각종 예술작품들을 필요로 한다. 여기서 여러 종류라 함은 이해의 정도와 제반 기능의 상이성에 따라서 구분되는 여러 종류를 말한다. 이를테면 오늘날 무엇보다도 예술적 선동과 프로파간다 또한 필요로 한다. 이러한 것들이 비록 대가들의 예술의 표본에 따라 창작되지는 않았다 하더라도 예술작품임에는 틀림없다. (...)

발터 베냐민
「문학사와 문예학」(1931)[1]

사람들은 항상 각 학문의 역사를 독립된 발전과정으로 제시하려 한다. 그렇다, 사람들은 걸핏하면 자율적 학문에 대해 운운하기를 좋아한다. 비록 개별적 학문이라는 말은 우선 개별적인 학문영역의 개념체계만 의미한다고는 하지만, 자율성에 관한 생각은 쉽사리 역사적인 범주로 빠져 들어, 학문의 역사를 매번 정치사조상의 전반적인 사건 밖에서 일어나는 독립적이고 개별적인 과정으로 기술하도록 유도한다. 이런 연구태도가 옳은지 그른지 하는 문제는 이 자리에서 거론하지 않는 것이 좋겠다. 이 문제에 관한 대답과는 별도로, 어떤 학문영역이 처한 매 상황의 단면을 관찰하는 데에는 주어진 연구결과를 단지 그 학문의 자율적 역사변천 과정의 한 마디(Glied)일 뿐 아니라, 무엇보다도 당대의 전반적인 문화상황으로부터 얻어진 요소로 제시해야 할 필요가 있다. 가령 문학사가 위기의 와중에 놓여 있다면 - 앞으로 보다 자세하게 설명하겠지만 - 위기는 보다 포괄적인 현상의 한 부분에 지나지 않는다. 문학사는 한 학문분야일 뿐 아니라 그것의 발전과정 자체 내에 보편사普遍史의 한 계기를 지니고 있다.

(...) "가치"를 내세움으로써 역사는 모더니즘적 의미에서 단단히 왜곡되었으며, 제파諸派 통합적인 의식儀式에 따라 "영원한 가치"를 축원하는 평

---

1) Walter Benjamin, 『Angelus Novus』, Frankfurt 1966, 450, 452~455, 456쪽에서 발췌.

신도 예배에 관해 연구하는 학문이 되어 버렸다. 이 시점으로부터 시작해서 최근의 문학사가 보여주는 엄청난 혼돈에 이르는 길이 얼마나 짧았던가 하는 사실을 우리는 항상 상기할 필요가 있다. 다시 말해 거세된 방법론이 "가치"라는 황금의 문 뒤에 있는 역겹기 그지없는 신조어들로부터 어떤 매력을 끄집어낼 줄 알았던가 하는 점을 항상 상기할 필요가 있다는 말이다. "모든 문학창작이 궁극적으로 조어적造語的 가치의 세계를 지향하는 것이라면, 문학창작은 형식적 연관관계를 통해 말의 직접적인 표현력을 최종적으로 고양시키며 내면화하는 작업이다." 이 말을 따를 경우 우리는 인식의 충동을 느낄 수 없으며, 따라서 작가 자신도 이 "최종적인 고양과 내면화"를 "조어의 기쁨"으로 체험하게 된다. "언어예술작품"이 거처하는 세계가 바로 이러한 세계이다. 어떤 도전적인 말도 "문학예술작품(Dichtung)*"의 경우처럼 그렇게 위대한 품위를 드러내 보인 적은 드물다. "종합적(synthetisch)" 태도를 통해 그리고 자신의 연구대상의 "광대함"을 통해 자신을 드러내면서 저 학문**은 이렇듯 위세를 부린다. 그러나 위대한 전체를 탐하는 이러한 욕심은 저 학문이 안고 있는 불행이다. 다음의 말을 들어 보자. "정신적인 가치는 압도적인 힘과 순수성을 지니고 나타난다. (...) '이념'은 작가의 영혼을 뒤흔들고, 작가로 하여금 상징적으로 형상화하도록 자극한다. 작가는 항상 우리로 하여금 그가 어떤 가치와 어

---

* Dichtung은 우리말로 '시' 또는 '문학'이라고 번역되지만, 베냐민은 여기서 이 단어를 특이하게 사용하고 있다. 그는 위에서 언급된 문학의 자율성, 즉 형식미학만 추구하는 문학을 Dichtung 이라 부른다. 때문에 일상적인 번역어와의 구별을 위해 이 단어를 "문학예술작품"이라고 옮겨 보았다.
** 위의 "문학예술작품"을 지칭한다.

떤 가치층을 우선하는지에 대해 체계적이지는 않지만 분명하게 느낄 수 있도록 해 준다. 어쩌면 작가는 자신이 가치 일반에 대해 어떤 서열을 부여하는지도 우리가 느낄 수 있도록 해 준다." 이런 가치의 늪 속에 일곱 개의 머리가 달린 학교미학의 히드라가 살고 있다. 여기서 일곱 개의 머리란 곧 창조성, 감정이입, 초시간성, 재창조, 실질체험, 환상 그리고 예술감상을 의미한다. 이 히드라의 숭배자들이 살고 있는 세계에 대해 궁금증을 지닌 사람은 최근에 발간된 저 대표 모음집[2]만 구해보면 된다. 독일의 현대 문학사가들은 이 세계 속에서 자신들의 연구작업에 대한 보고를 시도하고 있는데, 상기 인용문들도 이 세계로부터 빌려온 것이다. 그렇다고 이 세계의 동조자들이 연대의식을 지닌 채 서로 밀착되어 있다는 말은 물론 아니다. 굼벨이나 취자르츠, 무쉬크, 나들러 같은 사람들은 혼돈의 늪에 몸 담고 있기는 하나 여타 사람들과는 확연히 구분된다. 그러나 더욱 의미심장한 것은 이렇다 할 학문적 업적을 쌓은 사람들조차도 초기의 독문학이 귀족화시킨 이런 태도를 그들 전문분야의 동료사회에서 거의 정당화시키지 못했거나 전혀 그렇게 할 수 없었다는 사실이다. 문학예술작품의 세계에 안주하고 있는 사람들에게는 이러한 모든 기도가 섬뜩한 느낌을 자아내게 한다. 이를테면 용병 일개 중대가 여러 가지 보화들과 화려한 구경거리를 보겠다는 구실로 이 문학예술작품이라는 아름답고 튼튼한 집으로 육중한 발걸음을 내디디며 행군해 들어왔으나, 정작 이들은 이 집의 정리

---

2) 『Philosophie der Literaturwissenschaft』, herausgegeben von Emil Ermantinger, Berlin 1930.

된 모습과 재산목록에는 전혀 관심이 없다. 이들이 이 집에 진입한 목적은 이 집의 위치가 좋아서 이 집을 거점으로 하여 내전이 발발할 경우 중요한 방어 역할을 할 수 있는 교두보를 설치하거나 철로를 깔기 위함이다. 이런 식으로 문학사는 이곳 문학예술작품의 집에 진을 치고는, "이념"의 "체험 가치"가 지닌 "아름다움"의 위치로부터, 즉 이 집의 가장 안전한 보호지점 으로부터 직시안直視眼을 확보하고 사격을 가하려 하는 것이다.

우리는 이 소전투에서 이들과 대치하고 있는 군대가 충분한 훈련을 받 았다고 말할 수는 없다. 이 군인들은 유물론적 문학사가들의 명령을 따르 고 있는데, 이 문학사가들 중에서 노년의 메링이 아직도 여전히 머리 한 뼘 크기만큼은 두드러져 보인다. 메링의 중요성은 그가 세상을 떠난 후 나타나기 시작한 유물론적 문학사가 보여주는 제반 시도들이 새삼 입증 하고 있다. 그 중에서 클라인베르크의 글이 가장 괄목할 만하다.「사회적 내지 시대사적, 정신사적 제반 조건에서 본 독일 문학예술작품(Deutsche Dichtung in ihren sozialen, zeit- und geistesgeschichtlichen Bedingungen)」이 란 제목을 지닌 이 글은 라익스너나 쾨니히 류의 모든 획일적인 글들을 맹 목적으로 채색하고는 고작 한다는 짓이 그것들을 몇몇 자유사상적 장식 들로 치장하는 일이다. 정녕 소인배의 가정문집家庭文集이다. 한편 메링을 유물론자라 함은 그의 방법론 때문이라기보다는 그가 지닌 보편사와 경 제사에 대한 지식의 범위 때문이다. 그의 경향은 마르크스로 거슬러 올라 가며, 그의 학습은 칸트로 소급된다. "국가의 고귀한 재산"은 어떤 일이 있 어도 그 통용가치를 지니고 있어야 한다고 철저하게 믿고 있는 이 사람의 글은 가장 좋은 의미로 보아도 변혁적이라기보다는 수구적이라고 밖에 달리 표현할 길이 없다.

그러나 역사라는 청춘의 샘은 망각의 강물로 채워진다. 망각만큼 새로운 세계를 가져다주는 것도 없다. 교양의 위기와 더불어 문학사의 공허한 대표성도 그 비중이 커지게 되었다. 문학사의 공허한 대표성은 널리 인기 있는 글들 속에서 가장 뚜렷하게 드러난다. 빛바랜 동일한 텍스트가 줄곧 한 번은 이 문장에서, 한 번은 저 문장에서 나타난다. 이 텍스트가 이루어 놓은 성과는 학문적 텍스트와는 이제 더 이상 아무런 관련이 없다. 이 텍스트의 기능은 특정한 사회계층의 사람들에게 미문학(美文學) 문화재전시회에 참여한다는 환상을 가져다주는 일 뿐이다. 박물관적 성격을 포기하는 학문만이 이러한 환상의 자리에 진실을 갖다 놓을 수 있다. 이렇게 하기 위해서는 많은 것을 버릴 수 있는 결단이 필요할 뿐 아니라, 글 쓰는 사람들의 숫자가 매일 불어나고 - 여기서 글 쓰는 사람들이란 글쟁이나 작가만을 의미하는 것은 아니다 - , 문헌세계에 대한 기술적(技術的) 관심이 교화적 관심보다 훨씬 더 절박하게 요구되는 시대로 문학사 기술작업을 의도적으로 옮겨 놓을 수 있는 능력 또한 필요하다. 그리고 익명의 글들 - 예컨대 달력문학이나 통속문학 따위 - 및 관중사회학, 작가동맹, 서적판매상황 등을 여러 시대에 걸쳐 분석하는 일도 새로운 연구가들이 시도해 볼 만하며, 이러한 시도는 실제로 부분적이기는 하나 이미 시작되기도 했다. 그러나 어쩌면 이 작업에서는 연구를 통한 학습운영의 쇄신보다는 학습운영을 통한 연구의 쇄신이 더 중요할지도 모른다. 그도 그럴 것이 문학사는 매우 중대한 임무, 즉 교육적인 임무를 - 이 임무와 더불어 문학사는 "미의 학문(schöne Wissenschaft)"으로서 생명을 부여 받았다 - 이제 깡그리

상실했다는 사실이 바로 오늘날 교양의 위기를 불러왔기 때문이다.

이상으로 사회상황에 관해 살펴보았다. 이와 같이 사회적인 면에서 모더니즘이 인식과 실천 사이의 긴장을 박물관적 교양개념을 통해 해소했듯이, 역사적 영역에서도 현재와 과거, 달리 말해 문학비평과 문학사 사이의 긴장을 이런 식으로 해소하려 한다. 모더니즘에 의해 주도되는 문학사는 자신의 시대에 앞서 존재했던 옛 시대를 철저하게 관통해 봄으로써 자신의 위상을 정립해 볼 생각은 하지 않고, 현대문학을 후원함으로써 자신을 더 효과적으로 정당화시킬 수 있다고 착각하고 있다. 놀라운 사실은 여기에서 대학의 학문이 모든 것을 다 다루고, 모든 것과 동행한다는 점이다. 전 시대의 독문학이 당대의 문학을 연구범위에서 제외시킨 것은 오늘날 사람들이 생각하는 것처럼 사려 깊은 신중성 때문이 아니라, 연구가들이 체질적으로 지닌 금욕적 생활규범 때문이었다. 다시 말해 그들은 그들에게 적합한 과거를 직접 연구함으로써 그들의 시대에 봉사한 것이다. 그림형제의 문체와 집필태도는 당대의 문학이 요구했던 섭생법이 위대한 예술창작과 비교해 볼 때 그 열정에서 뒤지지 않았다는 점을 입증하는 한 예이다. 작금에 이르러서는 이러한 집필태도 대신에 수도권의 그 어떤 일간지와도 정보수집에서 뒤지지 않겠다는 학문적 욕심이 만연하고 있다. (...)

발터 무쉬크는 이렇게 말한다. "현대에 와서는 사람들이 본질적인 연구작업에서 대부분 각론에만 치중한다고 말해도 좋을 듯하다. 총론기술의 의미에 대한 믿음이 오늘의 세대에게는 상당부분 사라지고 있다. 그 대신 오늘의 세대는 보편사의 시대에는 거의 다루지 않던 인물들 및 제반 문제점들과 씨름하고 있다." 이런 것들과 씨름하는 것이 잘못된 것은 아니다. 주로 작품과 씨름해야 한다는 말이 틀렸다는 얘기가 아니다. 이들 작품의 전반적인 수용영역과 작용영역, 발생사도 못지않게 중요한 비중을 차지하고 있다는 얘기이다. 다시 말해 작품의 운명, 즉 당대의 사람들의 작품 수용 관계와 작품번역 그리고 평판에 관한 문제 등이 비중 있게 다루어져야 한다는 뜻이다. 그렇게 함으로써 내면세계에 갇혀있던 작품은 소우주로, 아니 인간세계(Mikroaeon)로 탈바꿈하게 되는 것이다. 문학작품들을 그 시대와 연관해서 서술하지 않고, 그것이 태어난 시대 속에서 그것을 인지하는 시대를 - 이는 곧 우리의 시대이다 - 포착해내는 것이 중요하기 때문이다.

로베르트 바이만
「문학사에서의 현재와 과거」(1971)[1]

역사-유물론적 방법의 창시자들이 문학에서 나타나는 현재와 과거 간의 모순관계를 창조적으로 수용하고, 이 모순을 역사적인 동시에 유산과의 역동적인 관계의 중심으로 옮겨 놓았다는 사실은 이미 앞장에서 언급했다. 마르크스와 엥겔스는 고전적이고 시민적이며 변증법적인 역사철학을 통해 기본적인 인식을 공유하고 있다. 다시 말해 그들 역시 상승하는 계급*의 자의식을 역설하고 있으며, 뚜렷한 윤곽을 드러내기 시작하는 사회의 위기로부터 사회적 삶이 변화하고 새로워지는 제반 조짐을 새로운 안목으로 통찰할 수 있게 되었다. 그들은 그들 나름대로 18세기에서 보다는 훨씬 강력하고 깊이 있게 - 그러니까 1848년** 이후에 - 지나간 세계사의 전반적인 움직임을 목하 그들 앞에서 진행 중인 역사운동의 관점에서 그리고 또 그 역逆의 관점에서 이해했을 뿐 아니라, 나아가서는 이를 보편화시킬 수 있게 된 것이다.

이런 의미에서 볼 때 현재와 과거의 통일은 애초부터 그들의 역사적 사유의 출발점을 이루고 있음을 알 수 있다. 마르크스와 엥겔스는 역사적 인

---

1) Viktor Žmegač (Hg.): 『Methoden der deutschen Literaturwissenschaft. Eine Dokumentation』, Frankfurt 1971, 361~366쪽에서 발췌.
* 시민계급을 뜻한다.
** 1848년 3월에 독일에서 시민혁명이 일어났다. 이를 계기로 역사기술에서는 1848년이 독일혁명의 해로 통한다.

식을 과거의 수동적 복사로도 또 그렇다고 현재의 자의적인 창작으로도
보지 않았다는 사실을 설명하기 위해 이 자리에서 장황스런 증거들을 끌
어댈 필요는 없을 것 같다. 마르크스가 미학적, 법학적 그리고 종교적 의
식意識을 두고 한 말은 이러한 역사적 사유에도 그대로 적용된다. 그것은
한편으로는 경제적 토대 내지 물질적 존재의 반영이지만, 다른 한편으로
는 "생산의 특수한 방식들"[2] 중의 하나이다. 심지어 당대의 의식조차도 항
상 고작해야 사회적 존재를 대충 적당하게 옮긴 모사상模寫像만을 보여줄
뿐이라는 사실을 상기해 볼 때, 진정 "현재의 역사의식과 역사적 과거가
동일하다"고 말할 수 없을 것이다. 역사적 과거와 현재의 역사의식 간의
관계는 동일성 혹은 무관계라는 단어로는 설명될 수 없으며, 오직 제3의
언어로만 설명될 수 있는데, 여기서는 이를 – 우선 – 현재와 과거의 상관
관계라고 표현해 보기로 하자.

　마르크스는 『정치경제학 비판(Kritik der politischen Ökonomie)』의 서문에
서 다음과 같이 말하고 있다. "이른바 역사발전이란 나중에 형성된 역사형
태가 그보다 먼저 형성된 역사형태를 자기 자신의 전 단계로 관찰할 때만
이 가능하다. (...)" 그는 여기에서 랑케가 말하는 "객관적 태도"를 권유하
기 보다는 "새로운 세계상황으로부터 사물의 원천으로(실러)" 거슬러 올라
갈 것을 권유하고 있음이 분명하다. 최근의 세계상황은 그것이 "가장 발달
된 그리고 가장 다양한 역사적 국면"임을 보여주고 있다. 그리고 이 세계
상황의 제반 역사적 범주 그 자체가 또한 "몰락한 모든 사화형태의 구성관

---

2) Marx/Engels, 『Werke』, Ergänzungsband, 1. Teil, Berlin 1968. S. 537.

계와 생산관계들을 통찰하게 해준다. 그러니까 최근의 세계상황은 이러한 것들의 잔해들과 그 성분들로 구성된 것이다." 이로써 "시민경제의 제반 카테고리에 왜 다른 모든 사회형태를 들여다 볼 수 있는 진리가 내포되어 있는가" 하는 점에 대한 설명이 - 비록 극도의 추상성을 띠기는 하지만 - 가능해진다. 그도 그럴 것이 "모든 시대에 두루 통용되는 가장 추상적인 카테고리들조차도 그 효용성에도 불구하고 이 추상성 그 자체의 확실성 속에서 역사적 상황의 산물이 되기 때문이다."[3] 그러니까 제반 문학적 범주의 "효용성"은 그것의 역사성을 배제하는 것이 아니라 이를 전제로 한다. 이 역사성은 제반 문학적 범주가 역사적 상황의 산물로서, 이 상황의 이데올로기적 조건과 성과를 충족, 달성시켜 준다는 사실에서 드러난다. 다시 말해 문학적 범주는 역사적 제반 상황의 객관적일 뿐 아니라 주관적이고 역동적인 기능도 수행한다. "최종적인 역사적 국면은 그 이전의 역사적 국면들을 그것이 밟아온 계단으로 간주한다. 그리고 그것은 그 자체에 대한 비판능력이 거의 없거나 특정한 조건 하에서만 그 자체를 비판할 수 있으며, (...) 항상 일방적으로 사물을 파악한다"는 마르크스의 말은 바로 이런 의미에서 나온 말이다. (예컨대 "시민사회가 자기비판을 시작했을 때 비로소 시민경제는 봉건경제나 고대 그리스-로마 및 동양의 경제를 이해하게 되었다"). 따라서 시민사회의 역사적 제반 범주들은 오직 상대적으로 그 효용성을 지닐 뿐이다. 왜냐하면 그 범주들은 - 비록 그것이 "사라져버리고 없는 지난 시절의 제반 사회형태의 (...) 부분들에

---

3) Marx/Engels, 『Werke』, Bd. 13, S. 636.

대한 객관적인 통찰을 허용"한다고 하지만 – 항상 이런 특정한 사회 및 특정한 주체의 존재형식들이요, 존재규정들이며, 더 나아가서는 종종 이러한 사회 및 이러한 주체의 단지 일면에 지나지 않을 뿐[4]이기 때문이다.

그러니까 역사적 카테고리들이 지닌 객관적인 내용은 이 범주들의 주관적이고 사회적인 기능과 대립되지 않는다. 오히려 그와는 반대로 이러한 범주들의 역사적 "효용성"은 이 범주들 속에 저장된 역사적 역동성에 상응한다. 과거에 대한 객관적인 언표와 현재의 주관적인 표현은 필연적으로 서로 합류될 수밖에 없다. 이와 같은 절차에 기반을 둔 역사의 연구는 과거와 그 업적을 지금까지 "가장 발달되고 다양한 역사적 국면"의 관점으로부터 이해하거나 평가할 때 그 타당성을 올바로 지닐 수 있는 것이지, 이 과거를 그 자체로서 독립된 대상으로 기술하거나 생각하고 느낄 때는 그 타당성을 지니지 못한다.

"최근의" 시기와 "지나간" 시기와의 관계는 역사의 객관적이고 주관적인 제반 규정들의 변증법을 통해 밝혀진다. 역사적인(그리고 미학적인) 카테고리들은 그것들이 역사운동의 외곽지대가 아닌 역사운동의 바로 한가운데 위치할 때, 다시 말해 이 카테고리들이 자체의 역사성을 깊이 의식하게 될 때 그 효용성을 얻게 된다. 그리고 이러한 역사성을 의식하게 될 때 비로소 문학사가는 연구대상과 영향사적으로 상대적이 아닌 완전한 거리감을 획득할 수 있게 된다. 제반 연구대상들의 역사적인, 그러니까 연

---

4) Ebd., S.637.

구대상의 발생사적인 규정들이 이러한 역사성 속에서 그 싹이 트고, 역사 운동 속에 많이 저장되면 될수록 문학사가는 이러한 거리를 부인하기 보다는 오히려 자신의 영향사적인 시야의 폭을 그만큼 더 넓히게 될 것이다. 문학사가의 실질적인 주관성, 즉 그의 제반 사회적 "존재형식들"과 "존재규정들"의 필연적인 표현은 총체적인 발생사로부터 영향사적 의식을 건져낼 때 비로소 의미 깊게 규정될 수 있다. 역사가가 자기 자신이 몸담고 있는 현재를("자기비판"의 형식으로) 깊이 의식하면 할수록 역사적 과거의 연구에 대한 그의 관심은 이 과거의 발생사적인 제반 규정들과 연관관계들의 총체성을 통해서 그만큼 더 커지게 된다. 그는 우리 시대의 문학사적인 작품을 그 시대 속에서 그것의 발생관계를 탐색해 봄으로써 그 영향성을 가장 잘 촉진 시킬 수 있다.

문학사의 실질적인 현실성은 그 대상이 지닌 역사적 성격과 대립되는 것이 아니라 오히려 이 대상의 역사성을 통해 비로소 획득될 수 있다. 그리고 거꾸로 역사운동에서 지금까지 뒤에 남긴 거리의 간격이 길어지면 길어질수록 문학사의 발전과정은, 그 연구결과와 부수적 현상들이 더욱 두드러지게 드러나는 가운데, 그만큼 더 깊이 들여다보이게 된다. 그러므로 발생사와 영향사 간에는 결코 대립이 생기는 것이 아니라 오히려 방법적 연관관계가 생기게 된다. 다시 말해 첫 번째 독자와 마지막 독자 간의 영향사적인 간격이 크면 클수록 발생사적 과정이 그것의 제반 잠재된 의미들을 통해 자신을 드러내는 관점은 그만큼 더 깊이를 지니게 된다. 그러므로 영향은 그 발생시기를 초월해서 항상 역사적으로 발생한 것의 관점만을 밝혀주며, 그 관점을 구체화시켜준다. 그러나 발생시점을 초월한 이러한 영향조차도 항상 당대의 영향일 뿐이다. 다시 말해 이 영향이라는 것도 문학의 발생과 그 영향에 공히 깔려 있는 역사성의 법칙을 따르게 마련이다.

마르크스주의적 문학사의 입장에서 보면 이러한 현상은 발생사적인 재구성과 영향사적인 새 해석을 방법론적으로 한데 묶어놓는 것을 의미한다. 새로운 해석은 그것이 그 자체의 역사적 관점의 깊이를 완전히 측정할 수 있을 때, 다시 말해 "그 이전의 역사적 국면들을 그것이 밟아온 계단으로 간주할 때" 문학사적인 작품이 지닌 과거의 의미를 제대로 해명할 수 있다. 그래야만 비로소 "막연한 암시들이 구체적인 의미들로 발전하게 될 것이다."(마르크스) 따라서 현재의 가장 발전된 역사운동의 관점에서 항상 새로이 해석하는 일은 문학사적인 작품을 발생사적으로 재구성하는 작업에 역행하는 행위가 아니다. 그와는 반대로 오히려 새 해석은 광범위한 영향사적 관점들 및 학문적으로 탐구된 모든 사실들, 즉 모든 해당분야의 연구결과를 포함하거나 전제할 수 있고, 또 그렇게 해야 한다. 새로운 해석은 역사적인 사건의 철저한 재구성을 과소평가하지 않음으로써 오히려 이 재구성을 통해 - 자기존재의 원천으로 - 자신을 재인식하게 된다. 그러나 현재와 그 혁신적인 운동의 정점에서 이루어지는 이러한 재인식과 출발점 그리고 종착점, 이것들이야말로 바로 근본적인 재구성에 활력을 불어넣어 주는 방법론적 원천이다. 이것이 바로 엥겔스가 독일 농민전쟁에 대한 그의 글에서 그리고 마르크스가 『자본론』에서 내세웠던 원칙이다. 이들은 이러한 원칙에 담긴 변증법적 견해를 따르며, 이 변증법적 견해는 보편사를 연구하는 역사가로 하여금 "이러한 사건들 전체로부터 세계의 오늘의 모습 내지 지금 살아있는 세대의 상황에 대해 영향을 미친 사건들"을 추출해 낼 것을 권유한다. 그렇게 함으로써 "오늘의 세계정세와 역사적 사건 간의 관계가 설정될 수 있으며, (...) 이런 관점 위에서만 세계사에 대한 제반 자료들도 수집될 수 있을 것이다."[5]

마르크스와 엥겔스는 계몽주의와 독일 고전주의의 변증법적이고 역사적인 사상과 연결하여 경제사 및 예술사를 관찰한다. 문학사에 관한 논급에서 이들 두 사람은 역사의 양 관계점, 즉 과거역사와 현재역사 및 발생사적인 면과 영향사적인 면을 중시하며, 또 이들을 동시성의 측면에서 그리고 그 긴장관계 속에서 파악한다. 이러한 관점들은 이미 인용한 바 있는 『정치경제학 비판』의 서문에 실린 유명한 「여록」에서도 찾아볼 수 있다. 여기에서는 그리스 사람들의 예술, "혹은 셰익스피어도" 이러한 이중적 관점에서 조명되고 있다. 다시 말해 한편에서는 발생사적인, 모사적인 관점에서 바라봄으로써 "그리스의 예술과 서사시가 특정한 사회적 발전형태와 연결되고", 다른 한편으로는 영향사적인, 형상화적인 관점에서 바라봄으로써 "이것들이 아직도 우리에게 예술감상의 대상이 됨과 동시에 어떤 맥락에서는 규범으로 그리고 도달할 수 없는 전범으로 간주된다". 문학사의 작품들은 과거의 모사상이자 동시에 현재의 형성자이다. 따라서 문학사의 진정한 "어려움"은 이 양자 사이에서 역사적인 그러나 동시에 살아있는 관계를 창출해 내는데 있다. 여기서 살아있는 관계의 창출이란 시

---

5) Schiller, 「Was heißt und zu welchen Ende studiert man Universalgeschichte?」. In 『Schillers Werke』, hrsg. von Boxberger (『Deutsche National−Literatur』, Bd. 27), Berlin/Stuttgart o. j., 10. Teil 1. Abt., S.14 (Hervorhbg. von mir, R. W.).

대성과 "초시대성", 즉 시대를 초월한 위대한 문학작품 사이의 모순과 통일을 문학사의 우선적인 연구대상으로 고양시키는 작업을 뜻한다.

발터 베냐민
「생산자로서의 작가」 (1934)[1]

1934년 4월27일 파리의 파시즘연구소에서 행한 연설

> 문제는 지식인들로 하여금 그들의 정신적 방향과
> 그들이 처한 조건이 노동자들의 그것과
> 일치한다는 것을 자각함으로써
> 그들을 노동자 편으로 이끄는 일이다.
> **라몬 페르난데스(Ramon Fernandes)**

여러분은 플라톤이 『국가론』 초안에서 작가들을 어떻게 다루고 있는지 기억할 것입니다. 그는 공동체의 이익을 위해 그들이 국가 안에 머무는 것을 거부합니다. 그는 문학작품의 위력에 대해 상당한 이해를 지니고 있었습니다만, 완성된 공동체에서는 그것이 해로운 것이요, 쓸데없는 것이라고 생각했습니다. 주의해서 들어야 할 말입니다. 작가의 생존권에 관한 문제가 이처럼 강한 어조로 거론된 적은 그후로 그리 많지 않았습니다. 그런데 오늘날 다시금 이 문제가 제기되고 있는 것입니다. 하지만 위와 같은 형태로 제기되는 경우는 아주 드뭅니다. 여러분 모두에게 이 문제는 다소간 작가의 자율성에 관한 문제로 알려져 있습니다. 작가가 원하는 바를 자유롭게 쓸 수 있는 창작의 자유 말씀입니다. 여러분은 작가에게 이러한 자유를 허용해 주고 싶지 않을 것입니다. 여러분은 현재의 상황이 작가로 하여금 자신이 어느 한 편에 서서 활동해야 할 것인가를 결정하도록 요구

---

1) Walter Benjamin, 『Versuch über Brecht』, Hrsg. v. Tiedemann, Frankfurt 1966, 95~98, 104~105, 110, 115~116쪽에서 발췌

하고 있다고 생각할 것입니다. 그러나 시민계급의 통속작가는 이러한 양자 간의 선택을 인정하려 들지 않을 것입니다. 이처럼 그가 인정하려들지 않는다 하더라도 여러분은 그가 어느 특정한 계급을 위해 봉사하고 있는지를 그에게 증명해 줄 수 있을 것입니다. 진보적인 유형의 작가는 이러한 선택을 인정합니다. 다시 말해 프롤레타리아의 편에 가담함으로써 그는 계급투쟁의 바탕에서 결단을 내릴 것입니다. 이렇게 되면 이제 작가의 자율성 문제는 일단락된 셈입니다. 그는 계급투쟁에서 프롤레타리아에게 유익한 쪽으로 행동의 방향을 정합니다. 이 경우 우리는 그가 어떤 경향을 쫓는다고 말하곤 합니다.

　이제 여러분 앞에는 그간 오랫동안 논의의 대상이 되어왔던 명제가 제시되었습니다. 여러분은 이 논의를 잘 알고 있을 것입니다. 여러분은 이 논의를 익히 보아왔기 때문에 그것이 그간 얼마나 비생산적인 방향으로 이끌려졌는지도 잘 알고 계실 것입니다. 이를테면 이 논의는 그 지루하기 짝이 없는 '한편으로는 – 다른 한편으로는'이라는 문제로부터 헤어나지 못하고 있습니다. 한편으로 사람들은 작가의 작품이 올바른 경향을 가질 것을 요구하면서도 다른 한편으로는 – 당연한 일이지만 – 작품의 질도 기대합니다. 이 명제, 즉 '한편으로는 – 다른 한편으로는'의 문제는 경향과 질이라는 두 요소 사이에 근본적으로 어떤 상관관계가 있는가 하는 점을 우리가 제대로 인식하지 못하는 한 언제까지고 듣는 이로 하여금 만족을 주지 못하는 상투어밖에 되지 않을 것입니다. 물론 이런 상관관계를 단정적으로 설명할 수도 있을 것입니다. 이를테면 올바른 경향을 제시하는 작품은 질을 문제 삼을 필요가 없다라든가, 또는 올바른 경향을 보여주는 작품도 필히 질을 입증해야 한다는 식으로 말입니다.

이 두 번째 말은 흥미가 있습니다. 아니 그 이상입니다. 이 말은 맞는 말입니다. 나는 이 말을 내 것으로 삼겠습니다. 그렇다고 이 말이 무턱대고 옳다는 생각은 아닙니다. 이 주장은 입증되어야 합니다. 내가 지금부터 이 주장을 증명하고자 하오니 주의 깊게 살펴봐 주십시오. – 여러분은 혹시 이것이 너무 특수한, 이를테면 본 주제를 벗어난 테마가 아니냐고 이의를 제기할지도 모르겠습니다. 그런 증명을 통해 파시즘에 대한 연구를 권장하려는 속셈이 아니냐고 항변할는지도 모르겠습니다. 사실 그렇게 할 작정입니다. 이유를 말씀드리자면, 경향이라는 개념은 방금 위에 언급한 것처럼 대체로 개괄적인 형태를 띠는데, 이 경향이라는 개념이 정치적 문학 비평의 가장 쓸모없는 도구가 되고 있다는 사실을 여러분에게 알려 줄 수 있기를 기대하기 때문입니다. 내가 여러분에게 보여주고 싶은 것은 문학의 경향이란 그것이 문학적으로 조화를 이룰 때 비로소 정치적으로도 통용된다는 사실입니다. 다시 말해 정치적으로 올바른 경향은 문학적 경향 또한 내포하고 있다는 뜻입니다. 그리고 동시에 부연해서 설명드릴 것은, 함축적이든 명시적이든 올바른 정치적 경향 속에 깃들어 있는 이러한 문학적 경향이 바로 작품의 질을 결정하게 된다는 사실입니다. 그러니까 한 작품의 올바른 정치적 경향이 그 작품의 문학적 질을 내포하는 이유는 바로 이 질이라는 것이 문학적 경향을 내포하고 있기 때문입니다.

여러분에게 감히 약속드립니다만, 여러분은 곧 이 주장을 더욱 분명하게 납득하실 것입니다. 여기서 잠깐 말머리를 돌려, 내가 이 고찰을 시작함에 있어 다른 출발점을 택할 수도 있었다는 사실을 말씀드려야 할 것 같습니다. 나는 문학의 경향과 질이 어떤 상관관계를 지니고 있는가라는 비생산적인 논의로부터 시작했습니다. 나는 보다 오래된, 그러면서도 이에 못지않게 생산적인 논의에서 출발할 수도 있었습니다. 이를테면 형식과 내용이 어떤 상관관계에 놓여 있는가 하는 점에서 - 그것도 특히 정치적인 문학작품의 경우 - 출발할 수도 있었을 것입니다. 이러한 질문은 비판받을 만합니다. 맞습니다. 이러한 질문은 문학적인 제반 관계사항들에 대해 판에 박은 듯한 비변증법적 수법으로 접근을 시도하는 대표적인 한 예로 간주되기 때문입니다. 좋습니다. 그렇다면 이와 같은 문제를 도대체 어떻게 변증법적으로 다룰 수 있을까요?

이러한 문제를 변증법적으로 다룬다고 할 때 - 이제 본 이야기에 들어갑니다 - 미술작품이라든가 소설, 책과 같은 고정되고 절연된 것들을 가지고는 아무것도 시작할 수가 없습니다. 작업을 제대로 진행하기 위해서는 우선 이것들을 살아있는 사회적 연관관계로 끌어들여야 합니다. 물론 여러분은 우리의 동료들이 그러한 시도를 끊임없이 해 왔다고 말할 것입니다. 옳습니다. 분명히 맞는 말입니다. 다만 이 경우 사람들은 직접 큰 부분부터 다루려고 했고, 그렇게 함으로써 또한 어쩔 수 없이 구름 잡는 얘기만 늘어놓게 되었다는 것이 문제입니다. 주지하다시피 사회적인 제반 관계는 생산관계에 의해 조건 지어집니다. 그리고 유물론적 비평이 어떤 작품에 접근할 경우에는 일반적으로 작품이 그 시대의 사회적 생산관계와 어떤 연관을 맺고 있는가 하는 질문이 제기됩니다. 이 질문은 아주 중요한 질문이지만 대답하기 매우 곤란한 질문이기도 합니다. 때문에 이 질문에 대한 대답이 항상 명쾌하지는 않습니다. 그래서 나는 이제 그보다는 좀더 알기 쉬운 질문을 하나 여러분에게 던져볼까 합니다. 이번 질문은 좀더 소박하고, 조금은 본 주제에서 벗어나기는 합니다만, 그 대신 대답하기는 보다 용이하리라 생각됩니다. 이를테면 한 작품이 그 시대의 생산관계와 어떤 관련을 맺고 있으며, 그것이 이 생산관계와 호흡을 같이 하는가, 그것이 반동적인가, 아니면 생산관계의 변혁을 꾀하는가, 다시 말해 그것은 혁명적인가 - 하는 등등의 질문 대신에, 아니 이런 질문을 던지기에 앞서, 우선 나는 여러분에게 다른 것을 묻고 싶습니다. 그러니까 나는 한 문학작품이 그 시대의 생산관계와 어떤 연관을 지니고 있는가라고 묻기 전에, 그것이 한 시대의 작가들의 생산관계 내에서 어떤 기능을 지니게 되는가를 단도직입적으로 묻고 싶은 것입니다. 달리 말해 이 질문은 바로 작품의 창작기법을 겨냥하고 있는 것입니다.

여기서 기법이라는 개념은 문학생산품을 곧장 사회적으로, 따라서 유물론적으로 분석하게 해 주는 그런 기법을 의미합니다. 따라서 이 기법이라는 개념은 변증법적 시발점을 의미하기도 하는데, 이 시발점을 기점으로 하여 형식과 내용의 비생산적 대립관계가 극복될 수 있습니다. 그리고 나아가 이 기법의 개념은 우리가 앞서 물은 적이 있는 경향과 질이라는 제반 관계에 대한 올바른 규정을 제시해 줍니다. 우리는 앞에서 한 작품의 올바른 정치적 경향이 문학적 질을 내포하고 있는 이유는 그것이 문학적 경향을 내포하고 있기 때문이라고 말했습니다. 우리는 이제 이러한 문학적 경향은 문학적 기법이 발전하느냐 아니면 퇴보하느냐에 따라 그 본질을 달리할 수 있다고 좀더 정확히 규정하는 바입니다. (...)

진보적 - 따라서 생산수단의 해방에 대해 관심을 둔, 그리하여 계급투쟁에 봉사하게 되는 - 지성의 의미에서 제반 생산형식과 생산도구들을 변화시키기 위해 브레히트는 기능전환이라는 개념을 만들어 냈습니다. 그는 사회주의적 의미에서 가능성을 염두에 두고 생산기구를 변화시키지 않는 한 그것을 공급해서는 안 된다는 매우 중요한 요구를 최초로 지식인들에게 제기했습니다. 브레히트는 다음과 같이 말합니다. "『시도들 (Versuche)』의 출판은" - 브레히트는 자신의 일련의 글에 이런 제목을 달았습니다 - "일정한 작품들이 이제 더 이상 한 개인이 터득한 체험이라기보다는 (즉 작품적 성격을 지니기 보다는) 오히려 일정한 기관이나 제도들을 이용한(개조시킨) 시점에서 이루어졌다." 여기에서는 파시스트들이 선전하듯이 정신의 개혁이 바람직한 것이 아니라 제반 기법의 개선이 요구되고 있습니다. 이 기법의 개선에 관해서는 후에 다시 언급하기로 하고, 이 자리에서는 우선 생산기구들을 맹목적으로 공급하는 경우와 이것들을 변화시키는 경우 사이에 존재하는 결정적인 차이만을 지적하는 것으로 만족할까 합니다. 그래서 "신즉물주의"에 관해 말씀드리겠습니다만, 우선 이 논의를 다음과 같은 문장으로 시작해 보겠습니다. "가능성을 염두에 두고 생산기구를 변화시키지 않고 그것을 공급한다 함은 설사 이 기구와 함께 공급되는 소재들이 혁명적인 성격을 띠고 있는 것처럼 보인다 하더라도 커다란 문제점을 안게 된다." 우리는 지금 시민적 생산기구와 출판기구가 엄청나게 많은 혁명적 주제들을 동화시키고, 심지어 그것들을 선전할 수도 있다는 사실에 직면해 있습니다. 이에 관한 증거는 지난 수십 년 동안 독일에서 충분히 제시된 바 있습니다. 그렇다고 그것들 자체의 존립과 그것들을 소유하고 있는 계급의 존립에 관한 진지한 숙고는 전혀 이루어진

바 없습니다. 어쨌든 이 생산기구 및 출판기구가 노련한 사람들에 의해 공급되는 동안은 - 이들이 혁명적 기질을 가졌든 아니든 간에 - 이런 상황이 온존하게 될 것입니다. 내가 여기서 의미하는 노련한 사람들이란 사회주의를 위해 생산기구를 개선함으로써 이 생산기구를 지배계급으로부터 소외시키는 작업을 근본적으로 포기한 사람들을 두고 하는 말입니다. 나아가서 나는 소위 좌경이라 불리는 문학 대부분이 항상 정치적인 상황으로부터 관중을 즐겁게 해주기 위한 새로운 효과만을 끄집어내려했을 뿐, 그 어떤 다른 사회적 기능은 전혀 지니지 못했다는 사실을 지적하고자 합니다. 그러다 보니 어느덧 나는 신즉물주의와 대면하게 되었습니다. 신즉물주의는 르포르타주 문학을 만들고 육성시켰습니다. 이 기법이 도대체 누구에게 유익했던가를 우리 한번 자문해 봅시다. (...) 그의 작업(작가의 작업 - F. Faßen 주)은 결코 생산에만 국한된 작업일 뿐 아니라 동시에 제반 생산수단과도 항상 관계가 있는 작업입니다. 바꾸어 말하면 그의 생산품들은 작품적 성격 말고도, 아니 작품적 성격 이전에 조직적 기능을 지니고 있어야 합니다. 그리고 이 생산품들의 조직적인 이용 가능성은 결코 선전적인 부분에만 국한되어서는 안 됩니다. 다시 말해 경향성만으로는 안 된다는 뜻입니다. 탁월한 지성의 소유자 리히텐베르크는 누가 어떤 류의 의견을 가지고 있는가 하는 점이 중요한 것 아니라 이러한 의견이 한 사람으로부터 어떤 인간을 만들어 내느냐 하는 점이 중요하다고 말합니다. 물론 의견들이 중요한 것은 틀림없습니다만 아무리 좋은 의견일지라도 그 의견을 가지고 있는 사람들이 그 의견을 유익하게 활용할 수 없는 경우에는 무용지물이 되고 맙니다. 가장 좋은 경향도 사람들이 따라가야 할 행동지침을 제시하지 못할 때는 소용없는 것이 되어버리고 맙니다. 이 행동지침은 작가가 무엇인가를 만들어 낼 경우에만, 즉 글을 쓸 때에만 제시할 수 있습니다. 경향은 제반 작품의 조직적인 기능을 위한 필요조건이지 결코 충분조건은 되지 못합니다. 작품의 조직적 기능은 글 쓰는 사람의 인도적, 지도적 태도를 요구합니다. 그리고 오늘날은 이러한 것이 그 어느 때보다도 더 요구되는 시기입니다. 작가들에게 아무것도 가르치지 못하는 저자는 그 누구도 가르칠 수 없습니다. 생산의 모범적 성격은, 첫째로 그것이 생산을 통해 다른 생산자들을 이끌고, 둘째로 이들로 하여금 개선된 기구를 사용할 수 있게 해 줄 때 그 효능을 지니게 됩니다. 그리고 이 기구는 소비자들로 하여금 생산에 더 많이 참여토록 유도하면 할수록, 쉽게 말해서 독자나 관객들을 동참자로 만들 수 있을 때 그만큼 더 효용가치를 지니게 됩니다. 우리는 이에 관한 표본을 이미 가지고 있습니다만, 이에 대해 여기서는 단지 간략하게 말씀드릴 수밖에 없습니다. 바로 브레히트의 서사극이 그것입니다.

(...) 행동주의자들과 신즉물주의의 대표자들은 그들 멋대로 행동할 수 있었는지는 몰라도, 지식인을 프롤레타리아화시키는 작업 그 자체만 가지고는 한 사람의 프롤레타리아도 만들어 낼 수 없었습니다. 왜 그러냐고요? 그 이유는 시민계급이 생산수단을 교양의 형태로 지식인에게 부여했기 때문입니다. 그러니까 이 생산수단이 지식인으로 하여금 교양이라는 특권을 바탕으로 하여 시민계급과 연대를 맺게 한 것입니다. 아니 시민계급으로 하여금 지식인과 연대를 맺게 했다는 표현이 더 적절할 것 같습니다. 따라서 아라공이 다른 맥락에서 설명한 말, "혁명적 지식인은 처음

에는 무엇보다도 자신의 원래의 계급에 대한 배반자로 나타난다"라는 말은 전적으로 옳은 말입니다. 작가의 경우에는 그가 생산기구의 공급자라는 신분으로부터 엔지니어로 변신함으로써 배반 행위를 저지르게 되는 것입니다. 이렇게 엔지니어가 된 작가의 사명은 이 생산기구를 프롤레타리아 혁명을 위한 목적에 적용시키는 일입니다. 이러한 행동은 중재적인 작용의 일환입니다만, 이 중재적 작용은 모블랑이 많은 동지들과 지식인들에게 부여해야 한다고 생각하고 있는 저 사명, 즉 오로지 파괴적일 뿐인 저 사명으로부터 작가를 해방시켜 줍니다. 정신적인 생산수단의 사회화를 지식인이 성공적으로 추진할 수 있을까요? 지식인은 정신노동자를 생산과정 자체 내에서 조직화시키는 방법을 알고 있을까요? 그는 소설이나 희곡 및 시의 기능을 전환시키기 위한 방안들을 가지고 있는 것일까요? 지식인이 이러한 사명과 자신의 활동을 완벽하게 접목시키면 시킬수록 그만큼 그의 경향은 더욱 더 옳은 길을 가게 될 것이 되며, 그가 수행하는 작업기법 상의 질도 또한 필연적으로 그만큼 더 높아질 것입니다. 그리고 다른 한편으로 이런 식으로 생산과정에서의 자신의 위상에 대해 정확히 알면 알수록 지식인은 자신을 "정신적 인간"으로 내세울 생각이 그만큼 줄어들 것입니다. 파시즘이란 이름과 더불어 자기 소리를 내는 이 정신이란 것은 이제 사라져야 합니다. 자신의 신통력을 믿고 지식인과 대면하고 있는 이 정신은 곧 사라지게 될 것입니다. 왜냐하면 혁명적 투쟁은 자본주의와 정신 간에 벌어지고 있는 것이 아니라 자본주의와 프롤레타리아 간에 벌어지고 있기 때문입니다.

크리스치안 도이치만
「폭력 없는 지배 – 후기 자본주의 체제에 있어서의
대중문화와 매스컴」(1970)[1]

매스컴

대중문화가 산업의 발전과 최대 이익추구의 법칙에 종속됨에 따라 우리 사회에는 새로운 길잡이가 등장하게 되었다. 이 새로운 길잡이는 두 가지 일반적인 조건에 힘입어 나타났다. 그 하나는 생산력 발전의 계속적인 진행인데, 이것은 처음에는 산업혁명을 그리고 곧 이어 다음에는 학문적-기술적 혁명을 이끌었다. 이렇듯 생산력의 발전이 진행됨에 따라 정보전달과 소통의 기술적 제반 조건 또한 변화를 겪게 되었다. 인쇄술의 발명이 문학생산과 문학의 사회적 발전에 결정적인 변화를 가져왔듯이, 전자공학(영화, 라디오, 텔레비전)의 발전 및 책과 신문인쇄의 완벽화는 우리사회의 문화환경에 중대한 변화를 초래했다. 대중문화나 매스컴은 기술적인 생산력이 발전될 때 비로소 그 생산과 분배가 "대단위로" 이루어질 수 있다.

두 번째 조건은, 산업화가 집중적으로 이루어지는 분업의 발전과정에서 유난히 두드러지게 전면에 드러나는 문제, 즉 사회적 소통의 문제이다. 마

---

1) 『Funktionen bildender Kunst in unserer Gesellschaft』, Hrsg. v. der Arbeitsgruppe Grundlagenforschung der Neuen Gesellschaft für bildende Kunst, Berlin 1970. (쪽수 표기 없음.)

르크스는『자본론』에서 산업에서 생산방식의 혁명은 "사회적 생산과정의 일반적인 제 조건에 있어서의" 혁명, "다시 말해 소통수단과 교통수단"[2] 에 있어서의 혁명을 유발시킨다는 사실을 확인하고 있는데, 이것은 곧 사회적 소통을 두고 하는 말이다. 교통과 소통의 범위는 분업이 심화되고 생산성이 증가하면 할수록 그만큼 더 확장된다. "교통 산업과 소통 산업"[3]을 통해 이 사회적 중재업무, 즉 교통과 소통은 그 자체의 고유한 지위를 얻게 된다. 그러나 소통의 문제는 순수한 물질적인 생산영역에서만 대두되는 것이 아니다. "소통이란 교류관계를 뜻하는데, 물질적인 성격의 교류관계뿐 아니라 정신적인 성격의 교류관계도 포함한다."[4] 제반 경험과 정보교환으로서의 소통은 전반적인 사회적 필연성을 지닌다. 매스컴은 바로 이러한 필연성의 표출이라 할 수 있다. 분업과 폭넓은 대중이 사회적 노동과정에서 산업조직에 편입되는 현상 – 이러한 것들이 매스컴의 발생에 일익을 담당하는 요인들이다. 이러한 요인들이 증가하면 할수록 개인은 사회적 매스컴 과정에 그만큼 더 예속되며, 개인이 직접적으로 경험하고 체험할 수 있는 영역은 줄어든다. "산업화와 분업화 및 전문화가 진척되면 될수록 개인이 간접적 경험과 지식 및 인식에, 다시 말해 남의 정보에 의존하게 되는 정도도 심화된다."[5] 그러나 매스컴의 구체적인 작용방식에 결정적인 영향을 미치는 제3의 요인이 또 있다. 그것은 다름 아닌 사회적

2) Karl Marx, 『Das Kapital』, 1. In: 『MEW』, Bd. 23, Berlin 1969, S. 404.
3) Karl Marx, 『Das Kapital』, 2. In: 『MEW』, Bd. 24, Berlin 1969, S. 60.
4) Franz Knipping, 『Monopole und Massenmedien』, Berlin 1969, S. 8.
5) Ebda., S. 113.

소통의 중개자로서의 매스미디어가 "특정한 사회세력들의 수중에 들어있는 기구機構"라는 사실이다. "매스미디어가 어떤 사상을 퍼뜨리고, 어떤 지도이념을 따를 것을 요구하고, 또 매스미디어가 어떤 정보를 숨기고 어떤 정보를 전달하는가 하는 점 그리고 어떤 이상을 어떤 의도로 공포할 것이냐 하는 점 - 이러한 것들은 우선 매스미디어를 장악하고 있는 사람들에 의해 결정된다."[6] 시민계급의 미디어 이론가들은 매스미디어의 자율적 법칙과 매스미디어가 전달하는 내용을 즐겨 그대로 믿으려 한다. 그들은 종종 매스미디어가 미래의 비전을 제시해 주리라 믿는 가운데, 그것이 완전한 자기의지로 운영되는 기구 또는 브라운관 내지 그 밖의 소통 시스템의 세계라고 생각하면서, 정작 매스미디어의 권력관계에 관한 문제는 항상 다소간은 의식적으로 외면하고 있다. 그러니까 이른바 자율적 법칙의 구체적인 내용은 무엇이며, 이 구체적인 내용은 누구에 의해 만들어졌고, 또 그것이 누구의 관심을 대변하는가 하는 문제는 저 시민계급의 미디어 이론가들에 의해 외면당하고 있는 실정이다. 이 점에 관해 마르크스는 『독일 이데올로기(Deutsche Ideologie)』에서 중요한 지적을 하고 있다. "물질적 생산을 위한 제반 수단을 장악하고 있는 계급은 아울러 정신적 생산을 위한 제반 수단도 마음대로 활용할 수 있다. 따라서 정신적 생산을 위한 제반 수단을 소유하지 못한 사람들의 생각은 대체로 이 계급에 의해 좌우된다."[7]

---

6) Ebda., S. 11.

7) Marx und Engels, 『Deutsche Ideologie』. In: Bd. 3, S. 46.

그러니까 매스컴이 한편으로 사회적 의사소통의 필연적인 수단이라면, 매스컴은 결코 계급의 문제, 즉 의사소통 행위가 사회의 객관적인 이익을 염두에 둔 상태에서 이루어지느냐 그렇지 않으냐 하는 문제와 분리되어 평가되어서는 안 될 것이다. 계급간의 대립관계는 이른바 매스컴의 "자율적 법칙성"에도 불구하고 이 영역에도 또한 그늘을 던진다. 이러한 계급간의 대립관계를 고수하기 위해서는 피착취계급의 경제적 내지 정치적 억압 또는 첫머리에서 언급한 바 있는 이 계급의 문화적 획일화가 전제되며, 나아가서는 개인의 사회적 방향정립에 결정적인 영향을 미치는 필수 정보의 일방적인 공급이 전제된다. 사회가 복잡해지면 복잡해질수록 그리고 사회가 개인의 관점으로부터 파악되기 어려워지면 어려워질수록 그 사회의 조작, 즉 사회의 제반 정보의 적절한 취사선택을 통한 사회의 프로그래밍과 목표설정은 그만큼 더 용이해진다. 이를테면 국제 노동자운동 이념의 조직적이고 체계적인 억압은 제반 사회적 정보채널을 통해 보급되는 반공이데올로기의 적절한 배합을 통해 이루어지고 있으며, 오늘날까지 자본주의 질서를 유지하기 위한 가장 중요한 요소들 중의 하나임이 입증되고 있다.

의식산업의 체계

매스컴 분야에로의 영상매체 진입과 시각언어적 소통의 수단을 지닌 신문의 증가 그리고 정보와 오락과 새로 개발된 미디어(영화, 텔레비전, 라디오)로 이루어진 "고급"문화의 상호연결 내지 혼합은 지금까지 고수되어 왔던 예술, 문화, 오락 그리고 정보의 엄격한 구분에 문제를 던지고 있다. 이들 각 분야의 상호접근은 두 방면에서 이루어지고 있다. 고급문화가 대중문화를 거쳐 "실용문화"에 이르고, 한편으로 그것이 자본을 활용하기 위한 전략 내지 이데올로기를 충족시키기 위한 전략으로 이용되고 있는 동안, 사회정보 분야는 미학적인 매개형식을 통해 풍요로워졌다. 매스컴의 전형적인 산물인 지도이념은 새로운 류의 정보가 지닌 특징인바, 이 정보는 제반 내용들을 개념적이고 이성적으로 전달할 뿐 아니라, 인간의 모든 수용능력을 점유함으로써 총체성을 띤 정보로 변하고 있다. "문화와 예술의 비유적이고 직관적인 그리고 상상과 감정을 불러일으키는 작용방법은 지각과정을 지배이데올로기적인 면에서 조작할 수 있는 여러 가지 가능성을 열어 놓았다. 예술과 문화의 지도이념들이 전범적典範的 성격을 지니게 된 것이다. (...)"[8]

"의식산업"이란 개념은 대중문화와 매스컴이 혼합된 새로운 체계를 특징짓는다. 동시에 이 개념은 특수한 생산방식을 지칭하기도 한다. 다시 말해 대중문화와 매스컴은 개인의 경우에서처럼 동요되거나 예측불허의 상황에 빠져드는 일이 없으며, 분업방식으로 제작되는 생산품으로서 복잡한 조직과 영향 그리고 지도노선의 체계로부터 생겨난 것이다. "대량판매를 보장하는 상품이 무엇인가는 문화생산자와 문화소비자 간의 직접적인 상호관계를 통해서만 결정되는 것이 아니다. 여기에는 '여론'과 주도적 국가이념, 반공사상 그리고 보복주의 등이 정치적이고, 이데올로기적이며,

---

8) 「Imperialismus und Kultur」. In: 『Weimarer Beiträge』, Heft 3, 197, S. 113.

철학적이고, 문학적인 뉘앙스를 지니고 함께 작용한다."[9)]

여기서 의식산업이라 함은 제국주의적 의식산업을 의미한다. 이 의식산업은 자본주의체제의 이익추구 메커니즘이 만들어낸 것이다. 이 의식산업의 내용은 제국주의적 지배체제의 전략에 의해 정해진다. 여기서 이 의식산업은 그것을 규정하는 다음과 같은 이중적 특성에 힘입어 그 특수한 위상이 생겨난다. 즉 "제국주의적 매스미디어 분야에서는 기존질서를 이데올로기적으로 보장해 주고 공고히 해 줄 수 있는 바탕 위에서만 최대 이윤추구가 장기적으로 이루어질 수 있으며, 매스미디어의 정신적 투쟁을 통해서는 결코 그것이 달성될 수 없다. 생산자들을 위한 교환가치와 총자본을 위한 특수한 정치적 사용가치는 이러한 현상에 근거하고 있다."[10)] 독점자본은 의식의 내용을 전달하는 상품에 대해 이윤추구의 대상으로서 뿐만 아니라 일정한 사용가치로서, 즉 이데올로기의 전달자요 보급자로서 관심을 갖는다. 대중을 컨트롤하는 것도 이러한 관심에서 비롯된다. 이를테면 텔레비전이란 미디어가 서독에서는 영리를 목적으로 하지 않는다고 하지만, 국가보존을 위한 기구로서 현 질서의 유지에 신경을 쓰고 있기 때문에(각 방송국의 "프로그램 방침" 참고), 이 미디어를 통해 우리는 제국주의적 대중문화에서는 결코 교환가치적 측면만 중요시 되는 것이 아님을 알 수 있다.

(...) 의식산업에서 만들어 내는 생산품들은 단순히 사람들의 "기분을 전

---

9) 「Imperialismus und Kultur」, a. a. O., S. 108.

10) Peter Delitz, 「Konzentration der imperialistischen Bewußtseinsindustrie」. In: 『DWI-Berichte』, 7~70, S. 9.

환시키고", 사람들에게 단지 수동적인 영향만 줄 뿐이라는 세간의 말은, 사회적 행동은 지도이념들을 통해 익혀진다는 사실과 대립된다. 방향정립에 필요한 정보를 의도적으로 차단하고, 그릇된 방책을 제시하며, 불신을 해소하고 기존의 상황에 길들게 하는 이러한 작용은 여러 경로와 우회로를 통해 이루어지고 있다. 이로 인해 잠재적인 계급투쟁가는 자기를 지배하고 있는 세계를 무의식적으로 받아들일 수밖에 없는 충실한 "사회적 파트너"가 된다. 그리고 또 한 가지 부연해야 할 사항은 제국주의적 의식산업의 소비자들은 "세계에서 일어나는 제반 사건에 대해 자국 내에서, 아니 심지어 자기가 살고 있는 지역 내에서 조차도 항상 수동적인 방관자로서 통보를 받게 된다. 그는 이러 저러한 사건의 발전에 영향을 미칠 수 있는 방도를 대체로 전달받지 못한다. 그렇다, 심지어 그에게는 어떤 사건의 근본적인 원인과 결과조차도 통보되지 않는다."[11]

방관자로서의 소비자, 이것이 공개적이고 합법적인 텔레비전의 체제옹호적인 뉴스로부터 시작해서 영화관에서 벌어지는 섹스의 향연을 즐기는 관음증에 이르기까지 의식산업의 모든 부문이 그 효과를 기대하는 슬로건이다. 방관자로서의 소비자는 자기 자신의 억압 내지 자신의 억압된 소망과 에너지를 목격하지만, 이것들은 몰라볼 정도로 왜곡된 상태로 그 앞에 제시된다. 이리하여 세계정치의 메커니즘과 법칙성에 관한 방관자의 통찰이 왜곡된다. - 보시라, 정치하는 사람들을 심지어 살이 닿을 정도로 가까이서 볼 수도 있다. 또 여기서는 신체구조상의 세세한 부분에 이르기

---

11) 『Manipulation』, Berlin 1969, S. 247.

까지 사람들과 접촉할 수도 있다. – 체제 전반에 대해 반대 입장에 서는 것이 불편하지 않은 경우 수백 명의 사람들이 단칼에 곧장 쓰러지는 장면도 목격할 수 있다. 이 모든 것이 항상 사람의 즐거움을 빼앗아 가려하는 공산주의자들을 공격하기 위한 무기로 사용된다.

클라우스 크라이마이어
「매스미디어의 유물론적 이론에 관한 근본적 성찰」
(1971)[1]

허상의 지배

자본주의의 소비재산업으로부터 생산된 생산품들 대부분은 소비자들을 위한 사용가치를 전혀 지니지 않았거나 지니고 있다 하더라도 그 정도가 아주 미약하다. 이 생산품들의 유용성을 실제로 엄격하게 검사해 보면 틀림없이 부정적인 판정이 나올 것이다. 하지만 이러한 검사를 시행하지 않는 이유는 광고 때문이다. 이를테면 광고는 생산품이 "우리가 생각했던 것과 같다"라는 암시를 준다. 그러나 실제로는 그러한 기대를 충족시켜 주지 못하거나 부분적으로만 충족시켜 줄 뿐이다. 독점자본주의 체제하에서는 광고가 맹위를 떨침으로 인해 허상이 실상을 지배하게 된다. 하우크는 다음과 같이 피력하고 있다. "모든 상품은 이중적으로 생산된다. 첫 번째 것은 사용가치이고, 두 번째 것은 사용가치의 환영幻影이다. 왜 그런가 하면 교환가치의 입장이 그 목표를 달성하는 상품의 판매에 이르기 전까지는 사용가치가 대체로 단지 허상의 역할밖에 하지 못하기 때문이다."[2]

---

1) 『Sozialistische Zeitschrift für Kunst und Gesellschaft』, 1971. H. 7. 81~84쪽에서 발췌.

2) Wolfgang Fritz Haug, 「Zur Kritik der Warenästhetik」. In: 『Kursbuch 20』, S. 143, Frankfurt 1970.

하지만 소비자들에 의해 상품이 팔려서 그 생산품의 사용가치가 입증될 수 있는 시험단계에 들어섰다고 해서 그것이 허상적 성격을 완전히 탈피하는 것은 아니다. 광고는 "교환가치의 입장", 즉 자본가의 입장으로 하여금 소비자와 생산품 간의 거래가 이루어지는 도중에도 그 유령적 본성을 발휘하게 하며, 나아가 사용하는 도중에도 계속해서 그것이 작용하도록 한다.

지각知覺의 후견인으로서의 광고

스포츠카 소유자의 물신숭배사상 속에는 — 심리분석적 영역에서도 항상 이에 대해 탁월한 논거가 제시되듯이 — 자본의 소유자가 상품의 교환가치, 즉 물질을 추상화시킨 허상 내지 거짓 아름다움을 통해 전파하는 물신숭배사상 또한 — 아니 무엇보다도 물신숭배사상이 — 작용하고 있다. 이런 일이 일어날 수 있는 이유는 광고의 제반 암시들이 지각과정 자체를 혼란시키기 때문이다. 이 암시들은 반영과정에서 실제와 모사의 관계 속을 파고 들어가 객관적 현실과 의식 그리고 행위와 인식 간의 피드백 체계에 영향을 미치고, 나아가서는 이 체계의 후견인을 자처함으로써 반영과정의 변증법을 훼방 놓는다. 광고는 인간의 의식을 파고 들어가 소비자로 하여금 이 상품 혹은 저 상품을 구매하도록 부추길 뿐 아니라, 이 세상을 상품세상으로 변화시키고, 모든 사물 속에 베냐민이 말한 "상품혼"을 불어넣는다. 베냐민에 의하면 이 상품혼의 눈에는 "모든 사람이 다 구매자로 보임"에 틀림없다. 이 상품혼은 "구매자의 손에 안기거나 그의 집에서 안식을 취하고자 한다."[3]

세상 = 상품세계

광고가 의식의 후견역厚絹役을 자청하고 나섬으로써 인간의 인식기관을 "자체 조정기능 체계"로 특징짓는 것에 의문이 제기된다. 다시 말해 – 경험이란 객관적 현실이 사회적으로 중재된 반영의 산물인데 – 이 경험을 "우리 능력 밖에서 존재하는 현실" 속에 실제로 적용시켜 단단하게 다지거나 혹은 수정할 수 있는 인식기관의 능력에 의문을 품게 된다는 말이다. 이렇게 되면 상품의 세계에서는 다름 아닌 객관적이거나 객관세계와 관련된 제반 감각의 수련과 활용이 위협받게 된다. 이런 상황을 엥겔스는 다음과 같은 말로서 특징짓는다. "우리가 우리의 제반 감각을 올바르게 단련시키고, 올바르게 사용하는 한 그리고 우리의 행동양식을 올바로 형성되고 올바로 사용되는 지각을 통해 제어할 수 있는 한, 우리는 지각된 사물과 대상적 자연이 일치한다는 증거를 우리 행위의 결과를 통해 확인할 수 있게 될 것이다."[4]

매스컴과 광고

광고의 작용방식은 이미 오래전에 자본주의적 매스컴의 내적 작용법칙

---

3) Zitiert nach Haug., a. a. O., S. 147.
4) 『MEW』, Bd. 22, S. 296.

으로 통용되어 오던 것이 단지 더 노골적으로 드러난 것에 지나지 않는다. 매스미디어는 그것이 광고의 전달자로 나섬으로써 광고에 예속되고 있을 뿐 아니라, 그 본래의 유기적 구조는 이미 광고의 본질로 인해 파괴된 상태이다. "오늘날 전 산업이 만들어내는 저 선전과 오락의 허상세계"[5]에 매스컴도 함께 장단을 맞추고 있다. 매스미디어는 이제 한 시대의 카메라옵스큐라(사진용 암실)가 되어 버렸다. 여기서 한 시대라 함은 이제 더 이상 개별적인 존재로서의 자본가가 아니라 "지배계급을 형성하고 있는" 독점기업이 "(...) 무엇보다도 생각하는 존재로서도, 사유의 생산자로서도 군림하면서 당대의 제반 사유의 생산과 분배를 조정하고, 아울러 이 독점기업이 품고 있는 생각이 곧 그 시대의 지배적 사상이 되는"[6] 그러한 시대를 의미한다.

텔레비전 프로그램 = 광고 프로그램

독일 연방공화국 텔레비전 방송국은 뉴스시간에 뉴스만 보도하는 것이 아니라 허상의 세계를 선전하는 광고를 내보냄으로써 체제 유지의 기능을 수행한다. 이 허상의 세계에서는 특별한 사건들만 존재하며, 갖가지 사건이 우연히 발생하는 사건으로서만 다루어진다. 여기에서는 사회경제적인 발전으로서의 역사 내지 인간에 의해서 능동적으로 정복되고 조정되

---

5) Haug., a. a. O., S. 141.

6) Karl Marx, 『Deutsche Ideologie』. In: Frühschriften, Stuttgart 1964, S. 374.

는 시간으로서의 역사는 삭제된다. 경쟁프로그램과 퀴즈프로그램으로 구성된 제반 오락성 쇼는 경쟁체제의 논리를 합리화시키기 위한 선전방송이다. 이 논리는 항상 통용되어 왔고 또 앞으로도 계속 통용되므로 이것을 숙명으로 받아들여야 한다. 이 논리는 바로 이 숙명성 때문에 의미가 있으며, 다른 대안을 허용하지 않는다. 텔레비전의 가정물 시리즈는 소비자 자신의 시민계급적 가정구조로 인해 곤궁에 처했다는 점을 선전하는 광고방송이다. 다시 말해 이 곤궁이 사회구조 내지 경제구조 때문에 야기된 것이라는 사실을 은폐하고 있다.

미디어와 반영의 법칙

위와 같은 제반 상황을 당연한 것으로 절대화시키고, 다시 말해 그것들을 역사의 궤도로부터 이탈시켜서 불변의 상황으로 신비화시키는 사람은 숙명적 체념자가 될 뿐 아니라, 반영의 법칙을 그 핵심에서부터 부인하게 된다. 오늘날의 매스컴은 사실상 모든 인식의 토대인 "삶과 실천의 관점"을 파괴시키는데 그 목적을 두고 있다. 그러나 이러한 상황 자체도 알고 보면 "사상의 생산과 분배"를 조절하는 저 분야에서의 삶과 실천의 반영, 즉 사실상 지배적이고 독점적인 제반 생산관계의 반영에 지니지 않는다. 반영의 법칙을 파기하지는 않더라도 이를 중화시키는 경향은 지니고 있는 매스미디어도 그 자체로서 하나의 반영현상일 뿐이다. 이러한 모순은 이데올로기적 모순의 형태로 소비자의 머릿속에 잠재해 있다가 소비자가 일단 생산력이 될 경우(즉 경제적 토대에 관여할 경우), 그리하여 제반 생산관계와 충돌하게 되면 백일하에 제 모습을 드러내게 된다. (...)

테오도르 발터 아도르노
「서정시와 사회에 대한 담화」(1957)[1]

　서정시와 사회에 대한 강연을 한다니까 여러분 중에 더러는 별로 내키지 않은 기분이 드는 분도 있을지 모르겠습니다. 여러분은 임의로 모든 것을 연구대상으로 삼을 수 있는 사회학적 관찰을 머리에 떠올릴 것입니다. 오늘날 사람들이 사화학적 관찰방법을 고안해 냈듯이 오십 년 전에는 사람들이 심리학을 통해 그리고 삼십 년 전에는 현상학을 통해 생각이 미치는 모든 사물의 이치를 밝혀내고자 했습니다. 여러분은 지금 문학적 구조물이 형성될 수 있는 제반 조건에 대한 논의 및 이 문학적 구조물의 작용에 대한 논의가 주제넘게도 구조물 그 자체의 경험이 차지하고 있는 자리를 빼앗을까 봐 잔뜩 걱정을 하고 있을 것입니다. 즉 여러분께서는 대상의 사실성 및 비사실성 그 자체에 대한 통찰 대신에 대상의 곁가지와 대상과 관계설정을 이루고 있는 것들이 주로 다루어지는 것이 아닐까 하는 의혹을 품을지도 모르겠습니다. 여러분은 헤겔이 "형식적 오성(formeller Verstand)"이라고 비난한 행위를 바로 한 지식인이 다시금 답습하는 오류를 범하는 것이 아닌가 하고 의아해 할지 모르겠습니다. 다시 말해 그가 전체를 조망하기 위해 개별적인 현존재 위에 서서 그것에 대해 이야기 하지만, 실은 그것을 전혀 보지 못한 채 그 이름만 들먹거리고 있지 않나 하

---

1) Theodor W. Adorno, 『Notizen zur Literatur I』, Frankfurt 1958, 73~78쪽에서 발췌.

고 불안해 할 것입니다. 이러한 연구방법이 여러분의 심기를 불편하게 하는 경우를 여러분은 특히 서정시에서 경험하게 됩니다. 서정시에서는 가장 섬세하고 연약한 것이 감지되어야 하지만, 그것이 곧 사회기구와 연결되어야 합니다. 사회기구와 절연된 상태를 유지한다는 것은 고작해서 서정시의 전통적인 의미에서 본 이상 속에서나 가능한 일입니다. 표현분야는 사회화의 힘을 부정하느냐, 아니면 보들레르나 니체의 경우처럼 거리의 파토스(Pathos des Distanz)*를 통해 그것을 극복하느냐에 따라 그 본질이 달라지며, 또 그 표현분야의 관찰방법에 따라 표현분야 그 자체에 담겨 있는 것과는 정반대의 엉뚱한 것이 엮어 지기도 합니다. 심미안이 없는 사람이나 서정시와 사회라는 주제에 관해 이야기 하지 그밖에 누가 그런 것에 대해 이야기할 수 있겠느냐고 여러분은 물을 것입니다.

이와 같은 혐의는 서정적 구조물이 사회학적 명제의 전시대상으로 남용되지 않고, 이 구조물과 사회와의 관계를 다룸에 있어 이 구조물 자체로부터 그 어떤 본질적인 것, 이 구조물의 질적인 바탕이 되는 것을 찾아낼 때 비로소 불식될 수 있습니다. 달리 말해 서정적 구조물과 사회와의 관계는 예술작품과 분리시켜서는 안 되며, 오히려 그것과 밀접하게 연관시켜서 생각해야 할 것입니다. 이러한 요구에 대한 기대는 물론 복잡한 생각을 거치지 않고도 충족될 수 있습니다. 왜냐하면 시의 내용은 단순히 개인적인 충동과 경험의 표현이 아니기 때문입니다. 개인적인 충동과 경험은 심미적인 형상화의 특수성에 힘입어 보편의 세계에 참여하게 될 때 비로소 예

---

* 소재, 즉 내용과 거리를 두고 형식에 정열을 쏟는다는 뜻이다.

술성을 띠게 됩니다. 서정시에 표현된 세계가 곧 모든 사람들이 체험한 세계가 되어야 하는 것은 아닙니다. 서정시의 보편성은 대중의 의지의 표현이 아닙니다. 다른 사람들이 소통시키지 못하는 세계를 단순히 소통시켜 놓은 것도 아닙니다. 왜곡되지 않은 세계, 미 파악된 세계, 아직 추론되지 않은 세계를 드러내 보일 때, 그리고 또한 사이비 보편적 세계, 다시 말해 지나치게 개별적인 세계가 다른 쪽 세계, 즉 인간적인 세계를 더 이상 구속하지 않는 상황으로부터 서정시가 정신적으로 무언가를 선취할 때 비로소 개인적인 세계로의 침잠은 서정시를 보편적인 세계로 끌어 올리게 되는 것입니다. 서정시는 가차없는 개인화를 통해 보편의 세계로 들어가기를 열망합니다. 그러나 서정시가 지닌 개인화의 원리는 결코 의무성과 신빙성의 창출을 보장하지 않는다는 점이 서정시가 안고 있는 독특한 위험성입니다. 서정시는 균열되어 단순한 삶의 우연성에 빠지는 자신을 통제할 힘을 지니고 있지 않다는 얘기입니다.

그러나 서정시의 내용에 깃든 보편성은 근본적으로 사회성을 띠고 있습니다. 시의 고독한 세계 속에서 인간의 음성을 듣는 사람만이 시를 이해할 수 있습니다. 그러나 서정적 언어의 고독성 그 차제도 실은 개인적인 그리고 궁극적으로는 원자적으로 구성된 사회의 산물이며, 거꾸로 이 서정적 언어의 보편적 구속력은 이 언어가 지니고 있는 개인화의 밀도에 의해 유지됩니다. 그 때문에 예술작품은 사회적인 내용에 대해 구체적으로 문의할 사상적 권리와 의무를 지니고 있습니다. 다시 말해 보편세계와 포괄적인 세계에 대한 막연한 감정에 안주해서는 안 됩니다. 이러한 사상적 규정은 결코 예술과 거리가 먼 예술 외적성찰이 아니며, 모든 언어적 구조물이 요구하는 것입니다. 언어구조물의 고유한 재료인 개념들은 단순한 직관만으로는 완전히 파악되지 않습니다. 미학적으로 직관될 수 있기 위해서 이 개념들은 항상 사유되어지기를 원합니다. 그리고 이 사유는 일단 시로부터 떨어져 나와 작용하기 시작하면 시의 지시를 따르지 않게 됩니다.

그러나 이러한 사유, 즉 서정시나 그밖에 다른 모든 예술작품의 사회적인 해석은 곧장 작품의 사회적인 입장이나 사회적인 관심영역을 목표로 해서는 안 됩니다. 나아가 곧바로 작가의 사회적인 입장이나 사회적 관심영역을 목표로 해서는 더더욱 안 될 것입니다. 서정시의 사회적 해석을 위해서는 오히려 그 자체가 모순에 가득 찬 통일체인 한 사회의 총체가 예술작품에 어떻게 나타나는가를 살펴보아야 합니다. 다시 말해 예술작품이 어떤 면에서 이 사회의 뜻에 따르며, 어떤 면에서 사회를 초월하는가를 규명해야 할 것입니다. 이러한 것을 추구하는 방법은, 철학적 표현을 빌리면, 작품에 내재되어 있습니다. 사회적 제 개념들을 외부로부터 언어적 구조물로 접근시켜서는 결코 안 되며, 이 구조물 자체에 대한 정확한 직관으로부터 그것들이 추출되어야 합니다. 괴테의 『원리와 성찰(Maximen und Reflexion)』에 들어 있는 문장, 즉 네가 이해하지 못한 것은 소유하지도 못한다는 말은 예술작품과의 미학적 관계에만 적용되는 것이 아니라 미학이론에도 적용됩니다. 이를테면 작품과 작품 그 자체의 형상 속에 들어있지 않은 것은 그 어느 것도 작품의 내용이, 즉 창작된 것 차제가 사회적으로 무엇을 표상하는 가에 대해 결정할 권한이 없습니다. 이를 결정하기 위해서는 물론 예술작품의 안쪽 세계를 알아야 할 뿐 아니라 예술작품의 외부에 존재하는 사회에 대해서도 알아야 합니다. 그러나 이러한 지식은 그 것이 순수하게 사실 그 자체에 내맡겨져 있는 상태에서 재발견될 경우에 한해 구속력을 지니게 됩니다. 그러니까 냉철한 정신이 요구됩니다. 더구 나 이데올로기 개념이 참을 수 없을 정도로 확장되어 있는 오늘날에는 말 입니다. 왜냐하면 이데올로기는 사실이 아니며, 허위의식이요, 거짓이기 때문입니다. 이데올로기는 예술작품이 실패하는 곳에서, 즉 가짜 예술작 품 속에서 그 모습을 드러냅니다. 그래서 비판의 표적이 되는 것입니다. 그러나 위대한 예술작품은 형상화에 그 본질을 두고 있으며, 바로 이 형 상화를 통해서 실제적 현존재가 지닌 제반 주요 모순을 경향적으로 해결 합니다. 이와 같은 예술작품을 두고 이데올로기 운운하는 것은 이 작품이 담고 있는 본래의 사실내용에 위해를 가하는 짓일 뿐 아니라, 이데올로기 개념마저 왜곡시키는 행위입니다. 위대한 예술의 고유한 사실내용은 모 든 정신은 어떤 인간이 어떤 개별적인 관심을 보편적인 관심으로 위장시 키는 일에만 쓸모가 있다고 주장하지 않습니다. 그것은 그러한 작업보다 는 그릇된 정신의 정체를 밝혀내고 동시에 이 잘못된 정신이 생기게 되는 필연성을 파악하고자 하는데 주력합니다. 그러나 무엇보다도 예술작품은 이데올로기가 은폐하고 있는 것을 폭로한다는 점에서 진정 그 위대성을 찾아볼 수 있습니다. 예술작품의 성공 그 자체는 그것이 원하든 원하지 않 든 허위의식을 뛰어넘었다는 뜻입니다.

그럼 이제 여러분이 품고 있는 의혹 쪽으로 화제를 돌리겠습니다. 여러 분은 서정시를 사회와 반대되는 세계로, 전적으로 개인적인 세계로 느끼 고 계실 것입니다. 여러분의 감정은 서정시의 표현이 물질적인 무게를 떨

처버리고 현실적 실천세계의 구속 또는 유용성의 억압과 집요하게 가해오는 자기보존의 압력으로부터 해방된 삶에 대한 표상을 제시해야 한다고 주장할 것입니다. 서정시, 처녀처럼 순결한 언어로 엮어진 서정시에 대한 이러한 요구는 그러나 그 자체가 이미 사회적입니다. 서정시에는 개인 각자가 스스로 적대적이고 낯설고 냉혹하고 억압적인 세계로 경험하는 사회상황에 대한 반항이 함축적으로 담겨 있습니다. 서정적 구조물에는 이러한 사회상황이 부정적으로 각인되어 있는 것입니다. 사회상황이 자신을 무겁게 내리누르면 누를수록 서정적 구조물은 그만큼 더 완강하게 그것에 저항합니다. 이를테면 이 구조물은 타율적인 세계에 절대 복종하지 않고 전적으로 자율적인 법칙에 따라 구성됩니다. 서정적 구조물은 단순한 현존재의 세계로부터 거리를 취함으로써 이 세계의 잘못된 점과 나쁜 점을 구별하는 척도가 됩니다. 이 세계에 대한 반항을 통해서 시는 현실과는 다른 세상을 꿈꾸는 것입니다. 사물의 범람에 대한 서정적 정신의 혐오증은 세상의 물화 및 인간을 지배하는 상품에 대한 반작용의 한 형태입니다. 이러한 물화현상이나 상품지배 현상은 근세 초 이래로 확산되기 시작했으며, 산업혁명 이후에는 인간의 삶을 지배하는 폭력으로 발전했습니다. (...)

테오도르 발터 아도르노
「예술사회학을 위한 명제」(1965)[1]

롤프 티데만(Rolf Tidemann)에게 바침

1

예술사회학은 말뜻 그대로 예술과 사회에 관계된 제반 관점들을 모두 포괄한다. 예술사회학을 이를테면 예술작품의 그 어떤 사회적 작용에 한 정시킬 수는 없다. 왜냐하면 예술작품의 사회적 작용 자체가 예술과 사회 의 종합을 통해 이루어진 관계의 한 계기에 지나지 않기 때문이다. 이러한 작용을 별도로 떼어 내서 예술사회학을 위한 유일한 가치를 지닌 대상으 로 선언한다 함은 그 어떤 성급한 정의도 거부하는 예술사회학의 객관적 관심을 방법우선주의로 치환한다는 뜻과 같다. 다시 말해 경험적 사회연 구방법을 우선한다는 의미가 된다. 방법우선주의는 이러한 연구방법을 통해 작품의 수용관계를 확인하고, 그 수용의 양적인 면을 파악할 것을 요 구한다. 그러나 이 쪽 한 영역만을 독단적으로 고수할 경우 객관적 인식이 라는 이름으로 객관적 인식을 절대화시킴으로써 객관적 인식 그 자체를 손상시킬 우려가 있다. 그도 그럴 것이 예술작품, 아니 정신적 구조물 일 체의 작용은 그것의 수용자들에 대한 관찰을 통해 충분히 규정되는 절대

---

1) Theodor W. Adorno, 『Ohne Leitbild. Parva Aesthetica』, Frankfurt [4]1970, 94~103쪽에 서 발췌.

적이고 궁극적인 현상이 아니기 때문이다. 이 작용은 오히려 예술 급보급 과정에서 나타나는 무수한 메커니즘과 제반 사회적 통제 및 권위 그리고 궁극적으로는 예술작품의 작용관계가 드러나는 사회구조에 의해 좌우된다. 그밖에도 예술작품의 작용, 즉 영향(Wirkung)*은 영향을 받는 사람들의 사회적으로 조건 지어진 의식과 무의식 상황에 의해서도 좌우된다. 미국에서는 경험적 사회연구가 이미 오래 전부터 이러한 사실을 인정하고 있다. 이를테면 사회연구 분야에서 가장 저명하고 확고부동한 자리를 차지하고 있는 대표자 중의 한 사람인 레이저스펠트는 『라디오 연구 1941 (Radio Research 1941)』이라는 책자에다 집단작용의 개념규정에 관한 문제를 집중적으로 다룬 두 가지 글을 발표했는데, 이 집단작용은, 실버만의 논쟁적인 의도를 내가 제대로 이해했다면, 음악사회학의 유일한 정통분야를 이룬다는 것이다. 다시 말해 'plugging', 즉 인기곡이 되게 만드는 입체광고에 관한 글과 역사적인 변화를 겪으면서 영향의 세계와 복잡한 관계를 맺게 되는 음악 자체의 특정한 구조적 문제를 다룬 글이 그것이다. 이 문제에 관한 자세한 논고는 『성실한 오페라 성악교사(Getreuen Korrepetitor)』라는 글의 '라디오의 음악적 적용에 관해(über die musikalische Verwendung des Radios)'라는 장에 실려 있다. 이러한 문제제기를 공평하게 인정하지 않을 경우 우리의 음악사회학은 이미 미국의 연구가 이룩해 놓은 수준에 조차도 미치지 못하게 될 것이다.

---

* Wirkung은 우리말로 효과, 작용, 영향 등으로 번역되나 여기서는 전후 문맥을 고려하여 작용 또는 영향으로 옮겼다.

2

    망명지로부터 돌아온 이후 간행된 나의 음악사회학에 관한 출판물들이 경험적 사회연구와 대립적인 경향을 띠고 있는 것으로 이해되고 있음은 전적으로 오해에서 비롯된 것이라는 생각이 든다. 이 자리에서 강조하건데, 나는 위의 글들에서 경험적 사회연구의 제반 방법을 중요한 방법으로 간주하고 있을 뿐 아니라 음악사회학의 연구에도 잘 부합되는 방법으로 판단하고 있다. 매스미디어의 전 생산품은 경험적 사회연구에 가장 적합한 연구대상이다. 그런가 하면 이 경험적 제 방법에 의해 연구된 결과물들은 매스미디어에 의해 다시금 이용된다. 미국에서 제일 큰 상업방송국 중의 하나인 CBS의 현 국장이 현재의 직책을 맡기 전에는 자기가 다니던 회사의 사회연구실장이었다는 사실은 위의 언설과 무관하지 않다. 그러나 설문유형에 대한 제반 검증이 관심 있는 사람들에게만 정보를 제공하는데 그치지 않고, 폭넓은 사회적 인식에 실제로 기여해야 한다면, 이 설문유형들에 대한 검증을 올바른 연관관계로 옮겨 놓는 일은 결코 철학적 성찰이 아니라 가장 단순한 이성의 요구에 의해서 수행된다고 나는 생각한다. 실버만도 이러한 작업을 요구하는 가운데, 쾨니히에 이어서 예술사회학의 분석적 기능에 관해 역설한다. 레이저스펠트는 당시에 여기에 동조하면서 이를 단순히 행정적인 연구와는 반대되는 의미에서 비판적 커뮤니케이션 연구라는 개념으로 표현했다. 실버만에 의하면 예술사회학이 중점적으로 이루어야 할 분야는 "예술체험"인데, 이 예술체험이란 개념이 제시하는 문제는 그때그때 "체험되는" 사건과 이러한 사건이 발생하게 되는 조건을 살펴봄으로써만 해결될 수 있다. 설문유형들에 대한 제반 검증은 이런 맥락 속에서만 올바른 위상을 획득하게 된다. 문화소비자나 이 분야에 관한 일반적인 전문지식을 갖춘 사람에게 이렇다 할 열쇠어를 제시하지 못하는 예술체험은 그 실체를 파악하기가 여간 어렵지 않다. 다시 말해 이러한 예술체험의 경우 고도의 전문적인 식견이 있는 사람을 제외하고는 그것을 파악하기 그리 용이하지 않다. 많은 사람들의 경우 이 예술체험을 말로 표현하기란 쉬운 일이 아니다. 게다가 전반적인 자극체계를 형성하는 매스컴에서는 개별적인 체험보다는 누적된 효과를 더 중시한다. "예술체험들"은 오로지 그 체험대상과 상대적인 관계를 형성한다. 따라서 예술체험은 이 대상과의 대질이 이루어질 때만 그 의미가 확인될 수 있다. 예술체험은 외형상 최초의 것을 체험하는 것처럼 보이지만 사실상 그것은 하나의 누적된 결과물이다. 예술체험들 뒤에는 헤아릴 수 없이 많은 예술체험들이 깔려있는 것이다. "예술체험들"이 그 대상에 적합한 올바른 체험인가 그렇지 않은가 하는 문제라든가, 고전계열에 편입된 예술작품의 집단수용을 통해 제기된 문제 등, 분명 사회학적으로 아주 중요한 이러한 제반 문제들은 주관적으로 설정된 단순한 방법들을 통해서는 결코 파악될 수 없다. 예술사회학의 이상은 제반 객관적인 분석들 - 즉 작품의 분석들 - 및 구조적이고 전문적인 작용의 메커니즘에 대한 분석과 분류 가능한 제반 주관적인 소견에 대한 분석을 서로 비교하고 종합할 때 달성될 수 있을 것이다. 이 분석들은 상호 보완관계에 있음에 틀림없다.

3

예술과 예술에 관계되는 모든 것이 사회적 현상인가 하는 문제는 그 자체로 이미 하나의 사회적 문제이다. 질 높은 예술작품이지만 양적인 기준에서 보면 사회적으로 별 역할을 못하는 경우들도 있다. 실버만에 의하면 이와 같은 작품들은 바로 이런 이유로 관심의 대상에서 제외되어야 한다. 그러나 이렇게 될 경우 예술사회학은 빈곤을 면치 못하게 된다. 왜냐하면 수준 높은 예술작품들이 그물에서 모두 빠져나갈 것이기 때문이다. 어떤 예술작품이 높은 수준에도 불구하고 두드러진 사회적 영향을 미치지 못한다면 그것은 낮은 수준의 예술작품이 사회적으로 현저한 영향을 미치는 경우와 마찬가지로 사회적 문제가 되지 않을 수 없다. 예술사회학은 이러한 문제를 바라만 보고 있어야 하는가? 예술작품의 사회적 내용은 그 자체가 이따금, 이를테면 인습적이고 경직된 의식형태와 대면하게 되면, 사회적 수용에 본질적으로 저항한다. 이러한 현상은 19세기 중엽에서 찾아봄직한 역사의 문턱을 기점으로 해서 곧장 자율적인 구조물의 원리로 통용되기 시작한다. 이러한 현상을 소홀히 다루는 예술사회학은 고객을 끌어들일 수 있는 기회의 유무를 계산하고자 하는 판매대리점에게나 필요한 단순한 테크닉이 되고 만다.

4

예술사회학이 제반 영향 관계의 검증을 준수해 주기바라는 견해의 잠정적 원리는 예술작품이 영향에 대해 주관적 성찰을 한다는 것이다. 영향은 이러한 학문적 태도에 자극제 역할을 한다. 매스미디어는 이러한 학문연구모델에 여러모로 잘 부합된다. 다시 말해 매스미디어는 제반 영향관계를 측정하고, 이 예측된 영향관계를 근거로 해서 프로듀서의 이데올로기적 목표에 따라 프로그램이 제작된다. 그러나 이러한 연구태도가 보편적으로 통용되는 것은 아니다. 자율성을 띤 예술작품은 그 자체의 내적 법칙성, 즉 예술작품을 의미 있고 조화로운 형성물로 구성해 주는 원리를 따른다. 그밖에 영향의 의도도 작용할 수는 있을 것이다. 영향과 저 객관적인 계기들 간의 관계는 대단히 복잡하고 다양한 양상을 띤다. 그러나 이 관계가 분명 예술작품의 알파와 오메가는 아니다. 예술작품은 그 자체가 하나의 정신적인 세계이며, 그것이 정신적으로 어떻게 구성되어 있는가에 따라 그 인식 및 규정 또한 달라진다. 다시 말해 예술작품은 아무렇게나 만들어진 알 수 없는, 즉 그 구성의 근거를 분석할 수 없는 사유의 집적이 아니다. 예술작품에는 작품의 객관성과 내용을 - 신고독일어로 말해서 - 괄호 밖으로 밀어내고(ausklammern) 싶어 하는 연구방식이 도달할 수 있는 세계와는 비교가 되지 않을 정도로 풍요한 세계가 담겨 있다. 바로 이 제외된 것들이야말로 사회적 연관관계를 지니고 있다. 그렇기 때문에 작품의 정신적인 규정은, 그것이 긍정적이든 부정적이든 영향관계를 다루는 제반 작업에 포함시켜야 될 것이다.

예술작품은 개념이나 판단 또는 추론 등과는 다른 논리의 세계에 속해 있기 때문에 객관적인 예술적 내용에 대한 인식은 상대성의 그늘에 드리워지지 않은 수 없게 된다. 그러나 이러한 상대성으로부터 객관적인 내용 일반의 원칙적인 부정에 이르는 길은 상당히 멀기 때문에 그 차이점을 하나로 묶어서 관찰해도 좋을 것이다. 이를테면 베토벤이 후기에 작곡한 사중주곡들 중에서 한 작품을 골라 그 객관적인 내용을 논리적으로 규명하는 것은 지난한 일이겠으나, 이 내용과 히트송의 내용과의 차이는 기교적인 부분에 이르기까지 간단명료하게 규명될 수 있다. 일반적으로 예술에 관해 문외한인 경우, 예술작품에 대해 어느 정도 지식을 지니고 있고 예술작품을 얼마간 이해하는 사람들에 비해 예술작품의 비합리성을 훨씬 더 강조한다.

예술작품에 내재되어 있는 사회적 내용 또한 그 규명이 가능하다. 이를테면 베토벤과 시민적 자율성 내지 자유와의 관계, 나아가 작곡방법과의 관계 등등, 이 모든 것들은 얼마든지 규명될 수 있다. 이러한 사회적인 내용은 무의식 속에서도 영향을 위한 촉매역할을 한다. 이런 점에 관심을 두지 않을 경우 예술사회학은 예술과 사회 간의 제반 깊은 관계를 놓치고 마는 결과를 초래하게 될 것이다. 예술과 사회와의 관계는 예술작품 그 자체 속에 결정체로 존재한다.

5

이 점은 예술적 질質의 문제와도 연결된다. 이 문제는 우선 소박하게 표현해서 모든 미학적 수단들이 미학적 목적에 부합되느냐 하는 문제, 즉 적실성適實性의 문제이며, 다음으로는 목적 그 자체의 문제에서도 이 문제는 - 이를테면 고객을 부추기기 위함이든 아니면 정신적 객관성을 염두에 두든지 간에 - 사회학적 연구의 대상이다. 사회학적 연구가 직접적으로 그러한 비판적 분석은 하지 않는다고 하더라도 연구의 전제조건으로는 그것이 필요로 한다. 이른바 가치중립성에 대한 요구도 비판적 분석은 피할 수 없다. 요즈음 들어 일각에서는 가치중립성에 대한 문제를 새삼스럽게 들고 나올 뿐 아니라, 심지어는 그것을 사회학의 주요 논점으로 만들려고 시도하지만 가치중립성에 대한 일체의 논의는 이미 한물 간지 오래다. 자유 부동浮動하는, 말하자면 사회적 연관관계가 없거나 정신의 구현과는 동떨어진 지점에서 구축된 가치의 세계들로부터는 어떤 관점도 제대로 형성될 수 없다. 이러한 가치관에 입각한 관점은 독단적이거나 나이브한 관점이 될 수밖에 없다. 가치개념 그 자체가 이미 정신세계의 객관성에 대한 의식이 약화된 상황의 표현이다. 일각에서는 이 가치개념을 조야한 상대주의에 대한 반격으로 자의적으로 사용하기도 한다. 그러나 모든 예술경험은, 아니 심지어 술어적 논리에 입각한 일체의 단순한 판단조차도 사실상 비판을 전제로 하기 때문에 비판의 세계로부터 벗어난다는 것은 제반 가치의 세계만큼이나 자의적이고 추상적이다. 가치와 가치중립의 구별도 이와 같은 방법으로 조작된 것이다. 이 두 개념은 허위의식의 징표이며, 비합리적이고 독단적인 세계의 발현으로 사실을 중립화시키고, 어떤 사건이 발생할 경우 이에 대한 판단을 유보한 채 이를 비합리적으로 수용한다. 막스 베버의 요구에 끌려 다니는 예술사회학은 - 이 사람은 방법논자가 아닌 사회학자가 되자마자 자기의 요구에 특권을 부여했다 - 실용주의의 여러 가지 장점에도 불구하고 이렇다 할 결실을 맺기는 힘들 것이다. 베버의 요구에 끌려 다닐 경우 예술사회학은 바로 이 중립성 때문에 좋지 못한 영향관계에 빠져들게 되며, 권력을 지닌 이해집단을 위해 맹목적으로 봉사하게 될 것이다. 이렇게 되면 선과 악의 판단은 이 이해집단에게 내맡겨질 수밖에 없게 된다.

6

실버만은 예술사회학이 지닌 과제들 중의 하나는 사회비판적 작용이라는 견해를 피력한다.[2] 그러나 작품의 내용과 작품의 질이 논의에서 제외된다면 이러한 요구에 부응하기는 힘들 것 같다. 가치중립과 사회비판적 기능은 서로 조화를 이룰 수 없다. 작품의 내용과 질이 논의에서 제외될 경우 특정한 커뮤니케이션으로부터 기대되고 비판될 수 있는 사회적 결과에 대한 합리적인 언급은 일체 가능하지 않게 되며, 어떤 것이 널리 보급되고 어떤 것이 보급되지 말아야 할 것인지에 관해서도 전혀 결정을 내

---

2) Fischer—Lexikon, S. 165.

릴 수 없게 될 것이다. 이 경우 작품의 사회적 영향, 즉 단순한 동어반복이 유일한 판단기준이 될 것이다. 나아가 작품의 사회적 작용은 예술사회학으로 하여금 현재의 상황에 순응할 것을 권고할 것이며 – 실버만도 그 필요성에 대해 결코 이의를 제기하지 않는 – 저 사회비판 작업의 포기를 강요할 것이다. 내가 알고 있는 것이 틀리지 않는다면, 라디오 프로그램의 구성을 위한 이른바 "문화게시판"의 목록은 그 어떤 비판 가능성을 열어 놓기보다는 오로지 현재 진행되고 있는 커뮤니케이션의 연관관계들만을 기술하는데 급급하고 있다. 말하자면 문화게시판은 비판의 가능성을 열어놓는 대신에 미디어와 인간을 적극적으로 조화시키는 작업, 즉 자율적 인식에 역행하는 작업에 동조하고 있는 것이다. 그밖에도 문화개념 그 자체가 실버만이 선전하는 분석의 틀에 맞을 것인가 하는 점도 의문의 여지가 있다. 문화란 측정이 불가능한 현상이다. 측정된 문화는 이미 문화가 아닌 전혀 다른 것, 즉 제반 자극과 정보의 총체로서 문화개념 자체와는 상치되는 개념이다. 이 점은 사회학으로부터 철학적 차원을 제외시키라는 실버만 그리고 기타 다른 사람들의 요구가 별반 실효를 거두지 못하고 있는 것만 보아도 명백히 알 수 있다. 사회학은 철학 속에서 생겨난 학문이다. 전적으로 무개념의 세계에 머물고 싶어 하지 않는 한 사회학은 오늘날에도 성찰과 사유 같은 것을 필요로 한다. 성찰과 사유는 철학으로부터 나온 개념들이다. 결국 제반 통계학적 검증의 양적인 결과조차도, 통계학이 그간에 강조해 온 것처럼, 그 자체에 목적을 두고 있는 것이 아니라, 그 양적인 결과에서 사회학적으로 무언가를 알아내기 위해서 필요한 것이다. 그러나 이 "알아내다(aufgehen)"라는 말은 실버만 식으로 분류하면 전적으로 철학적인 범주에 귀속된다. 철학과 사회학, 심리학, 역사학 등의 학문분야를 분류하는 작업은 그 대상에 따라 결정되는 것이 아니라, 외적 요인이 그 대상에게 분류를 강제한다. 일직선으로만 치닫는 단순한 학문이 아니라 스스로 성찰하는 진정한 학문이라면 대상을 두고 분야구분을 하는 따위의 어설픈 행위는 염두에 두지 않을 것이다. 이런 점에 있어서도 미국은 이미 그 해결책을 찾고 있다. 학제적 연구방법의 필요성에 대한 요구는 어떤 의미에서는 모든 가능한 대상에 적용되겠지만 특히 사회학 분야에 부합되는 요구라 할 수 있다. 사회적 의식意識으로서 이러한 요구는 분야구분이 우리의 의식에 가했던 사회적 불법행위의 퇴치에 분명 기여할 것이다. 독일에서 오늘날 두드러지게 활동하는 사회학자들 모두가 거의 철학분야에 몸담고 있던 사람들이라는 사실하며, 심지어 철학을 철저하게 거부하는 사람들조차도 한 때는 철학분야에 종사했다 함은 우연한 일이 아니다. 최근의 사회학적 실증주의 논의에서는 철학적 차원이 사회학에 침투하고 있다.

7

끝으로 용어문제에 관해 살펴보기로 하겠다. 내가 『음악사회학 입문 (Einleitung in die Musiksoziologie)』에서 매개(Vermittlung)라고 부른 것은 실버만이 생각하는 것처럼 커뮤니케이션과 같은 의미가 아니다. 여기서 나는 매개라는 개념을 철학적으로 사용했음을 조금도 부인할 생각이 없다.

다시 말해 나는 그것을 엄격하게 헤겔적인 의미에서 사용했다. 헤겔에 의하면 매개라는 속성은 사물 그 자체에 내재되어 있는 것이지 사물과 사물에 접근하는 사람들 사이에서 생겨나는 것이 아니다. 후자의 경우, 즉 사물과 사람 사이에 이루어지는 것은 커뮤니케이션으로 이해할 수 있다. 달리 말해 나는 여기서 사회구성요소와 제반 사회적 입장들 그리고 이데올로기 등등이 예술작품 자체 속에서 어떻게 확고한 지반을 마련하는가 하는, 이를테면 정신적 생산품을 겨냥한 아주 전문적인 문제를 염두에 둔 것이다. 여기서 나는 음악사회학 연구가 안고 있는 난맥상을 사실 그대로 가감 없이 강조했다. 그리고 아울러 외부로부터 그 어떤 첨가물의 유입도 용납하지 않는 음악사회학의 난점도 지적했다. 음악사회학은 예술이 사회와 어떤 관계를 맺고 있으며, 이 사회 속에서 어떻게 작용하는가에 관해 묻지 않고, 사회가 예술작품 속에서 어떻게 객관화되고 있는가를 묻는다. 실버만과 마찬가지고 나도 역시 커뮤니케이션, 특히 비판적인 커뮤니케이션의 문제는 중요하다고 생각하지만 이 커뮤니케이션의 문제는 위의 문제와는 성격을 달리한다. 커뮤니케이션에서는 그때그때마다 제공되는 것이 무엇이며, 소통되지 않는 것이 무엇인가에 대해 관심을 가질 뿐 아니라, 수용이 어떻게 이루어지는가 하는 점도 중요시하며, 그 밖에도 질적인 차이의 문제 – 이 문제에 관해서는 심각하게 생각도 해보고, 청취자의 반응을 정확하게 기술하려고 시도도 해 본 사람만이 그 어려움을 알 수 있다 – 등도 고려의 대상으로 삼는다. 소통되는 것은 모두 본질적으로 이 질적인 차이의 문제와 연결된다. 이를 설명하기 위해 다음과 같은 나의 질문을 상기해 보고자 한다. 즉 라디오 방송을 통해 기회 있을 때마다 지겹도록 반복되는 교향곡도 - 이러한 교향곡을 두고 일반적으로 세상에서는 라디오가 수백만에 달하는 사람들에게 교향곡을 선사한다고 생각한다 - 여전히 교향곡이라고 할 수 있는가 하는 질문이다. 이러한 문제제기는 광범위한 교양사회학적 결과를 가져온다. 이를테면 그 어떤 예술작품의 대량보급이 그 예술작품에 담긴 교양의 기능을 명실상부하게 전달하는가 하는 문제와, 현재의 커뮤니케이션의 제반 조건들 중에서 그 어떤 것이 예술적 교양이 암묵적으로 의미하는 경험의 유형에 접근하는가 하는 문제가 그것이다. 예술사회학에 관한 논쟁은 교양사회학을 위해 매우 중요하다.

한스-노르베르트 퓌겐
「문학사회학의 대상과 방법」(1964)[3]

(...) 문학사회학이 특수사회학으로 이해되기는 하지만, 그 방법이나 대상적인 면에서 볼 때 문학사회학은 일반사회학에 그 뿌리를 두고 있음을 알 수 있다. 사회학은 사회적인, 즉, 간주관적인 행위를 연구대상으로 삼고 있기 때문에 미학적 대상으로서의 문학작품에는 별 관심을 두지 않는다. 문학과 더불어 그리고 문학에서 또는 문학을 위해 인간과 인간 간의 특수한 행위가 이루어질 때만이 문학은 사회학을 위해 의미를 지닌다. 따라서 문학사회학은 문학에 참여하는 사람들의 행위와 관계된 학문이다. 문학사회학의 대상은 문학에 참여하는 사람들 간에 이루어지는 행위이다. 이렇듯 문학과 더불어 그리고 문학을 위해 이루어지는 인간과 인간 간의 행위는 보다 자세히 관찰해 볼 경우 복잡한 문제영역을 지니고 있다. 이러한 문제영역은 그 특성상 실질적인 검토과정에서 비로소 구체적으로 드러나게 된다.

모두에서 근본적인 논의를 거쳐야 할 또 다른 문제는 문학이란 무엇인가에 대한 문제이다. 이 문제를 다룸에 있어 문학사회학이 지금까지 문학으로 관찰해 왔던 것을 그대로 답습한다면, 이는 문학사회학 역시 애초부

---

3) Robert Escarpit, 『Entwurf einer Literatursoziologie』, Bonn u. Opladen 1961, 104~106 쪽에서 발췌.

터 일체의 체계적인 기술記述과 이론적 근거설정을 포기한다는 뜻이나 다름없다. 체계적인 기술이나 이론적 근거설정 작업과 마찬가지로 문학사회학도 문학의 확고한 개념을 위해 이론적 명확성을 확보해야 한다. 그러기 위해서 문학사회학은 "주관적 가치평가"의 원칙에 의존해서는 안 되며, 지금까지 매번 문학이라고 간주되어 온 것을 그대로 문학으로 받아들여서도 안 될 것이다. 가령 문학사회학이 주관적 가치평가의 원칙에 의존하게 될 경우 그야말로 애매모호하고 확정 불가능한 문학의 표상이 나오게 될 것이다. 다른 한편으로 문학의 사회학이 문예학의 예를 따라 미적 가치기준을 제반 규정의 근거로 삼을 수 없음은 거의 자명한 사실이다. 이 점을 종종 문학사회학이 충분히 고려하고 있지 않는 것도 사실이다. 문학의 실체규명에 있어 문학사회학이 그 규정을 근거로 삼아야할 것은 미적인 질이 아니라 사회적 판단기준이다. (...)

문학사회학이 작가를 관찰할 경우 여기에서 중요하게 대두되는 것은 물론 구체적인 작가 개개인이 아니라, 작가에게 한결같이 고유한 행동을 통해 나타나는 작가의 전형이다. 개인으로서의 작가가 물론 작품 뒤에 항상 서 있기는 하지만, 문학사회학에서는 전형으로서의 작가가 개인적으로 행동하지 않는다는 사실을 보여 주는데 중점을 둔다. 그도 그럴 것이 문학 작품을 "생산"해내면서 작가가 작품을 통해 제기하는 상기한 요구는 자의적이고 개인적인 행위의 결과가 아니라, 작가에게 당연한 것처럼 보이지만 그 자체를 세밀히 관찰해 보면 당연하지만은 않은 행위에 그 원인을 두고 있다. 그리고 대부분의 독자들은 작품을 통해 제시된 작가의 요구를 적절하게 충족시키며, 또 이를 당연한 것으로 생각하지만, 독자들의 이러한 생각은 독자들이 작가의 의도를 개인적으로 우연히 이해했기 때문에 생기는 것은 아니다. 이 양자, 즉 작가의 요구와 우리가 문학에 알맞은 행위라고 표현하는 독자의 관점은 매번 상대편의 행위에 그 방향을 맞춘다. 그러나 이 방향조정은 한 번의 합의에 의해서 우연하게 이루어지는 것이 아니라, 자명해진 법칙을 따른다. 다시 말해 이 양자는 문화의 고유한 행동전범의 상호교류 파트너이다. 이러한 사회적 상황은 사회학적 관점에서 볼 때 행동이 문화 특징적으로 서로 일치하는 것으로 파악되지만, 그렇다고 양자가 같은 의미를 지녔다는 뜻은 아니며, 양자 간의 가치평가가 상호 일치한다는 의미도 아니다. 이 사회적 상황이 우리가 여기서 이해한 의미대로 미학적 가치를 고려함 없이 문학을 특징짓고, 나아가 문학을 - 사회학적 관점에서 - 비로소 구성하게 되는 사회적 기본관계이다. (...)

로베르트 에스카르피트
「독자의 종류」(1961)[1]

작가는 누구나 글을 쓸 때 독자를 염두에 둔다. 물론 작가 자신이 독자가 되는 수도 있기는 하지만 말이다. 어떤 사실은 그것이 누구에게 이야기되지 않는 한 완전한 사실이라 할 수 없다. 우리가 보아왔듯이 모든 전언(傳言)은 바로 이러한 점에서 그 의미를 찾을 수 있다. 그러나 우리는 어떤 사실이 먼저 어떤 사람을 염두에 두고 말해지지 않았을 경우, 이 사실은 어떤 사람에게 말해질 수 없다고 주장할 수도 있다. 이 "어떤 사람" 양자가 반드시 만나야 하는 것은 아니다. 게다가 양자가 만나는 경우는 아주 드문 일이다. 달리 말해 대화상대자로서의 독자는 문학창조의 원천에서부터 이미 존재해 있다. 출판이 염두에 두는 독자와 창작 사이에는 큰 오차가 생길 수 있다.

예컨대 펩시(Samuel Pepys)는 자기 혼자서 읽기 위해 일기를 썼다. (이는 속기법과 암호문으로 쓰인 그의 글이 입증해 주고 있다.) 그러니까 여기서는 그 자신이 대화상대자인 셈이다. 그러나 펩시는 그의 일기를 출판한 발행인 덕분에 사후에 엄청나게 많은 독자들과 이야기를 나누게 되었다. 이 경우와

---

1) Robert Escarpit, 『Entwurf einer Literatursoziologie』, Bonn u. Opladen 1961, 104~106쪽
에서 발췌.

는 달리 중국의 루쉰魯迅이라는 소설가는 1918년에서부터 1936년 사이에 그의 중단편 소설들을 선집의 형식으로 출판하거나 잡지에 게재했는데, 이 작품들은 단지 소수의 지식인이나 정치적 선구자들을 대상으로 했지만 결국은 수백만 명에 달하는 중국인들을 위해 집필된 것이 되고 말았다. 다시 말해 혁명이 발발하자 루쉰과 뜻을 같이하는 어떤 출판인이 그와 만남으로써 드디어 수백만 독자가 그의 작품을 읽을 수 있게 된 것이다.

대화상대자로서의 독자는 단 한 사람으로, 개인으로 제한될 수 있다. 오늘날 범세계적으로 읽히고 있는 수많은 작품들도 원래는 순수하게 개인적인 전언이었다. 이따금 저명한 학문적 비판이 이런 유형의 전언문과 동시에 이 전언문의 수취인을 발견하고는 그것을 가지고 작품을 모든 관점에서 설명했다고 주장한다. 그러나 이러한 전언이 그 수취인 내지 이따금 그 의미내용까지 바꾼 지금에 와서도 그 영향력을 그대로 유지하고 있는 이유가 어디에 있는가 하는 점은 사실상 밝혀지지 않고 있다. 이러한 영향력을 계속 보지保持한다는 점에서 문학작품과 기타 다른 객관적 언표를 지닌 글들과의 차이가 명확해진다. 우리가 잊지 말아야 할 것은 어떤 글이 문학적인가 비문학적인가 하는 것을 판단하는 기준은 그 글의 탈목적성을 근거로 한다는 사실이다.

가령 어떤 글의 저자가 상대편의 마음을 움직이고, 상대편을 설득시키고, 상대편에게 정보를 제공하고, 그를 해방시키고, 심지어 그를 절망으로 몰아넣는, 그러니까 항상 어떤 의도를 지닌 대화를 한다고 하자. 이 경우 저자는 생각 속에서든 사실에 있어서든 대화상대자로서의 독자와(비록 그 독자가 그 자신이라 할지라도) 결코 탈목적적이 될 수 없는 대화를 하고 있는 것이다. 다시 말해 대화상대자로서의 독자가 글의 출판 동인動因으로 작용하는 독자와 일치할 경우 이 글은 목적이 규정되어 있다고 할 수 있다.

그에 반해 문학작품은 익명의 독자를 처음 보는 사람처럼 대화 속으로 끌어들인다. 이 대화에서 독자는 낯선 손님이며, 이러한 사실을 독자 자신도 알고 있다. 그는 여기서 마치 보이지 않는 존재처럼 행동한다. 모든 것을 보고, 모든 것을 듣고, 모든 것을 느끼고, 모든 것을 이해하면서도 그는 이 대화에 직접 끼어들지 않는다. 왜냐하면 이 대화는 자기와의 대화가 아니기 때문이다. 작품에 대한 공감, 즉 감정이나 이념 또는 문체가 주는 공감을 통해 얻게 되는 독자의 만족감은 곧 탈목적적 감정이다. 그도 그럴 것이 이 감정은 독자에게 그 어떤 의무도 부과하지 않기 때문이다. 가령 독자가 익명성에 대한 확신을 잃어버릴 경우, 다시 말해 독자가 의무감 없이 대화에 관여할 수 있게 해주는 거리감에 대한 확신이 결여될 경우에는 어떤 미학적인 기쁨과 그에 따른 문학적 교류도 불가능해질 것이다. 그런가 하면 작가는 독자와 불가피하게 연결되어 있다. 어떤 노동자가 이탈리아의 사회비평적 성향을 지닌 극단적 리얼리즘 영화에 대해 칭찬하는 소리를 듣고 "삶을 위한 안간힘을 연극으로 생각하는 것을 보니 이 양반은 분명 삶을 위해 안간힘을 기울이지 않는구나"라고 말했을 때 여기에는 쓰라리면서도 깊은 진리가 깃들어 있다.

이와 같이 민중의 삶의 현실과 마주하게 되면 식자문학(識者文學: gebildete Literatur)은 진정 참담한 비극적 운명을 겪게 된다. 교육을 받은 관중은 자기가 앉을 자리를 이미 확보해 놓았기 때문에 창조적 대화에 참여할 수 있지만, 그렇지 못한 관중, 즉 민중은 이 대화에 끼어들지 못한 채 대화의 자구字句를 따라가기에 바쁘다.

지식인들을 주변에 둔 출판인은 이론적 독자를 위해 작품을 출판하게 되는데, 이 독자의 역할은 작품에 문학적 의미를 부여하는 이러한 구속력이 없는 역할로 제한되지 않는다. 왜냐하면 작품은 사회적 환경을 표현하기 때문이다. 작가도 이 환경에 소속되어 있으며, 작가에게 일련의 규정들을 부과하는 것도 이 환경이다.

논지의 명확성을 유지하기 위해 우리는 지금까지 지식인 독자를 하나의 단일 범주로 간주해 왔다. 그러나 실제에 있어서는 이 지식층 독자가 사회적으로, 인종적으로, 직업별로, 지역에 따라, 역사적인 그룹 내지 하위 그룹에 따라, 그리고 학파의 특정한 사유방향에 따라, 또는 당파에 따라 세분된다.

현대의 출판인은 자신의 "외양간들" 하나하나를 독자의 이러한 세부 그룹들 중 한 그룹과 일치시키려고 한다. 예를 들어 줄리어드-사강(Julliard-Sagan)의 원고 편집인이 가지고 있는 색인카드와 피퍼 프리델(Pieper Friedell)의 편집인이 가지고 있는 색인카드는 동일하지 않다. 작가는 누구나 가급적이면 다소간 크고, 시간과 공간적으로 다소간 넓은 범위에 걸친 독자의 얼굴을 간직하고 있다.

한때 연애소설가였으나 후에는 역사기술가가 된 샤를르 피노-뒤클로(Charles Pinot-Duclos)는 1751년에 그의 「금세기의 도덕적 전통에 관한 고찰(Considération sur les moers de ce siècle)」이라는 글에서 다음과 같이 기술하고 있다. "나는 나의 독자를 알고 있다. 자기 독자를 가지고 있지 않은 사람은 아무도 없다. 여기서 독자라 함은 자기가 소속되어 있는 사회의 한 부분을 말한다." 다행스럽게도 모든 작가가 독자에 대해 이렇게 명확한 표상을 지니고 있지는 않다. 만약 그렇게 될 경우 독자는 작가들에게 결정적인 영향을 미치게 될 것이기 때문이다. 그러나 독자에 대한 명확한 표상을 지니고 있지 않다고 해서 작가들이 독자의 포로가 되지 않는 것은 아니다. 작가를 가상의 독자와 밀접하게 연결시켜 주는 끈은 공동문화권이며, 공동견해이고, 공동언어권이다. 우리는 앞서 고전에 관한 중, 고등학교의 공동교육이 19세기 말경 프랑스에서는 배운 사람들의 무리를 서로 연결시켜주는 주된 끈이었음을 강조하는 자리에서 교육이 사회그룹을 결속시킨다는 사실을 지적한 바 있다. 이런 공동교육의 예는 수천 가지가 되는데, 이를테면 16세기에 공동으로 실시된 인문교육이 그것이고, 오늘날의 마르크스주의 교육공동체 같은 것도 한 예라 할 수 있다.

올더스 헉슬리는 문화권을 자기네 족보에 들어 있는 유명한 조상을 서로 들먹이는 한 가문에 빗대어 말한 적이 있다. 이러한 현상은 프랑스에서도 볼 수 있는데, 여기에서 어떤 가족들은 삼촌 벌 되는 데카르트의 신랄한 예지를 자랑하고, 어떤 가족들은 할아버지 벌 되는 유고의 페이소스가 담긴 입심을, 그리고 다른 한쪽에서는 훌륭한 조상 베를렌느의 대장부다운 행동을 자랑한다. 여기서 문화인이란 이러한 조상의 성씨를 생략한 채 이름만 부르는 것*이 허용된 사람을 의미한다. 이 경우 친척이 아닌 외부인은 좌불안석이다. 그는 가족의 일원이 아니기 때문이다. 달리 말해 그는 문화를 가지고 있지 않다는 것이다.

---

* 서양 사람들은 서로 가까운 사이에 이렇게 성과 존칭을 생략한 채 이름만 부른다.

여기서 문화를 가지고 있지 않다 함은 다른 문화를 지니고 있다는 뜻이다. 위와 같은 헉슬리의 야유는 사실과 상당히 부합된다. 인류의 문화를 지배하는 위대한 사상가들은 – 예컨대 아리스토텔레스나 공자 또는 데카르트, 마르크스 등과 같은 사람들 – 그들의 사상을 통해서 영향을 주기보다는 (가족구성원 다수가 이러한 사상에 접하기는 어렵다.) 이 가문의 기원에 대한 이른바 토템신앙적인 의미를 통해서 영향을 주는 경우가 더 많다. 이를테면 독일 사람이 자신을 칸트주의자라고 부르는 것인 미개인이 자신을 표범가문이라고 말하는 것과 크게 다를 바 없다. (...)

저자 후기

1972년도에 초판이 나온 이래로 3판에 걸쳐 17,000부가 넘게 발행된 이 책은 70년대 초의 정치적 상황, 그 중에서도 특히 서독의 학생운동이 커다란 집필동기를 이룬다. 말하자면 이 책은 과거의 사실에 의거한 텍스트인 셈이다. 이 점은 참고문헌란에서도 확인할 수 있으며, 특히 아도르노와 베냐민 그리고 브레히트 등에 관한 신간서적 다량이 누락되어 있다는 사실에서도 드러난다. 뿐만 아니라 본 책자에 사용된 언어와 접근방법, 그리고 본 텍스트의 추진력을 이루는 정치적 충격 또한 과거의 산물이다.

그로부터 25년이 흐른 지금의 사회적 상황은 분명 변화된 모습니다. 이를테면 동구권의 사회주의가 몰락했는가 하면 양 독일은 하나의 국가로 통일되었다. 물론 이 기간에 저자 역시 변화의 물결을 탔다. 그렇지 않았더라면 그 또한 브레히트의 유명한 『코이너 씨 이야기(Geschichte von Herrn Keuner)』의 코이너 씨처럼 "색이 바랜" 인간이 되었을 테니까. 저자는 오늘날의 세계적 상황을 바라보면서 자신이 1970년대 당시의 "혁명적 활력"을 상당부분 잃고 있음도 부인하지 않는다. 저자의 가슴속에는 확고한 신념과 끝없는 낙관주의 대신에 이제 브레히트의 유명한 중국 그림과 그와 연관된 시 「회의자(Der Zweifler)」²⁾적 의미에서 의심과 회의가 들어섰다.

　그럼에도 불구하고 본 책자를 한국어로 옮길 이유는 충분히 있다. 첫째로 자본주의는 현재 전 세계에 걸쳐 승리를 구가하고 있지만, 20세기말의 커다란 문제들, 즉 가난과 실업 그리고 생태계의 재난 등과 같은 문제들에 대해 이렇다 할 설득력 있는 대답을 들려주지 못하고 있다. 둘째로 사회주의와 공산주의는 독단적 강권정치를 강행하고, 나아가 스탈린주의적 왜곡으로 빠져듦으로써 현실문제의 해결을 위한 기능을 상당부분 상실하기는 했지만, 마르크스의 정치경제학, 즉 마르크스의 비판적 잠재력은 사회과정의 분석을 위해 여전히 커다란 의미를 지니고 있다. 마지막으로 한국은 현재 개발도상국으로 오늘날의 독일과는 아직도 그 사회적 상황을 달리하고 있기 때문에 이 번역은 학문배양에 중요한 역할을 담당할 수 있을 것으로 생각된다.

　한국에서의 출판을 위해 특별히 본 책자의 텍스트를 수정하지는 않았다. 시간이 없었다기보다는 아마도 그렇게 할 기력이 쇄진했는지도 모르겠다. 하기는 조금 손을 댄다고 해서 텍스트가 하루아침에 새롭게 태어나는 것도 아닐 터이다. 다만 머리말과 맺는말에서 1970년대와 밀접한 연관이 있는 몇 구절과 연습문제란을 삭제했다. 그리고 참고문헌란에는 유물

---

2) 이 시는 브레히트가 1935년에서 1938년 사이, 즉 망명시기에 쓴 시로, 그는 여기서 중국의 한 성현의 입을 빌어 "그대들의 수많은 날들을 삼켜버린 작업이 성공을 거두었는지", "그대들이 한 말이 아직도 얼마간 가치를 지니고 있는지"라는 식으로 기존의 신념 및 정신적인 생산물에 관해 회의한다. Vgl. B. Brecht, 『Gesammelte Werke 9』, Gedichte 2. edition suhrkamp, Frankfurt/M., 1967, S. 587f.)

론적 문학이론 및 문학사회학과 연관된 범위 내에서 아도르노와 베냐민, 블로흐, 브레히트 등에 관한 최근의 문헌을 첨부했다.

부디 본 책자가 한국 독자들의 공부와 연구에 도움이 되기를 바라며, 아울러 한국의 독자가 본 책자를 통해 생산적인, 다시 말해 비판적인 안목을 얻는데 일익을 담당할 수 있기를 기원한다.

1996년 독일 하노버에서

플로리안 파센

옮긴이 후기

I

이 책은 1997년에 모 출판사에서 출판되었으나 이 출판사가 이듬해에 문을 닫는 바람에 절판되었다. 그간 우리사회가 해일처럼 밀려오는 신자유주의의 거센 물결에 휩쓸리는 상황에서 옮긴이는 속수무책 절판의 아쉬움을 달랠 수밖에 없었으나, 근래에 들어 신자유주의의 부작용 및 기타 문제점들이 사회-경제적 주요 이슈로 대두됨에 따라 본 역서의 재출판 의지를 다지게 되었다. 주지하다시피 신자유주의는 최근 몇 년 사이 우리나라에서 뿐 아니라 미국을 비롯한 유럽의 선진국에서 조차 엄청난 폐해를 가져왔다.

우선 경제적으로 1%가 50% 이상의 부를 독식함으로써 중산층이 서민으로 전락하고 서민이 극빈자로 전락하는 비극이 목하 진행 중이며, 이로 인해 공존의 삶, '윈윈'의 삶이 파괴되고 삶의 주체가 제로섬 게임 내지 무한 경쟁으로 내 몰리고 있는 실정이다. 그런가 하면 신자유주의는 나라의 미래를 짊어질 젊은이들에게 자유와 정의, 진리 등 보편적 지식을 전수해야할 대학을 '취직전문학원'으로 만들어 버렸으며, 이 와중에서 기초학문 및 인문학은 신자유주의 첨병을 길러내는 인기학과, 이른바 '장사 잘 되는 학과'에 밀려 점점 설 자리를 잃어가고 있다.

이렇듯 신자유주의는 우리 삶의 터전을 만인의 만인에 대한 투쟁의 장으로 만듦으로써 인간성을 화형시키고 이 화형된 인간성의 형해形骸 위에 야만성과 야수성이 메두사의 똬리를 틀게 한다. 인간의 욕망이 밀려나고 그 자리에 황금의 욕망이 들어선 「황금의 제국」, 이 드라마의 시청률이 올라가고, 노골적으로 자본주의를 타도하자고 선동하는 영화가 역대 최고의 관객동원을 기록하고 있는 작금의 현실이 우리에게 던지는 화두는 무엇인가?

만시지탄의 아쉬움은 있지만 신자유주의의 이런 폐해가 많은 이들의 인구에 회자되는 오늘 이 시점에서, 옮긴이는 자본주의에 대한 비판이 그 본질을 이루고 있는 마르크스주의 및 마르크스주의 문학 환경을 다시 한 번 되돌아 볼 수 있는 책들 중의 하나가 이 책이라는 생각을 하게 된 것이다. 옮긴이는 이러한 생각의 당위성을 이 책에 수록된 몇몇 마르크스주의 이론가들의 글에서 찾고자 한다.

발터 베냐민은 상품광고가 얼마나 소비자들을 기만하고 우롱하는가를 다음의 글에서 역설하고 있다. "(...) 상품생산에 있어서도 이러한 유행적 성격을 띤 미적 가상이 불가피해진다. 그 이유는 자본의 이해관계에 따르면 교환가치와 사용가치가 결합될 경우 모든 생산품의 교환가치가 최대한 커지는 반면에 실제의 사용가치는 최소한으로 작아지는 변화가 오기 때문이다. 제반 사용가치의 악화는 미적 외관으로 아름답게 장식하는 방법으로 대처된다. 이런 식으로 계속 질을 저하시키다 보면 자본의 이용을 위한 욕구가 제대로 충족되지 못하기 때문에 미적 혁신이라는 수법이 부수적으로 사용된다. 다시 말해 상품의 외관을 주기적으로 새롭게 연출함으로써

(새로운 유행을 만들어 냄으로써), 상품의 사용기간이 짧아지게 만든다. 마침내 소비자들을 현혹시키기 위해 상품의 미적 외관에 강한 치장이 가해짐으로써 이 미적 외관은 상품 그 자체와는 거리가 멀어지게 되는 것이다. 그리하여 인간은 가짜만족을 즐기는 염탐꾼으로 전락하게 된다. 이러한 가짜만족은 바로 자본주의적 생산방식이 만들어 내는 것이며, 이는 또 인간의 행동, 즉 소비를 생산에 적응시킨다." 베냐민의 이 말은 오늘날 우리가 접하고 있는 상품시장의 현실을 그대로 꿰뚫고 있다. 우리는 화장품이나 기타 포장상품을 구매할 때마다 내용에 비해 외관이 훨씬 화려하고 거창하다는 사실을 항상 뒤늦게 확인하지만, 그럼에도 불구하고 다음 구매 시에는 상품의 외관에 또 다시 현혹되고 만다.

그런가 하면 매스미디어의 실체를 도이치만은 다음과 같이 설파한다. "산업화와 분업화 및 전문화가 진척되면 될수록 개인이 간접적 경험과 지식 및 인식에, 다시 말해 남의 정보에 의존하게 되는 정도도 심화된다. 그러나 매스컴의 구체적인 작용방식에 결정적인 영향을 미치는 제3의 요인이 또 있다. 그것은 다름 아닌 사회적 소통의 중개자로서의 매스미디어가 특정한 사회세력들의 수중에 들어있는 기구機構라는 사실이다. 매스미디어가 어떤 사상을 퍼뜨리고, 어떤 지도이념을 따를 것을 요구하고, 또 매스미디어가 어떤 정보를 숨기고 어떤 정보를 전달하는가 하는 점 그리고 어떤 이상을 어떤 의도로 공포할 것이냐 하는 점 - 이러한 것들은 우선 매스미디어를 장악하고 있는 사람들에 의해 결정된다." 도이치만의 이 말을 우리의 현실에 대비해 보면 한 치의 오차도 없이 그대로 적용된다. 오늘날 주류언론, 이른바 재벌(족벌)신문들 및 케이블을 포함한 공중파 방송국들이 권력집단, 즉 재벌가문이나 특정 정치세력에 의해 장악되고 있음은 부인할 수 없는 우리네 현실이 아니겠는가.

자본주의 사회의 대중매체가 지닌 문제점은 여기서 끝나지 않는다. 크라이마이어는 자본주의의 경쟁체제를 매스컴이 어떻게 부추기는가를 다음과 같이 설파한다. "경쟁프로그램과 퀴즈프로그램으로 구성된 제반 오락성 쇼는 경쟁체제의 논리를 합리화시키기 위한 선전방송이다. 이 논리는 항상 통용되어 왔고 또 앞으로도 계속 통용되므로 이것을 숙명으로 받아들여야 한다. 이 논리는 바로 이 숙명성 때문에 의미가 있으며, 다른 대안을 허용하지 않는다." 그렇다, 매스컴의 이러한 오락프로그램에 세뇌된 우리는 경쟁이 당연한 것으로, 오로지 1등만이 최선인 것으로 착각하며 살아가고 있다. 어떻게 해서라도 남에게 이기는 것이 미덕인 사회, 루저(Loser)를 악으로 치부하는 사회에 우리는 살고 있는 것이다.

이밖에도 "물질적 생산을 위한 제반 수단을 장악하고 있는 계급은 아울러 정신적 생산을 위한 제반 수단도 마음대로 활용할 수 있다. 따라서 정신적 생산을 위한 제반 수단을 소유하지 못한 사람들의 생각은 대체로 이 계급에 의해 좌우된다"는 마르크스와 엥겔스의 이 말 또한 앞서 언급한 매스미디어(재벌신문과 방송국)의 현실에서 뿐만 아니라 오늘날 우리나라의 대형 출판사들이 기획하는 판매 전략에서도 여실히 증명된다. 여기서 우리는 자신의 유물론을 한마디, 촌철살인으로 정의한 마르크스의 저 문구를 다시 한 번 되새겨보게 된다. "인간의 의식이 존재를 규정하는 것이 아니라, 반대로 인간의 사회적 존재가 의식을 규정한다."

끝으로, 문학과 사회와의 관계의 집단적 실천에 대해 혐오증을 지닌 아도르노, 역사적 유물론을 메타포로 환원시키는 저 아도르노조차도 서정시와 사회의 관계를 불가분의 관계로 규정하고 있다는 사실이 이 책의 재출간을 위한 또 한 동기를 이루고 있음도 밝혀두고자 한다. 아도르노는 서정시, 처녀처럼 순결한 언어로 엮어진 서정시가 사회와 어떤 관계를 맺고 있는가를 그의 글 「서정시와 사회에 관한 담화」에서 다음과 같이 역설하고 있다. "서정적 구조물은 단순한 현존재의 세계로부터 거리를 취함으로써 이 세계의 잘못된 점과 나쁜 점을 구별하는 척도가 됩니다. 이 세계에 대한 반항을 통해서 시는 현실과는 다른 세상을 꿈꾸는 것입니다. 사물의 범람에 대한 서정적 정신의 혐오증은 세상의 물화 및 인간을 지배하는 상품에 대한 반작용의 한 형태입니다."

II

마르크스주의 문예학은 과정성을 중시함으로써 완결된 체계를 제시하지 않는다. 마찬가지로 번역작업 또한 완결될 수 없는 과정성을 지닌다. 번역작업은 끝없는 수정의 연속선상에서 해석학적 지평의 융합을 통해 이루어질 수밖에 없다. 그도 그럴 것이 번역은 원전의 이해와 해석을 통해 이루어지는 작업이기 때문이다. 가다머가 설파했듯이 이해와 해석은 일회성으로 끝나는 작업이 아니라 원전과의 끊임없는 대화를 통해 매번 새로운 지평을 연다. 여기서 새로운 지평이라 함은 그때그때의 역사적 현실 상황에 따라 이해와 해석이 새롭게 이루어진다는 것을 의미한다. 이러한 이해와 해석의 역사성으로 인해 번역작업 또한 새로운 지평을 지향한다.

번역에서는 새로운 지평을 여는 작업이 곧 수정작업이다.

때문에 매번 수정작업을 할 때마다 당시에는 아무리 눈을 부릅뜨고 보아도 드러나지 않던 오류의 군상이 가뭇가뭇 고개를 들고 얼굴을 내민다. 이럴 때면 옮긴이의 마음속에는 오류에 대한 자책감 못지않게 번역서를 재해석할 – 시쳇말로 한 단계 '업그레이드'할 –기회를 포착했다는 반가운 마음도 함께한다. 16~7년이란 세월의 강이 길기는 길었나 보다. 당시의 이해와 해석이 오늘의 눈, 오늘의 지평에서는 오류로 드러나고, 우리말 표현, 즉 번역어에서도 시차時差가 적지 않게 드러났다. 당시에 내 딴에는 가장 적절한 표현이라고 생각했던 문구들이 엉성하거나 심지어 모호하기까지 한 경우가 적지 않았다. 때문에 이번 수정작업에서도 독일어 사전뿐 아니라 우리말 사전이 빈번히 동원될 수밖에 없었고, 덕분에 글쓰기 훈련도 또 한 차례 치렀다.

그렇다고 이번 수정작업을 통해 이 책의 번역이 마무리 되었다는 말은 결코 아니다. 앞서 말했듯이 번역작업은 끝없는 수정의 연속선상에서 해석학적 지평의 융합을 통해 이루어질 수밖에 없기 때문이다. 훗날 언젠가 또 책장을 들춰보면 오류의 무리들이 예외 없이 반란을 일으킬 것이다. 그저 오늘의 시점에서 최선을 다했다는 말로 이 후기를 가름할 따름이다.

2014년 5월

옮긴이 임호일

참고문헌

『Alternative 11』, 1968, H. 61 : 「Deutschunterricht und Germanistik」

『Alternative 13』, 1970, H. 74 : 「Sprachunterricht – Gegenmodelle」

『Alternative 14』, 1971, H. 77 : 「Schule, Intelligenz, Kapitalismus」

Altvater, Elmar u. Freerk Huisken (Hg.), 『Materilalien zur politischen
        Ökonomie des Ausbildungssektors』, Erlangen 1971.

『Das Argument. Zeitschrift für Pholosophie und Sozialwissenschaften 11』
        (1969). H. 5/6.

『Erziehung und Klassenkampf. Zeitschrift für marxistische Pädagogik 1』
        (1971). H. 1 u. 2.

Hirsch, Joachim: 「Wissenschaftspolitik im Spätkapitalismus」. In: 『Das
        Argument 10』 (1968). Sonderband Teil 1, S. 11–33.

Hirsch Joachim u. Stephan Leibfried : 『Materialien zur Wissenschafts– und
        Bildungspolitik』, Frankfurt 1971.

Ide, Heinz (Hg.): 『Bestandsaufnahme Deutschunterricht. Ein Fach in der
        Krise』, Stuttgart 1970.

『Kursbuch Nr. 24』 (1971): 「Schule, Schulung, Unterricht」.

Lethen, Helmut: 『Zur Funktion der Literatur im Deutschunterricht
        an Oberschulen』. In: Werner Girnus, H. L., Friedrich Rothe:
        『Von der kritischen zur historisch–materialistischen Literatur
        –wissenschaft』. Vier Aufsätze, Berlin 1971, S. 84–148.

Roth, Karl Heinz u. Eckard Kanzow: 『Unwissen als Ohnmacht. Zum
        Wechselverhältnis von Kapital und Wissenschaft. Grundrisse
        einer Analyse der Wissenschafts– und Bildungspolitik des

bundesrepublikanischen Herrschaftskartells』, Berlin 1970.

Werder Lutz von u. Reinhart Wolff (Hg.): 『Schulkampf. Dokumente und Analysen』, Bd. 1, Frankfurt 1970.

1. 마르크스와 엥겔스의 문학론

Dymschitz, A. L.: 『Frierich Engels und einige Probleme des nationalen Literaturerbes』. In: 『Kunst und Literatur 19』 H. 5. S. 451-456.

Friedlender, G.: 『Marx und Engels und Fragen der Literatur』, Moskau ²1968.

Lukács Georg: 『Einführung in die Ästhetischen Schriften von Marx und Engels』. In: G. L., 『Werke』, Bd. 10, 『Probleme der Ästhetik』. Neuwied u. Berlin 1969, S. 205-232.

-: 『Karl Marx und Friedrich Theodor Vischer』. Ebd., S. 233-306.

-: 『Karx Marx und Friedrich Engels als Literaturtheoretiker』. Ebd., S. 461-492.

-: 『Friedrich Engels als Literaturtheoretiker und Literaturkritiker』. Ebd., S.505-538.

Macháčková, Vera: 『Der junge Engels und die Literatur(1838-1844)』. Berlin 1961.

Marx, Karl u. Friedrich Engels: 『Über Kunst und Literatur』, Hrsg. v. Alfred Kliem. 2. Bde., Berlin 1967.

『Über Literatur』: Hrsg. v. C. Sommer, Stuttgart 1971.

Rosenberg, Rainer: 『Marx und Engels in der Literaturgeschichte』. In: 『Weimarer Beiträge 17』,1970, H. 4., S. 205-215.

2. 마르크스주의 미학이론과 문예학

Fleischer, Helmut: 『Marxismus und Geschichte』, Frankfurt ³1970.

Gansberg, , Marie Luise, 「Zu einigen populären Vorurteil gegen
materialistische Literaturwissenschaft」. In: M. L. G. und Paul
Gerhard Völker: 『Methodenkritik der Germanistik. Materialistische
Literaturtheorie und bürgerliche Praxis』, Stuttgart 1970, S.7-39.

Gauraudy, Roger: 『Marxismus im 20. Jahrhundert』, Reinbeck 1967.

Girnus, Wilhelm, Helmut Lethen u. Friedrich Rothe: 『Von der kritischen zur
historisch-materialistischen Literaturwissenschaft』. Vier Aufsätze.
Berlin 1971.

Hahn, Erich: 『Historischer Materialismus und marxistische Soziologie.
Studien zu methodologischen und erkenntnistheoretischen Grundlagen
der soziologischen Forschung』, Berlin 1968.

Hom, J. H: 『Widerspiegelung und Begriff』, Berlin 1958.

Jakubowski, Franz: 『Der ideologische Überbau in der materialistischen
Geschichtsauffassung』, Frankfurt 1968.

John, E: 『Einführung in die Ästhetik』, Leipzig 1963.

Kagan, Moissej: 『Vorlesungen zur marxistisch-leninistischen Ästhetik』,
Berlin 1969.

Klaus, Georg u. Manfred Buhr (Hg.): 『Philosophisches Wörterbuch』,
Leipzig ⁷1970. - [Stichwörter: Abbildtheorie, Antizipation, Basis und
berbau, Kunsttheorie, Parteilichkeit, Werturteilsstreit]

Koch, Hans: 『Marxismus und Ästhetik. Zur ästhetischen Theorie von Karl
Marx, Friedrich Engels und Wladmir Lenin』, Berlin 1961.

-: 「W. I. Lenins Schrift Parteiorganisation und Parteiliteratur und ihre
    aktuelle Bedeutung」. In: 「Weimarer Beiträge 6」, 1960, H. 4., S.
    669-706.

Korsch, Karl: 「Marxismus und Pilosophie」, Frankfurt u. Wien ³1971.

-: 「Die materialistische Geschichtsauffassung und andere Schriften」,
    Frankfurt 1971.

Kosik, Karel, 「Dialektik des Konkreten」, Frankfurt 1967.

Lukács, Georg, 「Literatur und Kunst als Überbau」, In: G. L., 「Werke」,
    Bd. 10., 「Probleme der Ästhetik」, Neuwied u. Berlin 1969, S. 433-
    460.

-: 「Über die Besonderheit als Kategorie der Ästhetik」, Ebd., S. 539-789.

-: 「Ästheik I. Die Eigenart des Ästhetischen」. In: G. L., 「Werke」, Bd. 11
    u. 12., Neuwied u. Berlin 1963.

Marx, Karl, 「Ökonomisch-philosophische Manuskripte aus dem Jahre
    1844」. In: Karl Marx u. Friedrich Engels, 「Werke」, Erg. Bd. 1.
    Berlin 1968, S. 465-588. - [bes: 「Die entfremdete Arbeit」]

Marx, Karl u. Friedrich Engels, 「Die deutsche Ideologie」, 「MEW」, Bd. 3.,
    .Berlin ⁴1969, S. 9-530. [bes. Kap. I]

Marx, Karl, 「Einleitung zur Kritik der politischen Ökonomie」, 「MEW」,
    Bd. 13., Berlin ³1969, S. 613-642.

Plesken, F. W., 「Basis und Überbau - Georg Lukács und das Problem einer
    marxistisch-leninistischen Literaturtheorie」. In: F. W. P. und Günter
    Peters, 「Proletariat und Kunst. Expressionismus und Realismus.
    Materialien zur Theorie-Praxis einer antiimperialistischen Literatur
    und Kunst」. Köln 1970, S. 44-88.

Schmidt, Alfred, 「Der Begriff der Natur in der Lehre von Marx」. Frankfurt
　　　1962.

-: 「Über Geschichte und Geschichsschreibung in der materialistischen
　　　Dialektik」. In: 「Folgen einer Thorie. Essays über 'Das Kapital'
　　　von Karl Marx」. Frankfurt 1967.

Tomberg, Friedrich, 「Mimesis der Praxis und abstrakte Kunst. Ein Versuch
　　　über die Mimesistheorie」. Neuwied u. Berlin 1968.

-: 「Basis und Überbau im historischen Materialismus」. In: F. T. 「Basis
　　　und Überbau. Sozialphilosophische Studien」. Neuwied u. Berlin
　　　1969, S. 7~81.

Völker, Paul Gerhard, 「Skizze einer marxistischen Literaturtheorie」. In:
　　　Marie Luise Gansberg und P. G. V., 「Methodenkritik der
　　　Gemanistik. Materialistische Literturtheorie und bürgerliche Praxis」,
　　　Stuttgart 1970, S. 74-132.

「Deutsche Zeitschrift für Philosophie」, Sonderheft, 1968, 「Probleme und
　　　Ergebnisse der marxistisch-leninistischen Erkenntnistheorie」.

3. 프란츠 메링-칸트의 미학과 유물론적 문예학

Fölberth, Georg, 「Sozialdemokratische Literaturkritik vor 1914」. In:
　　　「alternative 14」. 1971, H. 76. S. 2-16.

Girnus, Wilhelm: 「Neue bürgerliche Forschungen zum 18. Jahrhundert und
　　　Franz Mehrings "Lessing Legende"」. In: W. G., Helmut Lethen,

Friedrich Rothe: 「Von der kritischen zur historisch-materialistischen
　　　Literaturwissenschaft」, Berlin 1971, S. 58-83.

Höhle, Thomas: 『Franz Mehring. Sein Weg zum Marxismus 1869-1891』.
　　　　Berlin 1956.

Koch, Hans, 『Franz Mehrings Beitrag zur marxistischen Literaturtheorie』.
　　　　Berlin 1959. - [umfangreiche Bibliographie]

-: 「Die deutschen Linken und die Literatur. Zur Literaturwissenschaft und
　　　　Literaturpolitik von Franz Mehring. Clara Zetkin, Rosa Luxemburg
　　　　und Anderen」. In: 『Weimarer Beiträge 5』, 1959, H. 1., 23-64.

Lukács, Georg, 『Franz Mehring (1846-1919)』. In: G. L.: 『Werke』. Bd.
　　　　10., Probleme der Ästhetik』. Neuwied u. Berlin 1969, S. 341-432.

Reichwage, Sigrid, 『Franz Mehring als Literaturkritiker und Literaturhistoriker』
　　　　Diss. Jena 1954.

Wittfogel, Karl August, 「Zur Frage einer marxistischen Ästhetik」. In:
　　　　『Ästhetik und Kommunikation 1』. 1979, H. 2., S. 66-80.

4. 표현주의-리얼리즘 논쟁 : 루카치와 브레히트

『Alternative 12』, 1969, H. 67-68: 『Materialistische Literaturtheorie I』
　　　　- Georg Lukács.

『Alternative 12』, 1969, H. 69: 『Materialistische Literaturtheorie II』 -
　　　　Hanns Eisler.

『Alternative 14』, 1971, H. 78/79: 『Materialistische Literaturtheorie III』
　　　　- 「Große und Kleine Pädagogik. Brechts Modell der Lehrstücke」.

Diersen, Inge: 「Zu Georg Lukács' Konzeption der deutschen Literatur im
　　　　Zeitalter des Imperialismus」. In: 『Weimarer Beiträge. Sonderheft』.
　　　　1958, S. 18-25.

Fröschner, Günther: 「Die Herausbildung und Entwicklung der geschichsphilo
-sophischen Anschauungen vob Georg Lukács. Kritik revisionistischer
Einstellungen des Marxismus-Leninismus」. Diss. Berlin 1971, -
[umfangreiche Bibliographie]

Girnus, Wilhelm: 「Von der unbefleckten Empfängnis des Ästhetischen.
Betrachtungen zur "Ästhetik" von György Lukács」. In: 「Sinn und
Form 19」, 1967, H. 1., S. 175-210.

Heise, Wolfgang: 「Zur ideologisch-theoretischen Konzeption von Georg
Lukács」. In: 「Weimarer Beiträge. Sonderheft」. 1958, S. 26-41.

Kaufmann, Hans, 「Bemerkungen über Realismus und Weltanschauung」. In:
「Weimarer Beiträge. Sonderheft」. 1958, S. 42-50.

Koch, Hans (Hg.): 「Georg Lukács und der Revisionismus」. Berlin 1960.

Lethen, Helmut: 「Neue Sachlichkeit 1924-1932. Studien zur Literatur des
"Weißen Sozialismus"」, Stuttgart 1970 - [Darin besonders S. 114-
126, "Bert. Brechts Prozeß mit den Illusionen des Liberalismus"]

Mittenzwei, Werner: 「Marxismus und Realismus. Die Brecht-Lukács-
Debatte」. In: 「Das Argument 10」 1968, H. 1/2., S. 12-42.

Plesken, F. W. und Günther Peters: 「Proletariat und Kunst. Expressionismus
und Reralismus. Materialien zur Theorie-Praxis einer
antiimperialistischen Literatur und Kunst」, Köln 1970. -
[umfangreiche Bibliographie]

5. 베냐민 - 그는 형이상학적 마르크스주의자인가?

「Alternative 10」, 1967, H. 56/57, 「Walter Benjamin I」.

『Alternative 11』, 1967, H. 59/60, 「Walter Benjamin II」.

『Über Walter Benjamin』, Frankfurt 1968. - [Darin bes. Hans Heinz Holz,
　　　"Ein Geisterseher in der Bügerwelt". Umfangreiche Bibliographie]

Lethen, Helmut: 『Neue Sachlichkeit 1924-1932. Studien zur Litertur des
　　　"Weißen Sozialismus"』, Stuttgart 1970. [Darin besonders S. 127~
　　　139, 「Walter Benjamins Thesen zu einer "materialistishen
　　　Kunsttheorie"」]

Salzinger, Helmut: 「Walter Benjamin - Theooge der Revolution』. In:
　　　『Kürbiskern』, 1968, S. 629-647. - Wieder veröffentlicht in: 『Kritik
　　　und Interpretation der kritischen Theorie. Über Adorno, Horkheimer,
　　　Marcuse, Benjamin, Habermas』, o. O. o. J., S. 269-287.

Schrang, Michael: 「Zur Emanzipation der Kunst」. In: M. S., 『Zur
　　　Emanzipation der Kunst. Essays』, Neuwied u. Berlin 1971. S. 7-25.

『Text + Kritik. Zeitschrift für Literatur』, H. 31/32, 1971, Walter Benjamin.
　　　Tiedemann, Rolf: 「Studien zur Philosophie Walter Benjamins」,
　　　Frankfurt 1965.

6. 생사자로서의 작가 - 문화산업과 상품미학

Adorno, Theodor W. und Max Horkheimer: 「Kulturindustrie: Aufklärung als
　　　Massenbetrug」. In: Th. W. A. und M. H.: 『Dialektik der Aufklärung』.
　　　Amsterdam 1947 (auch als Raubdruck), Frankfurt 1967.

Adorno, Theodor W.: 「Résumé über Kulturindustrie」. In: Th. W. A., 『Ohne
　　　Leidbild. Parva Aesthetica』, [4]1970, S. 60-70.

Benjamin, Walter: 「Das Kunstwerk im Zeitalter seiner technischen

Reproduktion」. In: W. B., 『Schriften』, Hrsg. v. Theodor W. Adorno
und Gretel Adorno. Bd. 1., Frankfurt 1955, S. 366-405.

Brecht, Bertolt: 「Der Dreigroschenprozeß. Ein soziologisches Experiment」.
In: B. B.: 『Gesammelte Werke』, Bd. 18., Frankfurt 1967, S. 139-209.

Enzensberger, Hans Magnus: 「Baukasten zu einer Theorie der Medien」. In:
「Kursbuch Nr. 20』. 1970, S. 159-186.

Gorsen, Peter: 「Marxismus und Kunstanalyse in der Gegenwart. Studien」.
In: 「Ästhetik und Kommunikation. Beiträge zur politischen Bildung 1』
. 1970, H. 2., S. 47-63 und 2, 1971, H. 3., S. 49-55.

Haug, Wolfgang Fritz: 「Zur Kritik der Waren ästhetik」. In: 「Kursbuch Nr.
20』. 1970 S. 140-158.

『Funktionen bildender Kunst in unserer Gesellschaft』. Hrsg. v. der Arbeits-
gruppe Grundlagenforschung der Neuen Gesellschaft für bildende
Kunst. Berlin 1970. - [Bes. Wolfgang Fritz Haug: 「Die Rollen des
Ästhetischen bei der Scheinlösung von Grundwidersprüchen der
kapitalistischen Gesellschaft」]

『Kürbiskern. Literatur und Kritik』. 1971, H. 3, 「Fernsehen」. S. 402-
490.

7. 아도르노 - 문화염세주의와 "부정의 미학"

『Über Theodor W. Adorno』: Frankfurt 1968. - [umfangreiche
Bibliographie]

Clemenz, Manfred: 「Theorie als Praxis? Zur Philosophie und Soziologie
Adornos」. In: 「neue politische literatur』, 1968, H. 2., S. 178-194,

Wiederveröffentlicht in: 「Kritik und Interpretation der Kritischen

Theorie. Über Adorno, Horkheimer, Marcuse, Benamin, Habermas」,

o. O. o. J .S. 24-40.

Krahl, Hans-Jürgen: 「Der politische Widerspruch der kritischen Theorie

Adornos」. In: H.-J. K., 「Konstruktion und Klassenkampf. Zur

historischen Dialektik von bürgerlicher Emanzipation und

proletarischer Revolution. Schriften, Reden und Entwürfe aus den

Jahren 1966-1970」. Frankfurt 1971, S. 285-288.

-: 「Kritische Theorie und Praxis」. Ebd., S. 289-197.

Kreimeier, Klaus: 「Grundsätzliche Überlegungen zu einer materialistischen

Theorie der Massenmedien」. In: 「Sozialistische Zeitschrift für Kunst

und Gesellschaft」, 1971, H., S. 61-85. - [bes. Kap. 3 und 4]

Tomberg, Friedrich: 「Utopie und Negation. Zum ontologischen Hintergrund

der Kunsttheorie Theodor W. Adornos」. In: 「Das Argument 5」, 1963,

H. 26., S. 36-48.

Werckmeister, O. K.: 「Das Kunstwerk als Negation. Zur Kunsttheorie Theodor

W. Adornos」. In: 「Die Neue Rundschau 73」, 1962, S. 111-130.

8. 실증주의 문학사회학

Adorno, Theodor W.: 「Einleitung in die Musiksoziologie. Zwölf theoretische

Vorlesungen」. Frankfurt 1962.

Fügen, Hans Norbert (Hg.): 「Wege der Literatursoziologie」. Neuwied u.

Berlin 1968, Einleitung, S. 13-35.

Kallweit, Hilmar u. Wolf Lepenies: 「Literarische Hermeneutik und Soziologie」.

In: 『Ansichten einer künftigen Germanistik』. Hrsg. v. Jürgen Kolbe.
München 1969. S. 131-142.

Maren-Griesbach, Manon: 『Methoden der Literaturwissenschaft』. Bern u.
München 1970, S. 81-83.

『Der Positivismusstreit in der deutschen Soziologie』. Neuwied u. Berlin
1969.

Silbermann, Alphons: 「Die Ziele der Musiksoziologie」. In: 『Kölner
Zeitschrift für Sozialforschung 14』. 1962, S. 322-335.

-: 「Kunst」. In: 『Das Frischer-Lexikon Soziologie』, Hrsg. v. Réne
König. Frankfurt [2]1970, S. 164-174.

Warneken, Bernd Jürgen: 「Zur Kritik positivistischer Literatursoziologie.
Anhand von Fügens "Die Hauptrichtungen der Literatursoziologie"」.
In: 『Literaturwissenschaft und Sozialwissenschaft. Grundlagen und
Modellanalysen』, Stuttgart 1971, S. 81-150.

추가목록

[다음은 비교적 최근에 출간된 아도르노(1), 베냐민(20), 블로흐(3), 그리고
브레히트(4)에 관한 개론 내지 평전의 성격을 띤 문헌들과 유물론적 문학이론
(5) 및 문학사회학(6)에 관한 전문성을 띤 문헌들을 추가한 것임.]

(1)

Bunkhorst, Hauke: 『Theodor W. Adorno. Dialektik der Moderne』. München
1990.

v. Friedeburg, Ludwig/Jürgen Habermas (Hg.): 『Adorno-Konferenz 1983』.
Frankfurt 1983.

Gmünder, Ulrich: 『Kritische Theorie. Horkheimer, Adorno, Marcuse, Habermas』. Stuttgart 1985.

Hager, Frithjof/Hermann Pfütze (Hg.): 『Das unerhörte Moderne. Berliner Adorno-Tagung』. Lüneburg 1990.

Lindner, Burkhardt/W. Martin Lüdke: 『Materialien zur Ästhetischen Theorie Theodor W. Adornos. Konstruktion der Moderne』. Frankfurt 1977.

van, Reijen, Willem: 『Theodor W. Adorno zur Einführung』, Hamburg 1995.

(2)

Bolz, Norbert/Wilhelm van Reijen: 『Walter Benjamin』. Frankfurt/New York 1991.

Schmidt, Burghart: 『Benjamin zur Einführung』, Hannover 1983.

Witte, Bernd: 『Walter Benjamin mit Selbstzeugnissen und Bilddokumenten』. Reinbek 1985.

(3)

Arnold, Heinz Ludwig (Hg.): 『Text + Kritik(Sonderband) - Ernst Bloch』, München 1985.

Horster, Detlef: 『Bloch zur Einführung』, Hamburg 1985.

Schmidt, Burghart: 『Ernst Bloch』, Stuttgart 1985.

(4)

Brüggemann, Heinz: 『Literarische Thechnik und soziale Revolution. Versuche über das Verhältnis von Kunstproduktion, Marxismus und literarische Tradition in den theoretischen Schriften Bertolt Brechts』. Reinbeck 1973.

Fahrenbach, Helmut: 「Brecht zur Einführung」, Hamburg 1986.

Haug, Wolfgang Fritz: 「Philosophieren mit Brecht und Gramsci」. Berlin 1996.

Mittenzwei, Werner: 「Das Leben des Bertolt Brecht oder der Umgang mit den Welträtzeln」. Berlin/Weimar 1986.

Müller, Klaus-Detlef: 「Bertolt Brecht. Epoche-Werk-Wirkung」, München 1985.

(5)

Bay, Hansjürg/Christof Hamann (Hg.): 「Idelologie nach ihrem "Ende". Gesellschaftskritik zwischen Marxismus und Postmoderne」. Opladen 1995.

Bogdal, Klaus-Michael (Hg.): 「Neue Literaturtheorien」, Opladen 1995.

Bogdal, Klaus-Michael/Burkhardt Lindner/Gerhard Plumpe (Hg.): 「Arbeitsfeld: Materialistische Literaturtheorie. Beiträge zur ihrer Gegenstandsbestimmung」, Frankfurt 1975.

Hüppauf, Bernd/Lothar Köln/Klaus-Peter Philippi: 「Marxismus」. In: Jürgen Hauff u. a.: 「Methodendiskussion. Arbeitsbuch zur Literaturwissenschaft」. Frankfurt 1972.

Jameson, Fredric: 「Das politische Unbewußte. Literatur als Symbol sozialen Handelns」. Reinbeck 1988.

Naumann, Manfred (Hg.): 「Gesellschaft-Literatur-Lesen. Literaturrezeption in theoretischer Sicht」. Berlin/Weimar ³1976.

Schlenstedt, Dieter (Hg.): 「Literarische Widerspiegelung. Geschichtliche und theoretische Dimensionen eines Problems」. Berlin/Weimar 1981.

Scholz, Rüdiger/Klaus-Michael Bogdal (Hg.): 『Literaturtheorie und Geschichte. Zur Diskussion materialistische Literaturwissenschaft』. Opladen 1996.

(6)

Link, Jürgen/Ursula Link-Heer: 『Literatursoziologisches Propädeutikum』, München 1980.

Scharfschwerdt, Jürgen: 『Grundprobleme der Literatursoziologie. Ein wissenschaftsgeschichtlicher Überblick』, Stuttgart 1977.

인명색인

리히텐스타인(Georg christoph Lichtenberg) 98

피카소(Pablo. Picasso) 27

개념색인

저서, 논문, 시, 잡지명

실천 문학의 이론
Marxistische Literaturtheorie und
Literatursoziologie

초판 1쇄 인쇄 2014년 6월 15일 | 초판 1쇄 출간 2014 년 6월 26일 | 지은이 플로리안 파센 | 옮긴이 임호일 | 펴낸이 임 용 호 | 펴낸곳 도서출판 종문화사 | 편집 손영섭 | 디자인 손영섭 | 인쇄 영재문화사 | 제본 우성제본 | 출판등록 1997년 4월 1일 제22-392 | 주소 서울시 중구 충무로 4가 120-3 진양빌딩 673호 | 전화 (02)735-6891 팩스 (02)735-6892 | E-mail jongmhs@hanmail.net | 값 16,000원 | ⓒ 2014, Jong Munhwasa printed in Korea | ISBN 8978987444 62-8-93800 | 잘못된 책은 바꾸어 드립니다